Roland Betsch

Der Wilde Freiger

e-artnow 2018

Hans Dominik
Klaus im Glück

Karl May
Ardistan und Dschinnistan (Band 1&2): Ardistan + Der Mir von Dschinnistan

Gertrud Prellwitz
Vom Wunder des Lebens: Aufklärungsgeschichte

Franz Werfel
Stern der Ungeborenen (Science-Fiction-Roman): Zukunftsreiseepos des Autors von "Die vierzig Tage des Musa Dagh"

Wilhelmine von Hillern
Am Kreuz

Roland Betsch

Der Wilde Freiger

Historischer Roman: Wirren um einen Konstruktionswettbewerb

e-artnow, 2018
Kontakt: info@e-artnow.org

ISBN 978-80-268-8651-8

Inhaltsverzeichnis

Vorspiel

In der Septembernummer der Zeitschrift »L'Aërophile« stand eine kurze Notiz über das neue französische Jagdflugzeug, die in der ganzen Fliegerwelt Aufsehen erregte. Sie lautet wörtlich übersetzt:

> »Der neue **Avion de chasse B 22** mit 280 PS Le-Rhône-Maurice-Motor überbot bei der letzten militärischen Flugwoche den amerikanischen Zeitrekord. Die Maschine leistete zehntausend Meter in 17½ Minuten. Der von Maurice verbesserte 280 PS Rotationsmotor übertraf alle Erwartungen und kann als Vollendung des Explosions-Flugmotors angesehen werden. Er lief eine Dauerleistung von 60 Stunden am Stand unter Kontrolle der **commission militaire**. Beim Flug in größeren Höhen wies der Tachographenstreifen nur einen minimalen Leistungsabfall auf, der praktisch nicht von Bedeutung ist. Mit diesem Rekord wird die amerikanische Zeit bei zehntausend Metern um 6 Minuten, die englische um 6½ und die deutsche um 16 Minuten überboten.«

Diese Notiz war im Augenblick des Erscheinens bereits wieder überboten, denn das amerikanische Zweisitzer-Jagdflugzeug von Greason mit 8-Zylinder-Whitschall-V-Standmotor von 265 Bremspferden kam dieser Zeit bedenklich nahe. In den »Aëronautics« hieß es:

> »Auf dem Flugplatz in Chicago machte das neue Zweisitzer-Jagdflugzeug von Greason mit 265-PS-Whitschall seine erste Höhe. Die Maschine stieg in 16¾ Minuten auf 28 000 Fuß. Die Konstruktion des U. S. Army.-Profils wurde auf Grund eingehender Prüfkanalmessungen im Massachusetts Institute of Technology vorgenommen und bestätigte auch in der Praxis die Tatsache, daß mit dem Zweidecker die prozentual dem Gewicht größten Steig- und Geschwindigkeitsleistungen zu erzielen sind. Die großen Hoffnungen, die man in Deutschland auf den Fünfdecker mit doppelter Höhensteuerung und auf den Federflieger setzte, sind damit illusorisch geworden. Die Whitschall-Greason-Maschine, die ihre Leistungen bei der großen New Yorker Flugwoche beweisen wird, dürfte aus dieser Konkurrenz wohl als Siegerin des modernen Zweisitzer-Jagdtyps hervorgehen.«

Der deutsche Michel hatte im Völkermorden des Weltkrieges das Träumen verlernt. Er stand da, einsam und stark. Trotzig, mit gespreizten Beinen trat er in den Kampf und Wettbewerb des Friedens. Er mußte zurückerobern, was er durch jahrelange, stahlharte Friedensarbeit erreicht und was der Krieg ihm zerstört hatte, wie ein rauher Holzfällerstiefel, der in einen Ameisenhaufen tritt.

Kopf hoch und die Hemdärmel geschürzt! In die schwieligen Hände gespuckt!

Hei! wie die Funken stoben!

Ein ungeahnter internationaler Wettbewerb setzte in der Flugzeugindustrie ein. Ein atemraubendes Rennen und Tasten nach Erfolgen, die sich täglich, ja stündlich überboten. Es war nicht zu leugnen, daß Deutschland hier ins Hintertreffen geraten war. Schon im letzten Drittel des Weltkriegs, vor dem Zusammenbruch, konnte sich die deutsche Militärverwaltung nicht verhehlen, daß die feindliche Fliegerwaffe sowohl an Zahl als auch an Güte der einzelnen Typen der deutschen zeitweise überlegen war. Der Deutsche bei seiner Gründlichkeit und fachwissenschaftlichen Präzision bedurfte einer längeren Zeit der einzelnen Fortentwickelungen, und dazu traten die ungeheuren Schwierigkeiten der Materialbeschaffung, die namentlich für die Motorenlieferung sehr oft unangenehme Ueberraschungen brachten. Nur die erstaunliche Organisation der deutschen Fliegerwaffe, die Tüchtigkeit der Flugzeugbesatzungen und die unglaublichsten Anstrengungen der Industrie vermochten es, im Wettbewerb kraftvoll hervorzutreten. Der Deutsche vollbrachte es, denn er wollte es vollbringen.

Die weitaus größten Anforderungen wurden an die Geschwindigkeit und Steigfähigkeit namentlich der leichteren Typen gestellt. Es galt in kürzester Zeit Höhen zu erreichen, von denen man früher nur geträumt hatte, die aber jetzt mit zwingender Notwendigkeit in die Wirklichkeit traten wie eine lebendig gewordene Sage. Der Traum von Jahrtausenden ging hier in kurzer Zeit schaurig schön und düsterdrohend über die gewaltige Bühne des Welttheaters.

In dieser Zeit verfolgte man in Deutschland mit sorgenvoller Miene die großen Erfolge des Auslandes, und die Meldungen der französischen und amerikanischen Zeitschriften zwangen unerbittlich zu Vergleichen mit den deutschen Leistungen. Hier hatte man die wirtschaftlichen und politischen Folgen des großen Krieges noch nicht überstanden und war nicht in der Lage, mit solch ungebrochener Wucht einzusetzen, wie dies namentlich den Amerikanern möglich war. Die neuen deutschen Flugzeuge, die in einer großen Zahl von Typen erschienen, waren zu gründlich, zu durchdacht und unter Grübeln und Rechnen geboren worden. Die deutschen Konstrukteure waren noch zu gewissenhaft, als daß sie einen gewaltigen Sprung in der Vor-wärtsentwickelung ohne langwierige Versuche gewagt hätten. So beanspruchte der Werdegang der Flugzeuge zu viel Zeit und Ueberlegung. Trotz aller Schwierigkeiten war es jedoch nach heißem Ringen gelungen, für mehrere Typen einen Rekord aufzustellen. Vor allem war es das deutsche Zweisitzer-Jagdflugzeug von Hans Welker, das eine Zeitlang an der Spitze stand. Es war ein Fünfdecker ohne Verspannung mit doppelter Höhensteuerung und verstellbarer hinterer Flügelzelle, die mit dem deutschen 260 PS Goero-Umlaufmotor ausgestattet bei 240 Kilome-tern Geschwindigkeit in 28½ Minuten auf 10 000 Metern stieg. Die Septembernummer von »L'Aérophile« meldete jedoch bald darauf eine gewaltige Ueberbietung dieses Rekordes, und auch die amerikanische Greason-Maschine stellte den Welker-Fünfdecker weit in den Schatten.

Da erschien das große Preisausschreiben des deutschen Reichsluftministeriums in den Tages-zeitungen. Fabelhafte Preise wurden ausgesetzt für die besten Leistungen der deutschen Flug-zeugindustrie. Die Bedingungen schienen für diese Zeit unerfüllbar und phantastisch. Vor allem wurde auch eine genaue Einteilung der verschiedenen Typen vorgenommen, um eine unnötige Zersplitterung zu vermeiden. Eine Trennung zwischen Motoren und Flugzeugen gab es nicht. Im Falle eines Sieges hatten sich Flugzeug- und Motorenfirma in den Preis zu teilen. Es blieb so jede freie Wahl offen und man beging nicht mehr den großen Fehler, die Motorenleistungen und Einheitsgewichte auf der Erde zu prüfen. Flugzeug und Motor gehören zusammen wie Körper und Seele, denn die beste Maschine ist machtlos, wenn man ihr einen auch nur um weniges minderwertigen Motor einbaut.

Durch dieses Preisausschreiben hoffte die Reichsregierung die Industrie zu einer außerordent-lichen Kraftprobe anzuspannen, und das war kein Trugschluß.

Vor einer großen Versammlung der Flugzeugindustriellen sprach der Kommandierende der Luftstreitkräfte. Der Schluß seiner Rede lautete:

»Der Krieg hat uns hart gemacht. Er hat uns gerüttelt wie der Herbststurm einen mächtigen Eichwald. Die Zukunft Deutschlands ist seine Arbeit. Meine Herren, sehen Sie nach Frank-reich! Sehen Sie nach Amerika und England! Ueberall hat man erkannt, woher der Wind bläst. Und wir sollten nachhinken wie die Kranken, die Krüppel? Sie haben schon Großes geleistet. Ruhen Sie nicht aus auf diesen Lorbeeren, denn sie sind längst wieder verdorrt. Werfen Sie den Kehricht in die Ecke und peitschen Sie Ihre Konstrukteure! Es gibt kein Feiern! Hier habe ich die ›Aëronautics‹ in der Hand. Soll ich Ihnen diesen Satz ins Gedächtnis zurückrufen: Auf dem Flugplatz in Chicago machte das neue Zweisitzer-Jagdflugzeug von Greason mit 265 PS Whitschall seine erste Höhe. Die Maschine stieg in 16¾ Minuten auf 28 000 Fuß.

Das können wir auch, meine Herren! Warum sollen wir das nicht können! Wir wollen es sogar überbieten, wir müssen es überbieten! Erschrecken Sie nicht vor den Bedingungen, sie sind nicht unerfüllbar. Es heißt nur festgewappnet an sie herantreten. Mit nerviger Faust, wie ein kraftstrotzender Jäger, der einen Wolf erwürgt. Ihnen allen aber, meine Herren, gebe ich mit auf den Weg jenen einfachen Satz aus dem altbekannten Kinder-Struwwelpeter, der sich jetzt zu monumentaler, prophetischer Größe ausgewachsen hat. Und dieser Satz sei Ihr Leitstern und das Grundprinzip Ihres ehrlichen deutschen Schaffens:

Hans, guck' in die Luft!«

So begann die Jagd.
Die große Jagd nach dem Erfolg.

Kapitel 1

Hans Welker saß auf der Terrasse des Hotels Stefanie in Baden-Baden. Mit zusammengekniffenen Augen schaute er prüfend in den sternübersäten Septemberhimmel. Im Osten stieg der Jupiter über die dunkle Silhouette der Schwarzwaldtannen.

Eine bunte Gesellschaft, in der vornehme Eleganz und aufdringliche Dekadenz sich begegnete, plauderte an den kleinen, runden Marmortischen. Herren im Smoking mit verkalkten Gesichtern und Pomadenfrisuren tranken Pilsner aus lächerlich hohen Stengelgläsern, papageibuunte Damen mit halb talentvoller, halb erzwungener Koketterie schlürften Punsch Romain aus Strohhalmen und kosteten phantastische Likörmischungen mit einem überflüssigen Aufwand von Glasgeschirr. Sportleute mit braunen Gesichtern und nervösem Muskelzucken stritten eifrig über ihre Meinungen und zogen den Zigarettenrauch in die Lunge. Offiziere saßen da, mit übergeschlagenen Beinen, und malten Bleistiftskizzen auf den Marmortisch.

Die Musik spielte die große »Leonoren«-Ouvertüre. Etwas eckig und mit fühlbarem Mangel an Streichern.

»Wissen Sie, wer der Schmächtige ist, dort am Tisch?« sagte eine strohblonde Dame mit mächtigem Reiherhut zu ihrem Begleiter und schaute halb über die Achsel. »Dort am dritten Tisch bei der Säule. Im Sportanzug mit den gelben Wickelgamaschen!«

Der Herr strich die Zigarrenasche ab, hob den Blick, musterte, schüttelte den Kopf und rief nach dem Ober.

»Das ist Hans Welker!« Sie betonte es auffallend.

»So! So! Und was weiter?«

»Na, hier lesen Sie, der Gefürchtete!«

Sie reichte ihm das Programm des großen Flugmeetings von Baden-Baden. »Hier, Nummer 13. Der neue Fünfdecker! Er wird morgen fliegen.«

»Was ist das für ein spinnendürres Gestell?«

Die Ouvertüre war zu Ende. Einige klatschten. Das Stimmengewirr wurde deutlicher vernehmbar, Gläser klirrten.

»He, Junge, eine Berliner Zeitung!«

Ein elegantes Paar kam durchs Portal. Sie in gelber Crêpe-de-chine und einer federleichten Pelzstola, er im Frack, mit ausdruckslosem Gesicht. Sie trippelte, er trat zuerst mit den Sohlen auf und ließ die Gummiabsätze nachfolgen. An einem Tisch trafen sie Bekannte.

»Ich finde, daß man heute besondere Leistungen nicht geboten hat.«

»Ich hatte mir eigentlich, hem, hem, etwas mehr Akrobatik vorgestellt. Was kümmern mich die ewigen Höhenrekorde!«

»Purzelbäume ist das Richtige für mich.«

»Man hat, hem, hem, zu stumpfe Nerven!«

»Uebrigens, morgen fliegt Hans Welker!« Das klang doch etwas nach Sensation.

Wieder setzte das Orchester ein. Der »Puppenfee«-Walzer, wiegend in den Geigen und mit übertriebener Rhythmik in den Bässen.

Hans Welker streckte die Beine unter den Tisch und trank Mineralwasser. Er war dünn und schmächtig wie ein Helmreiher. Das hagere Gesicht war bartlos, mit etwas vorstehenden Backenknochen und grob wie aus Holz geschnitzt. Vor sich hatte er eine Anzahl Barogramme auf dem Tisch liegen und studierte die Höhenleistungen. Es waren die Streifen sämtlicher acht Höhenflüge, die heute geflogen waren. Das Material hatte ihm einer seiner Monteure durch Winkelzüge verschafft.

7000 in 19¾ Minuten, das stimmte doch! Er rechnete noch einmal nach. Langsam zog er die Stirn hoch, daß sich zwei Längsfalten bildeten und die beweglichen grauen Augen hervorkamen.

»Gute Leistung,« kaute er vor sich hin, »aber immer noch nichts. Pah! immer noch nichts! Wissen Sie, meine Gipfelhöhe . . .« Er wollte einem Gegenüber eine Rede halten und merkte im Reden, daß er allein war. Hans Welker hatte stets Zuhörer und verlor nie die Pose. Ein einstudiertes Lächeln war auf seinem Gesicht, wobei er den Mund halb öffnete, daß die Zähne des vorstehenden Oberkiefers etwas vor die Lippen traten.

Es war ja lächerlich, rein lächerlich! Was brachte das Ausland für Zeiten! Das mußte in Deutschland doch auch gehen, es mußte gehen! Er rollte die Zunge, daß sie wulstartig sich zwischen seine Lippen schob. Dann nahm er, halb mit Ekel, einen schlürfenden Zug aus dem dünnen Wasserglas und spielte mit den Fingern auf dem Tisch. Seine Hände waren mager und knöchern, die Finger zu lang, und er konnte die vordersten Glieder bewegen, so daß die Hände etwas Krallenähnliches bekamen . . .

Hans Welker flog. In Gedanken saß er in der Maschine und hielt den Steuerknüppel. Leicht und nur mit zwei Fingern. Die Unterarme lagen auf den Knien. Er horchte auf den 220pferdigen überkomprimierten M. S.-Umlauf-Motor, nahm sechs Zähne Gas fort, da der Motor zuviel Touren machte, und spielte mit dem Höhensteuer.

Höher stieg er, von 4000 auf 5000. Auf 8000. Aufmerksam und mit lässiger Ruhe beobachtete er den Tourenzähler. Noch war kein Leistungsabfall festzustellen. Doch! Nun ließ er zwanzig Touren nach. Hans Welker öffnete die Drossel um zwei Zähne . . .

Rauschend setzte das »Carmen«-Vorspiel ein. Der Dirigent bog sich wie eine Silberpappel im Herbstwind. Die Bogenlampen zuckten. Am Nebentisch stießen sie mit den Sektgläsern an. Hans Welker ließ den Kopf hängen und verbog die vorderen Glieder seiner Finger.

In solchen Augenblicken war die interessante Häßlichkeit seiner Züge ganz unverhüllt.

»Sehen Sie doch Hans Welker an!« sprach die strohblonde Dame zu ihrem gelangweilten Begleiter.

»Ja! So lassen Sie ihn doch endlich!«

»Aeh, er ist ein Scheusal!« Sie warf einen begehrlichen Blick nach dem Nebentisch.

»Ein Scheusal?« erwiderte er und zog den Mund schief. »Ein Scheusal? Gnädigste sind doch nicht in den Luftkünstler verschossen?« Er gähnte über diese Erkenntnis der Frauenseele und langte nach seiner Zigarrentasche.

Hans Welker war mittlerweile auf 12 000 gestiegen, nahm das Gas fort und legte sich in eine steile Rechtsspirale. Den Kopf mit dem platten, festgelegten Scheitel hielt er geneigt und blinzelte mit den grauen Augen in das Orchester. Vor ihm ließ ein Kellner eine Eisschokolade fallen. Das Klirren schreckte ihn aus seinen Träumen.

»Sie sind doch ein Idiot!« sprach er bestimmt und rein sachlich zu dem Kellner.

Gegen diesen Tonfall war eine Widerrede nicht möglich. Das war die einfache, nackte Feststellung einer Tatsache. Der Kellner stand immer noch da, grenzenlos verwirrt, als erwarte er etwas, das bestimmt kommen mußte.

»Bringen Sie mir eine Schokolade!« sprach Hans Welker und zeigte die Zähne.

Die strohblonde Dame am Nebentisch lachte ihm verfänglich zu, und er musterte sie mit unruhigen Augen. Diese grauen Augen konnten nie fest auf einer Stelle haften. Es schien, als fürchte er ängstlich, sie könnten etwas von ihm verraten. Die Dame spielte mit der Fußspitze auf dem Asphalt und bohrte den Blick schwärmerisch schräg nach oben. Der Kavalier stieß den Rauch durch die Nase, kratzte sich hastig am Kinn und machte einen gewaltsamen Anlauf, gesprächig zu werden.

Von der Lichtentaler Allee her kamen zwei vornehme Paare. Sie schritten lebhaft plaudernd durch die Anlagen und rauchten unsinnig lange Zigaretten, die sie zum Ueberfluß noch in schlanke Elfenbeinspitzen gesteckt hatten.

Voraus schritt Graf Scanzoni, Hans Welkers Chefpilot, mit einer schlanken, trippelnden Gestalt in orangerotem Seidenmusselin-Kleid und einer leichten polnischen Mütze. Ihr Gesicht war klein und zierlich, bleich und stillos abgerundet. Die hellen Haare hingen in künstlichen Ringellöckchen in die Stirn. So machte sie den Eindruck einer hübsch herausgeputzten Schaufensterpuppe. Sie stelzte in kleinen, gekünstelten Schrittchen und drückte die Knie leicht nach vorn. Scanzoni baumelte neben ihr, weit und krampfhaft ausgreifend, mit schwach nach innen geneigten Beinen. Im linken Auge trug er ein Monokel, weniger aus Bedürfnis und Ueberzeugung, als um sich einen witzigen Anstrich zu geben.

Hinterher folgten Kurt Seeberger im weiten, kastanienbraunen Homespun-Ueberzieher und eine rabenschwarz gekleidete Gestalt mit affektierten Schritten, nach hinten geworfenem Kopf und eifrigen Drehungen in den Hüften. Das Gesicht war durch einen schwarzen Schleier vollkommen verdeckt. Aus einem ganz unverständlichen Grunde hatte der sonst feingewebte Schleier mitten drin einen großen schwarzen Tupfen, der geradezu grotesk unmotiviert wirkte und wie ein Teerpflaster aussah.

»Da oben ist ja der Welker gelandet, hat er nicht wieder sein Selterwasser da stehen?« rief Scanzoni nach rückwärts und zeigte nach der Richtung.

»Der schnüffelt in die Atmosphäre und fürchtet sich vor einer Niederlage,« antwortete Kurt Seeberger von hinten, in einem Tonfall, der wie ein militärisches Kommando klang.

»Ich verstehe so etwas nicht,« meierte Scanzoni, »wenn er sich davor fürchtet, dann verdient er sie ja. Furcht ist Mangel an Größe und Mangel an Weltverachtung. Ich fürchte mich selbst vor Frauen nicht!«

Das sprach er absichtlich und fand es selbst abgeschmackt, weil er es schon öfters gesagt hatte.

»Na, na!« kicherte das Püppchen und wollte ihn am Kinn packen.

»Ich denke aber,« fuhr Seeberger schnarrend wie eine Rohrdommel fort, »wir beenden unsern Passagierflug und suchen uns das gleiche Landungsgelände.« Er warf die Beine nach vorn und sah auf seine weiten, schlotternden Beinkleider.

Die beiden Paare traten grüßend zum Tisch. Kurt Seeberger schwenkte die farbige Sportmütze und machte eine theatralische Verbeugung.

»Darf ich Ihnen unsere neuen Typen vorstellen? Meine Schwarze heißt Milli. Uebrigens bissel abgedroschene Benennung; mein alter Segelkutter hieß auch so. Milli, leichtes Nachtflugzeug mit doppelter Steuerung. Die Strohgelbe ist Scanzonis Fifi, modernes Jagdflugzeug, außerordentlich wendig und leicht transportabel, hä, hä!«

Hans Welker rührte sich nicht von der Stelle. Er sog an der Schokolade und schaute aus den Augenwinkeln. Dachte im gleichen Augenblick an sein neues Maschinengewehr mit fünfundzwanzig Läufen und war halb erstaunt, als die Gesellschaft bei ihm an dem viel zu kleinen Tisch saß.

»Wie interessant, Sie kennen zu lernen, Herr Hans Welker,« zwitscherte Fifi und ordnete mit beiden Händen die koketten Stirnlöckchen. Ihr ganzer Typus hatte etwas Unnötiges, Zweckloses, und das faltenlose, weiche Gesicht strotzte von Langeweile.

»An mir sehen Sie nichts Besonderes. Oder glauben Sie, ich habe andere Stiefel an als die übrige Menschheit? Hier, bitte, sehen Sie!« Er streckte lachend das eine Bein auf den Tisch und fuhr mit der Zunge blitzschnell über Ober- und Unterlippe.

»Ein Original sind Sie!« antwortete Fifi mit erzwungener Heiterkeit, denn sie war etwas verlegen geworden und aus der Fassung gebracht.

»So ist er uns auch immer geschildert worden,« fiel die Schwarze ein und zog den Schleier bis zur Nase hoch.

Hans Welker wandte sich um. Was sollte er denn nur reden! Ihm fiel nicht das Geringste ein.

Fifi schnellte sich herausfordernd zu Seeberger herum und blickte ihm starr ins Gesicht.

»Was machen Sie eigentlich beim Flug-Meeting hier? Fliegen wollen Sie nicht mehr oder können Sie nicht mehr! Einerlei, aber Sie sind doch offiziell in der Begleitung Hans Welkers und als solcher muß . . . muß . . . na, was denn? . .«

Sie wollte eine führende Rolle im Gespräch übernehmen, und das mißlang ihr.

». . . muß er doch einen Zweck erfüllen,« unterbrach Scanzoni, »na natürlich! Was wäre die Welt ohne Kurt Seeberger, den Homespun! Er ist der geborene Impresario für die Fliegerei.«

»Ganz klar!« kollerte Seeberger mit seiner resonanzlosen Stimme, »ganz klar! Ich bin der aeronautische Regisseur. Ich sehe zu, daß gutes Wetter ist und kein Sand im Schmieröl. Ich empfange die Fürstlichkeiten und schreibe die Schecks aus. Denn dafür hat Welker keine Zeit. Ich lanciere schwungvolle Artikel in die Zeitungen und besteche fremde Monteure. Befriedige die Neugier von Frauenzimmern und stehle meinem Chef das Geld aus der Tasche. Ist das keine

Beschäftigung? Prost! Trinken wir auf den morgigen Tag. Der Wind springt nach Westen, aber ich wette, er dreht über Nacht wieder rechts bei.«

Seeberger schnüffelte in der Luft. Scanzoni studierte die Barogramme.

»Wenn das nur kein Schwindel ist,« meinte er zu Welker und zeigte auf den Barographenstreifen. »Die Kurve wird mir nach oben verdächtig steil.«

Hans Welker neigte das Kinn auf die Brust.

»Warum soll das Schwindel sein? Es ist keine besondere Leistung. Denke doch an die Franzosen! An die Amerikaner!«

»Vergiß nicht, daß sie mehr Pferde vorspannen!«

»Ganz egal, das Maschinengewicht ist höher als das der Hessenmaschine und höher als meines. Ist ja lächerlich, warum sollt's bei uns nicht gehen?« Er beugte sich zu Scanzoni und zischte ihm ins Ohr: »Wir müssen diese Hessenmaschine morgen schlagen! Es ist eine Leichtigkeit. Nur aufpassen! Du kannst morgen in der Frühe eine Versuchshöhe machen. Achttausend genügt. Aber paß mir genau auf den Motor auf! Er darf nicht mehr als dreißig Touren nachlassen.«

»Was reden die da? Darf man das nicht hören?« Fifi stieß an Scanzonis Bierglas. »He, Ihr seid doch nicht allein hier!«

Milli legte das Kinn auf Seebergers Achsel und blies die runden Backen auf. Mit den Augen schielte sie nach Hans Welker.

»Homespun!« unterbrach sich Scanzoni in einer Erklärung, »unterhalte mal die beiden Damen!«

»Warum sagen Sie Homespun?« fragte Fifi.

»Ich weiß es, hihi! Ich weiß es!« kicherte die schwarze Milli und zog den Schleier nun ganz hoch. Ein leicht geschminktes rassiges Gesicht mit etwas zu starker Nase und nach oben gebogenen Mundwinkeln kam zum Vorschein.

»Das ist weiter nicht schwer zu erraten,« erklärte Seeberger, »einfach, weil meine ganze Bespannung aus Homespun-Stoff besteht. Hier, dieser Anzug, dieser Sommerpaletot, alles echter Homespun . . . Uebrigens, du fängst an, mich zu duzen. Mir auch recht. Ober, füllen Sie mal neuen Betriebsstoff auf!«

Man spielte »Tosca«.

Milli begegnete im Orchester einer bekannten Stelle. Mit Genugtuung und angenehm überrascht, wie wenn man plötzlich einen guten Freund trifft.

»Die Stunde flieht! So sterb' ich in Verzweiflung!« sang sie mit näselnder Stimme.

»Bitte, tu' das aber nachher zu Hause!«

»Darf ich Sie zu einer Flasche Pommery einladen?« sprach plötzlich Hans Welker und schob die Barographenstreifen in die Brusttasche.

»Aber natürlich! Juhuuu!« Fifi hopste auf dem Korbsessel, daß die Löckchen tanzten.

»Nein, lieber Veuve Cliquot!« schlug Milli vor.

»Die Marke ist mir so gleichgültig wie ein umgefallener Laternenpfahl, nur müssen Sie mir gestatten, daß ich bei meinem Mineralwasser bleibe.«

»Welch eine komische Leidenschaft!«

»Sie meinen Mangel an Leidenschaft!«

Scanzoni zündete eine Zigarette an und legte sich weit in den Sessel zurück. Sein Gesicht war interessant und dabei bei weitem nicht hübsch. Die dunkelgelbe Haut verriet eine südländische Abstammung. Sonst waren die Züge mehr rundlich und etwas stumpf, der Mund breit und die Lippen wulstig. Die schwarzen, kugeligen Augen standen nicht vollständig in der Achse, was dem Gesichtsausdruck etwas Zerfahrenes, Unstetes gab.

Der Ober brachte die Sektkübel.

»Das erste Glas wollen wir auf Hans Welker trinken. Er hat's nötig.«

Milli wollte einen Witz machen. Sie suchte krampfhaft danach und fand einen. Harmlos und bescheiden, wie ein verblühtes Gänseblümchen. Alle lachten darüber. Weil der Witz doch so bescheiden war.

»Morgen ist ein Tag, fuhr Seeberger fort, »der für uns alle von Bedeutung ist. Laß das Grinsen, Scanzoni, ist das vielleicht nicht wahr? Morgen wird sich das erfüllen, was ich voraussagte. Wir werden den Franzosen glattweg in die Ecke drücken.«

»Schwätz' doch kein Blech!« unterbrach ihn Welker. »Prooost, Kinder!«

»Da drüben sitzt der krumme Kneisel!« Welker drehte den Kopf über die Achsel. »Der hat die Hessenmaschine hochgehetzt. Heute fühlt er sich noch als Sieger, ha! Heute noch! Ist ja lächerlich. Warum soll das, was bei den Franzosen geht, bei uns . . . ach was!« Er schüttelte energisch den Kopf und kniff die Augen zusammen, das stereotype Lachen breitete sich über das knochige Gesicht, und die beiden Längsfalten erschienen auf der Stirn.

»Was hat er denn eigentlich für eine Zeit geschafft?«

»Zehntausend in 27¾. Hier ist das Barogramm.« Hans Welker wühlte in der Rocktasche. Scanzoni rechnete nach und pfiff nervös durch die Zähne.

»Er sitzt uns verdammt an der Kehle!«

Hans Welker richtete sich ruckartig hoch und riß Scanzoni den Barographenstreifen aus der Hand. »Laß endlich den Kram! Morgen wird sich das übrige zeigen. Ich möchte den sehen, der mir was vormacht. Wie? Den möchte ich sehen!«

Das sprach er mit vollster Ueberzeugung aus und entkräftete so vorweg jeden Einwand. Lauernd schaute er jeden der Reihe nach flüchtig an und lachte ohne irgendwelchen Grund.

Sie bestellten neue Flaschen. Seeberger rührte mit einem Zahnstocher in Scanzonis Sektglas herum.

»Weißt du, mein Lieber, wenn du morgen früh eine Versuchshöhe machen willst, dann pumpe dir nicht soviel Alkohol in den Magen.«

»Ich werde mir überhaupt jetzt den Alkohol verkneifen.«

»Ach, schäme dich!« Fifi hielt ihm kichernd das Glas an den Mund. »Eine Flasche mehr oder weniger, deshalb fliegst du doch nicht in den Mond.« Sie fand das geistreich und lachte ein ganzes Endchen Zeit über ihren Witz.

Scanzoni trank einen dünnen Schluck.

»Da fällt mir übrigens ein, meine liebe Fifi, du kannst ja am Ende mitfliegen. Auf diesem Wege kannst du dich vielleicht auf halbwegs anständige Art aus der Welt schaffen. Jetzt brauchst du nicht gleich blaß zu werden, ist ja nur Spaß, hähä, ist ja nur Spaß, hähä. Ich unternehme mit Frauen grundsätzlich nichts Extravagantes. Die Zeiten liegen bei mir längst im Mülleimer.«

»Auf jeden Fall«, fiel Seeberger ein, »kann *ich* mir den Alkohol ohne größere Gewissensbisse gestatten. Denn höher als ein Pferdestall gehe ich freiwillig nicht mehr über die Mutter Erde. Ich flog einmal in stark benebeltem Zustande von Hannover nach Köln, na, wißt Ihr . . .«

Scanzoni blinzelte unwillkürlich. Nun fing der Homespun an, zu lügen. Darin bestärkte ihn der Graf, denn er fand die psychologische Zerstückelung fremder Wahnideen unterhaltsam.

»Das mußt du erzählen!« rief er eifrig und aufmunternd. Welker zuckte mit den Achseln.

»Meinetwegen, erzähle doch das Märchen!«

Milli zupfte ihn am Ohr. »Gelt, er schwindelt?«

»Wenn er lügt, gieß' ich ihm den Sekt in die Halbschuhe.« Fifi hob das Glas. Seeberger wandte das zuammengedrückte, glattrasierte Gesicht und knurrte zwischen den Zähnen hervor:

»Ich habe schon öfter den Tod vor Augen gehabt als du deine Puderquaste. Ich flog von Berlin nach Konstantinopel mit dem Gevatter Sensenmann als Passagier. Glaubt ihr, er hat mich klein gekriegt? Quatsch! Ich hatte den ersten Zwölf-Stunden-Tank an Bord. Das war damals ungeheuer. Zwölf Stunden über den Wolken, in der rechten saumäßigen Waschküche mit meinem armseligen siebzigpferdigen Anzani. Damals mußte ich zum Sultan, weil ich im türkischen Heer ein Fliegerkorps organisieren . . .«

Scanzoni schlug ihm auf die Achsel. »Du wolltest doch die Kölner Geschichte erzählen!« Ihn belustigte das ungemein.

Seeberger schaute sich verwundert um. Er war ganz ernst geworden und hatte nachdenklich die Hand am Kinn. Der breite Säbelschmiß, der ihm von der Stirn übers linke Auge in die Nase lief, hatte sich rot gefärbt und gab dem Gesicht etwas Blutrünstiges, Gewalttätiges. Scanzoni faßte mit spitzen Lippen die Zigarette und freute sich, daß er ihn ins rechte Fahrwasser gesteuert hatte. Seeberger zählte zu den Menschen, die in einem Nebel von phantastischen Lügen leben, eingebildete Erlebnisse wie verwelkte Ruhmeskränze mit sich herumschleppen und ihre haarsträubende Unglaubwürdigkeit dazu benutzen, sich mit einem hervorstechenden Nimbus zu umgeben.

»Die Köln-Geschichte, ach so . . . Ja, ja, damals flog ich von Dresden nach . . .«

Fifi lachte klirrend. »Dresden! Dresden! Vor zwei Minuten war es noch Hannover.«

»Rede keinen Unsinn! Also gut, Hannover. Ist doch egal. Auf jeden Fall hatte ich damals den Großherzog von Liechtenstein an Bord. Der bekam schon überm Dom den ersten Schüttelfrost. Ich kann's ihm nicht verdenken. Wir hatten Böen, daß ich mir vorkam wie ein Maulwurf in der Affenschaukel. Aber solche Lüftchen waren mir nichts Neues. Ueberm Rhein kamen wir ins erste Gewitter. Ich roch und schmeckte noch vierzehn Tage den Schwefel.«

»Welchen Schwefel?« lachte Welker, »den du zusammenreimst?«

Scanzoni unterstützte den Erzähler. »Na, von den Blitzen!«

»Ach so!«

»Damals flog mir auch der erste Blitz durchs Tragdeck.«

»Autsch, verflucht!« Hans Welker kratzte sich am Kopf. »Ich dachte die ganze Zeit, das wäre überhaupt nicht möglich.«

»Wird nicht möglich sein! Bei Stubengelehrten vielleicht! Auf jeden Fall hat er mir durch den Flügel gespuckt. Zu Hause über meinem Schreibtisch hängen noch die verbrannten Leinwandfetzen. Die Kiste ging natürlich nicht mehr aufs Steuer. Ist ja klar! Der Großherzog von Liechtenstein war mittlerweile in eine wohltuende Ohnmacht gesunken und schwebte am Gurt wie ein gestürzter Droschkengaul in den Kandaren. Ich schmiß die Jammerkiste in Gleitflug, aber sie hing am linken Flügel wie eine angeschossene Krähe. Da setzte mir auch noch der Motor aus. Also, Matthäi am letzten! ›Herr Großherzog‹, rief ich nach vorn, ›he, Herr Großherzog!‹ Aber der hörte nicht. Beneidenswerter Mensch, dachte ich und starrte wie geistesabwesend nach dem Höhenmesser. Er sank und sank. Dreihundert, zweihundert, hundert Meter, Herrgott! Der Regen klatschte wie ein Besessener auf uns nieder. Eben ist Schluß, denke ich und fasse nach dem Großherzog. Bums!« – Seeberger schlug mit der Faust auf den Tisch – »Perdauz! Krach!« Einen Augenblick hielt er inne und schaute sich verloren im Kreise um. »Ratzkrutzibutzi! Ich lebe. Oder täusche ich mich? Nee, stimmt! ›Herr Großherzog!‹ brülle ich. Ich glaube, der Kerl schläft. Da, ein Brausen, ein Donnern! Etwas Schwarzes, Fauchendes jagt an mir vorbei. Dazwischen noch ein Krachen von zersplitternden Holzteilen. Ich verliere die Besinnung. Tatsache!«

»Gott sei Dank!« rief Scanzoni ganz im Ernst und verzog keine Miene. Milli lächelte ungläubig und drehte die Ringe, die sie an acht Fingern trug. Fifi verhielt sich passiv und schielte nach Hans Welker, was der nun sagen würde. Der lag zurückgelehnt im Stuhl und dachte an etwas ganz anderes. Aber himmelweit entfernt war er vom Marmortisch im Stefanie und vom Großherzog von Liechtenstein.

»Ich muß sagen,« fuhr Scanzoni fort und klemmte das Monokel aus Fensterglas ins Auge, »die Geschichte klingt etwas abenteuerlich, aber ich kann mir denken . . .«

»Ja, und das Schönste,« schnarrte Seeberger, der stier in sein Sektglas blinzelte, »das Schönste, wißt ihr, wo wir landeten?« Seeberger zog die Krawatte fest. Der Säbelschmiß war feuerrot geworden.

»Keine Ahnung!« lachte Fifi, »ganz bestimmt doch auf der Erde.«

»Quatsch' nicht! Auf dem Bahngleise. Und der Kölner D-Zug hatte uns den letzten Schwanzrest der Maschine noch zuschanden georgelt. Den Schwanz radikal abgefahren. Das Rumpfvorderteil lag an der Böschung.«

Alle lachten herzlich und stießen mit den Gläsern an.

»Ich werde jetzt verschwinden!« rief plötzlich Hans Welker und griff nach der Brieftasche.

Er zahlte und ging zwischen den Tischen hindurch. Den Kopf ließ er hängen, wie um sein Gesicht zu verbergen. Der Gang war wiegend und schaukelnd, als träte er auf Spiralfedern.

Die Damen waren beleidigt.

»Was ist das für eine merkwürdig kurze Art, zu verschwinden?« schmollte Fifi.

Scanzoni lachte breit. »Das ist Welkersche Art. Verrät vielleicht eine schlechte Kinderstube? Gewiß! Auch ein Fünkchen Größenwahn! Der Mensch ist noch jung. Aber heute hat er sich noch sehr höflich empfohlen. Sonst läßt er einen einfach sitzen und verduftet.«

Seeberger wurde halb ärgerlich. »Im Innern denkt er auch, er kann sich das leisten.«

Der Graf Scanzoni ließ das Monokel aus dem Auge in die Westentasche fallen und verzog spöttisch den Mund.

Fifi musterte eine pompös gekleidete Dame, die an der nächsten Säule saß. Musterte sie von der Spitze der Pleureuse bis zu den hohen Stiefelabsätzen.

»Im allgemeinen muß ich sagen, daß ihr eine genügend langstielige Gesellschaft seid. Man erlebt ja nichts mit euch. Rein gar nichts! Dabei seid ihr Flieger als die lästerlichste Menschenklasse verschrien.«

Scanzoni darauf:

»Das stimmt nicht mehr. Wir haben uns mit viel Geschick ins Gegenteil gewandelt. Und das ist eine ganz selbstverständliche Metamorphose. Man hat sich daran gewöhnt, jeden Morgen sein Leichenhemd über den Kopf zu stülpen. Früher brauchte man Zerstreuung in den überstiegensten Formen, um das zu vergessen. Aber selbst die Todesnähe wird einem verblüffend rasch zur Gewohnheit. Früher war sie das nicht. Daher die vielen zerschmissenen Flaschen und Gläser, die auf dem Altar der Fliegerzerstreuung geopfert wurden, die demolierten Weinstuben, derangierten Frauenzimmer und die seltsame Liebe, sich mit dem Strafgesetzbuch herumzukampeln. Der tiefere Grund liegt nur in der lächerlichen Furcht vor dem Tode. Vor diesem einfältigen, törichten Tode, den doch jeder so lange wie möglich hinausschieben möchte. Wenn der Mensch im schwülen Halbschlaf sich nur vorstellt, wie ein wunder Vogel aus sonnendurchglühten Wolken zu stürzen, hat er davor ein spießbürgerliches Grauen und schüttelt sich in seiner Gänsehaut. Auf der anderen Seite findet er es aber ganz in der Ordnung, wenn er an Arterienverkalkung oder an einem Leberleiden krepiert. Zu lächerlich!«

Kurt Seeberger fiel ein Erlebnis ein, das in nebelhaften Formen in seiner Phantasie entstand. Er flunkerte mit schnarrender Stimme: »Als ich bei Sofia abstürzte, dachte ich eigentlich nur an meinen neuen Photographenapparat, den ich in der Tasche trug. Daß der nun schon wieder zum Teufel gehen sollte!«

»Das soll dir einer glauben,« warf Milli ein.

»Das Abstürzen«, sagte Scanzoni, »ist etwas, an das man nicht glaubt, selbst wenn man mitten im Ereignis ist. Ich kann mit gutem Gewissen behaupten, daß ich die Furcht vor dem Tode endgültig zu den Akten gelegt habe. Dazu ist mein vergangenes Leben zu tragikomisch und possenhaft. Aber ich habe selbst psychologisch überprüft, was ich dachte und fühlte bei meinem Sturz in Johannisthal. Bitte, ich schwindle nicht. Hier, davon habe ich dieses kostbare Stück silberne Hirnschale, das meinem Korpus doch wenigstens noch einige Taler materiellen Wert verleiht.«

Er nahm den Hut ab und zeigte eine mächtige Narbe, die quer über den Hinterkopf lief. Dabei fiel ihm das Fensterglas-Monokel aus dem Auge. Es sprang über den Tisch, fiel auf die Erde und zersplitterte klirrend. Scanzoni griff nachlässig und ohne Kopfbewegung in die Westentasche und klemmte ein neues Glas ins Auge.

»Nur keine Bange! Ich habe immer ein Dutzend Ersatzgläser. Manchmal geht es eben nicht ohne Pose. Also, der Sturz! Ich kann nur sagen, daß ich in keinem Augenblick dachte, es könnte mir irgend etwas Schlimmes passieren. Das ist doch ganz ausgeschlossen, überlegte ich, während ich stürzte. Sonst dachte ich nichts, nur immer: Vollständig ausgeschlossen, voll . . . ständig ausgeschlos . . . bums! Ich hörte noch das Splittern des Holzes, dann war alles glühendrot um mich. Ich will damit nur sagen . . . Was kneifst du mich Fifi? Willst du von mir hören, daß ich in dich verliebt bin? Du mußt mit raffinierteren Frauenkünsten spielen! Es gibt solche. Nur keinen Dilettantismus!«

»Du bist ein Komödiant! Zeige mir doch noch mal deine silberne Hirnschale.«

Milli zuckte es in den Fingerspitzen. »Mir auch, bitte, bitte! Nööö, wie interessant!«

Seeberger lachte quakend und setzte die Sportmütze tiefer in die Stirn.

Der Graf Scanzoni drehte sich ruckartig um. »Nanu!« Jemand hatte ihm auf die Schulter geklopft. Eine hagere Gestalt im Lederanzug. Hans Welkers erster Monteur. »Hansen, was bringen Sie? Machen Sie bloß kein so nervöses Gesicht!«

»Herr Graf,« keuchte Hansen flüsternd, »wissen Sie, wer heute die Hessenmaschine geflogen hat? Sie wissen es nicht!«

»Na, ich denke doch, der krumme Kneisel.«

»Keine Idee. Paul Welker.«

Scanzoni fuhr erschrocken in die Höhe. Seeberger neigte sich herüber. »Reden Sie keinen Unsinn, wie sollte er zu der Hessen . . .«

»Ich weiß es, Herr Graf! Ich weiß es bestimmt! Es ist seine Maschine.«

»Was soll diese Komödie! Weiß Hans Welker darüber Bescheid?«

Hansen schlenkerte beide Arme. »Ich finde ihn nicht. Er ist auch nicht auf seinem Zimmer.«

Fifi zog den Grafen am Rockärmel. »Nu tu man bloß nicht so geheimnisvoll! Wer ist dieser Paul?!«

Scanzoni wandte den Kopf. »Na, ist schon gut, Hansen.«

»Du sollst uns sagen, wer Paul ist!«

»Neugierige Gänse! Paul ist Hans Welkers Bruder.«

»Na und?«

»Na und?« Scanzoni schüttelte ärgerlich den Kopf. Er dachte über etwas nach.

Kapitel 2

Ich habe noch nie an einem Erfolg gezweifelt. Wie komme ich dazu, über die Möglichkeit einer falschen Entwicklung überhaupt nachzudenken? Es ist eine Inkonsequenz meiner selbst. Man wäre fast versucht, an ein Fiasko zu glauben. Zum wenigsten habe ich Witterung, daß etwas nicht ganz in der Ordnung ist.«

Hans Welker sprach es laut vor sich hin. Er stand am offenen Fenster seines Hotelzimmers und zählte die Sterne im Bilde der Andromeda. Als er seine eigene Stimme hörte, erschrak er und blickte sich forschend im Zimmer um. Es war doch niemand da, der ihn hören konnte! Dieses Halbdunkel, das die grünbeschirmte Schreibtischlampe in den großen Raum warf, war ihm unangenehm. Er knipste die Deckenbeleuchtung an und lief mit hängendem Kopf über den bunten Smyrnateppich. Die heutige Leistung der Hessenmaschine ließ ihn nicht zur Ruhe kommen. Es war eine elegante Kiste, nicht zu zweifeln. Sehr schnittig und dabei mit primitiven Mitteln gebaut. Ganz seine Manier, und das Luder stieg! Das Luder stieg!

Er setzte sich an den Schreibtisch und stützte den Kopf in die Hände. Irgendein Möbel knackte. Er fuhr in die Höhe. Was war denn? Himmeldonnerwetter! Wieder zog er die Barographenstreifen aus der Tasche.

Stimmengewirr von unten drang bis herauf zu ihm. Vom Büfett hörte man die Teller und Gläser klappern.

Der langgezogene Pfiff einer Lokomotive.

Hans Welker verfolgte genau die Kurven Die ersten viertausend Meter waren nicht zu zählen. Aber bei fünf- bis sechstausend fing die Kurve gewöhnlich an, bucklig zu werden. Hier war nichts davon zu sehen. Sie verlief sauber und gleichmäßig, als wollte der bis in die Sterne steigen.

»Wenn ich nur die Tachographenstreifen hätte! Die Drehzahlen möchte ich wissen! Ich kann Ihnen nur sagen, wenn der Tachograph eine wagerechte Linie . . .«

Hans Welker glaubte schon wieder, ein Gegenüber zu haben, das ihm zuhörte. »Siebentausend, acht-, neuntausend, zehntausend in . . . na . . . fünfzehn, zwanzig, einundzwanzig und . . . zehntausend in siebenundzwanzigdreiviertel Minuten.«

Erregt sprang er auf. Mit eckigen Schritten lief er zum Fenster. »Ich muß doch diese Hessenmaschine schlagen!«

Unten spielten sie die abgedroschenen Walzer aus der »Lustigen Witwe«. Er pfiff mit den Geigen und flocht allerlei trillernde Variationen in die Melodien. War die schwarzgekleidete Milli nicht ungeheuer albern? Oder war sie unterhaltend? Er wußte es selbst nicht. Hatte sie ihm gar gefallen? Was hatte ihm denn an ihr gefallen? Dann dachte er plötzlich an die Dame am Nebentisch. Was wollte die Dame am Nebentisch . . .?

Horch! Eben hatte es geklopft.

Hans Welker schaute nach der Tür.

Unsinn. Nein, es klopfte.

Mit großen Schritten ging er zum Schreibtisch zurück. »Herein!«

Behutsam ging die Tür auf. Unerträglich lange dauerte das, bis sie offen war. Paul Welker trat langsam und schwerfällig ins Zimmer.

»Guten Abend, Hans! Entschuldige, wenn ich dich so spät störe. Ich wollte dir . . . eigentlich . . . nur Guten Tag sagen!«

Das kam langsam heraus, leiernd und im gleichen Tonfall. Es schien, als müsse jedes Wort erst mühsam gebildet werden.

Paul Welker stand mitten im Zimmer. Er war von mehr Ebenmaß in der Gestalt als sein Bruder. Das glattrasierte Gesicht mit der hohen Stirn, der leichtgebogenen Nase und den unmännlich fein geschwungenen Lippen war fast starr und verriet nicht den leisesten Seelenvorgang. Die dunkeln Augen lagen tief und von schwarzen Schatten umhüllt. Die Kleidung war von vornehmer Eleganz. Dunkler Anzug mit niederem Kragen und einer silbergrauen, einfarbigen Krawatte.

Langsam und schlotternd ging er auf den Schreibtisch zu, mit hängenden Armen und etwas eingesunkenen Knien.

»Du bist wohl erstaunt, mich so unverhofft . . .«

»Das bin ich allerdings,« sprach Hans Welker und streckte ihm maschinenmäßig die Hand hin. Dabei schaute er ihn nicht an. Das brachte er nicht über sich. Wie eine Furcht überkam es ihn; Hans Welker konnte niemand längere Zeit ansehen. Vor seines Bruders Augen aber hatte er eine unüberwindliche Scheu, wie vor einem allzu grellen Licht. In diesem Blick lag etwas Fragendes, Forschendes, als wollte er bis ins Innerste dringen.

»Wie kommst du eigentlich nach Baden-Baden? Ich dachte, du bist zu Hause. Wenigstens sagtest du mir nichts.«

»Ich muß dir doch nicht alles verraten, und wenn eine große Flugkonkurrenz ist, wirst du mir wohl erlauben, daß ich mich beteilige.«

Paul Welker fuhr sich mit der Hand durch die losen, nach rückwärts gekämmten Haare. Keine Bewegung kam über sein Gesicht. Ein Wort nach dem andern förderte er langsam und ohne Betonung über die Lippen.

Warum spricht er nur so komisch, dachte Hans Welker.

»Du scherzest, Paul! Wie willst du dich beteiligen? Seit wann willst du hier mitwirken? Du gestattest dir im Augenblick eine kleine Komödie!«

Paul Welker setzte sich umständlich in einen Ledersessel. Ein kaum merkliches Zucken ging über seine Augenlider. Langsam schweifte der Blick über den Schreibtisch. Wie ein Scheinwerfer. Plötzlich erhob er sich wieder. Eine kleine Falte schlich sich aus dem linken Mundwinkel. Mit einer bestimmten Armbewegung griff er nach den Papieren, die vor Hans Welker lagen.

»Wie kommt mein Barographenstreifen in deine Hand?«

»Aber erlaube mal!« rief Hans Welker und griff danach. »Das ist das heutige Höhenbarogramm der Hessenmaschine.«

»Weiß ich! Weiß ich!«

Er stützte sich mit beiden Händen auf den Tisch. »Aber die Hessenmaschine ist meine Maschine, und ich habe sie heute geflogen.«

Hans Welker schnellte empor.

»Das lügst du! Wie kämst du dazu, ist ja . . .!«

Er lachte aufgeregt und fletschte die vorstehenden Zähne.

»Lache nicht und laß dir's erklären. Ich habe die Maschine konstruiert und an die Hessischen Flugzeugwerke verkauft. Ich habe sie auch auf dem dortigen Flugplatz eingeflogen und glaube sicher, heute einen deutschen Rekord aufgestellt zu haben.«

Eine innere Erregung ging durch Hans Welker. Er beherrschte sich nur mit großer Anstrengung. Nur nicht verblüffen lassen! Pah! Nur nichts verraten, was innen vorgeht! Hans Welker bog die Finger und setzte sich lächelnd auf die Schreibtischecke. Das war ja unerhört!

»Sage mal, Paul, warum bist du eigentlich so unehrlich zu mir? Ja, ja! Warum verbohrst du dich in deine kranken Ideen? Es ist ja doch recht töricht!«

Und er dachte: Er will mich klein kriegen. Er will über mich triumphieren, der ewige Grübler, der Phantast. Der verfluchte Sklave seiner despotischen Theorien! Zehntausend in einundzwanzigdreiviertel Minuten. Das wäre das erstemal, daß er mich klein sieht.

Paul Welker antwortete sachlich: »Du kannst wohl nicht verlangen, daß ich als dein Angestellter, dein Tagelöhner arbeite, was? Das habe ich dir schon tausendmal gesagt. Du hast das Geld und eine Fabrik mit zweitausend Arbeitern, da kannst du dir die großen Töne erlauben. Was? Ich bei dir schaffen! Schuften und die Nächte um die Ohren schlagen, und du steckst den Ruhm und das Geld ein?«

»Aber was ist das für ein einfältiges Gerede! Habe ich dir nicht die glänzendsten Posten angeboten, habe ich dir nicht . . .«

Sein Bruder hatte die Hessenmaschine – das war ja . . .!

Hans Welker schaute seinen Bruder flüchtig an. Schon diese Augen! Diese Grübleraugen! Das hatte er mit Absicht gemacht. Da wollte er ihn packen. Hans Welker fuhr sich mit der Zunge blitzschnell über die trockenen Lippen und rief laut:

»Warum bist du ein solcher Intrigant? Glaubst du denn je, mich schlagen zu können, he? Worüber du dir das Gehirn zergrübelst und zermarterst, worüber du Stöße Papier verrechnest und verschmierst, das mache ich im Handumdrehen aus dem Gefühl heraus! Wie? Habe ich nicht recht? Ist das bis jetzt nicht immer so gewesen? Wer hat denn die Erfolge gehabt? Du oder ich? Ich habe eine große Fabrik, die monatlich zweihundertfünfzig Flugzeuge liefert, und du? Eine Bretterbude hast du. Vollgestopft mit deiner Theorie! Hast du denn je einen Erfolg gehabt?«

Paul Welker stand unbeweglich. Sein Inneres war in lodernder Erregung und hastig-nervös, aber nach außen von einer absichtlich verzögernden, schleichenden Ruhe. Die Nervenspannung saß bei ihm tiefer, wohlverborgen und mit unheimlicher Willenskraft unterdrückt.

Er machte eine langsam-theatralische Bewegung mit der flachen Hand.

»Deine Erfolge? Du hast dir deine Erfolge bis jetzt alle gestohlen! Ausspioniert! Bestechung! Du bist ein geschickter Nachahmer, aber kein Schöpfer, und Glück hast du, dafür kannst du nichts. Zu diesem Glück stiehlst du dir fremdes Eigentum! Widersprich doch nicht! Wo hast du denn nur schon wieder mein Barogramm von heute her? Du bist ein gefährlicher Spion! Ein Dieb bist du!«

»Auf das Wie kommt es heutzutage gar nicht mehr an. Die Hauptsache ist und bleibt, daß man zur rechten Zeit an der rechten Stelle steht. Wo man seine Ideen und Pläne und Konstruktionen her hat, danach fragt kein Mensch. Aber dein krankhafter Ehrgeiz bringt dich noch auf den Hund! Er ruiniert dich wie eine fressende Krankheit!«

»Das Wie? Leider hast du recht, sonst wärst du auch nie geworden, was du bist.«

Paul Welker zündete sich eine Zigarette an und zog den Rauch in die Lunge. Dann stieß er ihn langsam durch die Nase aus. Hans beobachtete ihn forschend aus den Augenwinkeln.

»Glaube ja nicht, daß du triumphieren kannst. Glaube das nicht, mein lieber Bruder! Noch bin ich nicht geflogen!«

Er ging auf Paul zu, ganz nahe, legte ihm die Hand auf die Achsel und sprach langsam und mit seinem ewigen Lächeln:

»Noch bin ich nicht geflogen!«

Ein verhaltener Glanz brach aus Paul Welkers Augen. Er schluckte. Ohne Ueberleitung sprach er: »Ich muß gehen! Das alles ist sinnlos!«

Mit schlenkernden Beinen und hängenden Armen ging er zur Tür. Dort drehte er sich noch einmal um.

Was wollte er denn noch sagen?

Sie blickten einander in die Augen.

Da schloß Paul Welker hinter sich die Tür.

Kapitel 3

Am Signalmast wurde die Nummer 13 hochgezogen, Jagdflugzeug-Zweisitzer der Hans Welker-Flugzeugwerke. Fünfdecker mit doppelter Höhensteuerung, Flächenverwindung und verstellbarer hinterer Flügelzelle. Motor 260 PS Goero-Umlauf, 18 Zylinder, überkomprimierter Schnelläufer. Untersetzt 1,8:1. Gewicht mit Motor und Betriebsstoffen 385 Kilogramm. Führer: Hans Welker. Beobachter: Scanzoni.

»Welker, mach', daß du in deine Maschine kommst!«

Graf Scanzoni setzte die Brille über die Lederkappe.

Der Fünfdecker war schon zum Start gerollt. Welkers erster Monteur überprüfte noch einmal rasch den Motor und spritzte Benzin durch die Auslaßventile in die Zylinder.

Hans Welker zog die gelbe Lederjacke an, nahm Kappe und Brille und ging über den Rasen zur Maschine. Gleichgültig und mit einer offenkundigen Geringschätzung stach sein Blick über das wogende Publikum, das Ferngläser und Photographenapparate auf ihn gerichtet hatte. Das Charakteristische seiner spitzen Bewegungen offenbarte sich in solchen Augenblicken in den verstiegensten Formen. Der hängende Kopf, das Zuckende, Gezwungene in den Beinen und sein stereotypes, lautloses Lachen.

»Halt! Halt! Menschenskind, Sie verderben mir ja den ganzen Zeitungsrummel.« Kurt Seeberger kam mit einem Herrn in gebügeltem Sportanzug und hellgelben Ledergamaschen hinter Hans Welker her. »Los! Los! He, Welker, zum Donner, nehmen Sie doch eenen Momang die Zündung fort!«

Welker drehte sich um. Sein Blick schweifte über die Zuschauermenge. Da sah er seinen Bruder schon. Aus den Tausenden heraus, wie ein hypnotischer Fixpunkt heftete er sich auf die Netzhaut. Warum kam er nicht ins Zelt? Warum drückte er sich da beim Publikum herum? Wie ein Taschendieb!

»Doktor Held vom Berliner Abendblatt!« stellte Seeberger vor. »Bitte, öffnen Sie die Schleusen Ihrer Journalistenfragen!«

Seeberger machte eine Verbeugung wie ein Zirkusdirektor. Doktor Held zog ein Notizbuch aus der Tasche und leckte am Bleistift. Mit einem grünseidenen Taschentuch wischte er sich die Stirn.

»So lassen Sie mich nur bißchen verschnaufen! Das ist ja das reine Wurstschnappen hier.«

Da kamen schon wieder zwei angerannt. Mit Kasten und Kisten. Einer verlor seinen Hut. Er ließ ihn liegen.

»Gestatten, Filznagel! Operateur der Deutschen Mars-Film-Kompanie. Wenn ich Sie vielleicht für eine Sekunde belästigen . . .«

Da drehte er auch schon an der Kurbel, verzog das Gesicht wie ein Kapuzineräffchen und stampfte schnaufend und kurbelnd hinter Hans Welker her, als dieser sich plötzlich umdrehte und zu seiner Maschine eilte. Das Faktotum schleppte wie ein Packesel die beiden Kisten hinterher.

»Homespun, befriedigen Sie die Neugierigen!«

Hans Welker stieg in die Maschine und sein Monteur schnallte ihn fest. Zwei Herren von der Platzkommission brachten die plombierten, auf den Barometerstand reduzierten Barographen.

»Sind die Herren schon gewogen?«

»Alles in Ordnung!« rief Scanzoni. »Hansen, wo ist die Liste?«

»Holla, Scanzoni!«

»Ja!«

»In dreihundert werden die Barographen eingeschaltet. Aufpassen! Ich fliege erst zwei Platzrunden.«

Hans Welker schaute sich um. Wo war sein Bruder? Was war das für eine verdammte Spiegelfechterei!

Für einen kurzen Augenblick hatte er ein unsicheres Gefühl. Ein lähmender Zweifel schlich sich in seine Gedanken.

Seeberger lief wie ein Tierbändiger um den Fünfdecker und zog den Reporter am Rockärmel mit. Auf der Tribüne setzte die Militärkapelle ein. Torgauer in Blechbesetzung.

»Ich kann Ihnen mit dem besten Gewissen versichern, daß dies die modernste Maschine ist, die zurzeit in Deutschland startbereit ist! Sehen Sie hier . . .«

»Aber die Zeiten, was hat sie zu Hause für Zeiten gemacht?« ereiferte sich Doktor Held.

Ein gelbhäutiger Jüngling in roter Bedientenlivree schlich sich zu Hans Welker und reichte ihm eine Ansichtskarte hinauf. »Die gnädige Frau, Baronin von Armin, läßt um eine Unterschrift bitten!«

»Mach', daß du fortkommst!« brüllte Seeberger, »roter Affenschädel! Schauen Sie sich bitte den Motor an, Herr Doktor, er ist für große Höhen wie geboren. Als ich damals mit einem armseligen 70pferdigen Anzani meine wackelige Taube auf 1200 hetzte, war das eine Leistung, über die eine ganze Welt die Köpfe schüttelte . . . Machen Sie jetzt bloß, daß Sie mit Ihrem dämlichen Kurbelkasten nach Hause starten, sonst fliegt Ihnen ein Benzintank an die Karosserie. Vorsicht!«

»Frei?«

»Frei!«

Mit einem Satz sprang Seeberger zur Seite. Der nervöse Kinooperateur Filznagel von der Deutschen Mars-Film-Kompanie samt Drehorgel und Faktotum lag am Boden. Hans Welker hatte an der Anlaßkurbel gedreht. Rauschend sprang der 18-Zylinder an, Welker öffnete voll, und der Propellerwind wehte den Unglücksraben wie ein Papierblatt über den Haufen.

»Aufpassen hinten! Gehen Sie doch zum Donnerwetter . . .«

Hans Welker lag im Start. Mit dreißig Metern Anlauf zog er die Maschine über die Erde. In rasender Fahrt schwebte er über den Platz. Er drückte leicht und sammelte noch mehr Fahrt. Rasch erholte sich der Motor, da riß er die Maschine mit einem Male wie einen Fahrstuhl hoch. Ausrufe des Entzückens kamen aus dem Publikum. Das war weiter nichts als ein Akrobatentrick, den man mit jeder guten Maschine ausführen konnte.

Aber es machte Eindruck, war Reklame.

»Na?« sprach Seeberger mit einem vielsagenden Lächeln zu dem Berichterstatter, »schreiben Sie das mal gleich in Ihr Notizbuch! Was sagen Sie?«

Hans Welker warf den Fünfdecker in eine scharfe Rechtskurve. Wie ein Pfeil rauschte er quer über den Platz. Am Ende des Geländes war er fünfhundert Meter hoch. Er ging in eine eckige Linkskurve mit voller Verwindung und hartem Seitensteuer. Mitten in der Kurve drückte er auf den Kurzschlußknopf. Das ohrenbetäubende Motorgeräusch verstummte. Eine unheimliche Stille.

Mit wunderbarer Eleganz drehte er die Maschine über den linken Flügel, drückte rasch das Steuer vor und stieß wie ein Habicht senkrecht zur Erde. In etwa hundert Metern fing er ab und kam geradewegs auf die große Zuschauertribüne zu.

Atemlose Spannung. Er kam näher.

Was ist denn passiert? Er kommt ja mitten in die Tribüne gebraust. Einige Rufe des Entsetzens wurden laut.

Flüchtende, Stoßende, Drängende.

Da gab Hans Welker Gas und zog die Maschine kurz vor der Tribüne hoch.

Aus tausend Kehlen kamen gepreßte Laute.

Es währte einige Sekunden, da löste sich die Spannung.

Ein orkanartiger Beifall dröhnte über den Flugplatz. Bis hinauf zu Hans Welker, der es durch das Donnern des 18-Zylinders hörte.

Noch einmal drückte er mit Vollgas die Maschine, zog sie in einem Schwung hoch und vollführte hintereinander zwei elegante, schulgerechte Loopings. Einige Minuten später war er verschwunden.

Was Hans Welker hier vorführte, war keine besondere Leistung. Jeder gute Flieger flog ihm die gleichen Kurven nach. Das Verblüffende war lediglich der waghalsige Schwung und die faszinierende Eleganz, mit der er flog. Alle Formen hatten etwas beklemmend Kühnes, Akrobatenhaftes und waren meisterhaft weich bis ins kleinste abgefühlt. Das Harmonische seiner Bewegungen und das Entschlußkräftige seiner Steuerhandhabung gaben ihm eine unbedingte Ueberlegenheit. Hans Welker war einem Vogel ziemlich ebenbürtig. Das Gefühl für die Lage der Maschine war bei ihm in solch hohem Grade entwickelt und ausgeprägt, daß er mit Bewußtsein keine Steuerbewegungen mehr ausführte. Er flog mit einem Unterbewußtsein, ohne auch nur einen Augenblick zu überlegen. Die Maschine war seinem Individualempfinden einverleibt, so daß jedes theoretische Schlußfolgern bei ihm überflüssig war, weil das Nervenzentrum die gesamten, in jedem einzelnen Augenblick nötigen Steuerbewegungen von selbst und ohne Zuhilfenahme blitzartiger Ueberlegungen ausführte.

»Was meinen Sie? Kann er fliegen?« Seeberger warf sich in die Brust, als sei er der geistige Urheber der ganzen Flugkunst.

»Wissen Sie, der ist als Flieger auf die Welt gekommen.«

»Ungeheuer! Ganz phänomenal!« Doktor Held kritzelte ins Notizbuch. Dann zündete er eine dicke Zigarre mit Bauchbinde an und stieß mehrere gedankenschwere Wolken kopfschüttelnd durch die Nase.

»Das ist noch gar nichts, kann ich Ihnen sagen. Gar nichts! Kinderei! Aber da sollen Sie ihn sehen, wenn er Laune hat. Da fliegt er zwischen Brückenpfeilern durch, unter Telegraphenleitungen, landet auf Marktplätzen und flachen Dächern, streift mit den Rädern das Wasser vom See und setzt zum Schluß die Kiste glatt in seinen Fabrikhof. Man muß geradezu lachen, wenn man an einen Pégoud denkt, der eine Welt auf den Kopf stellte mit seinen einfältig-harmlosen Loopings, die heutzutage jeder Flugschüler mit dem ersten Examen macht.«

Ein neuer Jagdtyp einer Johannisthaler Firma rollte zum Start.

Doktor Held empfahl sich. »Sie gestatten doch, daß ich nachher nochmals vorspreche?«

»Aber selbstverständlich,« schnarrte Seeberger und zog die Mütze in die Stirn. »Was ist denn das für eine Jammerkiste da drüben? Ojeh! Achtzylinder-Stand. Von der ist nichts zu fürchten. Na, dann auf Wiedersehen!«

Seeberger stand breitbeinig da und betrachtete seine Stiefelspitzen. Ein verschmitztes Lachen glitt über sein eingedrücktes Gesicht. »Alles Pose,« sprach er und räusperte sich, »alles Komödie!«

Er zog eine kleine Klappkamera aus der Tasche und photographierte unbemerkt das Flugzeug, bei dem eben die Barographen befestigt wurden.

»Ist nicht nötig,« rief jemand von hinten. Es war der Monteur Hansen. »Ich habe sie schon alle auf der Platte; die ganzen einundzwanzig Kisten, die hier herumflatschen.«

»Sehen Sie mal zu,« flüsterte Seeberger, »daß wir auch die Flügelprofile bekommen.«

»Alles in Schwung!« lächelte Hansen und rieb sich das Stoppelkinn.

»Ich habe, offengestanden, ein bißchen Bammel vor der Hessenmaschine. Dieser Paul Welker fängt an, mir fürchterlich zu werden.«

»Er hat 'ne verflucht gute Zeit geschafft.«

»Wir hätten dem Brüderlein ein wenig harmlosen Rheinsand ins Oel praktizieren sollen.«

»Ist nicht nötig. Herr Welker wird den Film schon schmeißen.«

»Wo steht denn eigentlich die Paul Welkersche . . . eh, die Hessenmaschine?« Ihm fiel ein, daß es hier vielleicht für ihn noch etwas zu tun gab.

»Nischt mehr zu machen, Herr Seeberger! Ist schon abgerollt!«

Seeberger zuckte die Achseln. Das war schade. – – –

Paul Welker stand unter den Zuschauern, als sein Bruder startete. Er sah den alten Zauber zum so-und-so-vielsten Male. Immer die gleiche Reklamearbeit. Aber immer wieder zog sie. Billiges Publikum! Nach der ersten Kurve beobachtete er die Maschine im Steigen. Sein krankhafter Ehrgeiz wurde wach in ihm und trieb ihm das Blut zum Herzen. Im Umkreis vernahm er Stimmen der Anerkennung und lebhafte Bravorufe. Ach, was wollte dieses Volk! Verständnis für ein Häuflein Akrobatik, aber sonst nichts.

Mit starrem Gesicht schaute er der Maschine seines Bruders nach. Diesmal würde er ihn nicht schlagen. Mit unsäglicher Mühe war seine Maschine berechnet. Durchdachte und durchgrübelte Nächte. Systematisches Aufbauen auf bewährten Mustern und mühevolle Vervollkommnung erprobter, amerikanischer Flügelprofile. Das mußte doch einen Erfolg zeitigen. Das konnte doch von der Autodidaktenarbeit seines Bruders, von dessen raffiniert ausspionierten Maschinen nicht in den Dreck geworfen werden.

Paul Welker schob sich durch die Menge und ging langsam zu den Zelten. Wie ein Kranker schlich er über den Rasen, und ein vergrabener Glanz kam aus den beschatteten Augen. Mechanisch zählte er die Schritte bis zu einem in die Erde geschlagenen, weißgestrichenen Markierungspflock. Wenn die Schrittzahl gerade ist, dachte er bei sich, dann gewinne ich. Ist sie ungerade, dann schlägt er mich.

Gleichgültig zählte er. Es war ein psychopathischer Aberglaube, aus den einfachsten Dingen herausgebildet, deren zwiefache Möglichkeiten er auf sich bezog, und daraus er sein Glück oder Unglück herleitete. Er zählte Telegraphenstangen, Pflastersteine, setzte gewisse Zeiträume für den Verlauf irgendeines Ereignisses fest und schloß daraus mit einem inneren Zwang auf sein eigenes Leben.

Nun war er bei dem Pflock. Es war ungerade. Ein leichtes Zucken huschte über seine Augenlider.

In selbstquälerischer Unruhe ging er weiter. – –

Hans Welker regulierte den Motor. Genau, Zahn für Zahn gab er Gas und fühlte am Höhensteuer. Gleichgültig, etwas schief auf die Seite geneigt und den Kopf eingezogen, saß er in dem schmalen Ledersitz und schaute nach Barograph und Tourenzähler. Die Zunge hatte er gerollt und wulstartig vor die Zähne geschoben. Für ihn gab es keine Berechnung, er fühlte die Maschinenlage durch sämtliche Nerven, wußte genau, wann er Gefahr lief, zu überziehen, und horchte wie ein alter erfahrener Arzt auf den Pulsschlag des Motors. Scanzoni schrieb nach der Stoppuhr genau die Zeiten auf. Bis jetzt war die Kurve ausgezeichnet. 3000 in 4¾, 5000 in 7 Minuten. Die Luft war ruhig und böenrein. Ein grauer Nebelstreif zog am Horizont über das dunkle Blau des Himmels. Scanzoni verglich seine Stoppuhrzeiten mit dem Goerz-Barograph. Sie stimmten genau überein.

In 5500 nahmen sie die Sauerstofflaschen.

Höher und höher in das uferlose Blau. Die Erde blieb zurück wie ein Schatten, etwas körperlich Gedachtes. Hans Welker vergaß die Erde. Unbeweglich saß er, und es schien, als wollte er in die Sonne steigen. Große Höhen zaubern Schatten. Führen lebende Gestalten vor, die aber nur Truggebilde sind.

Vor sich, wie auf blauer Leinwand sah Hans Welker seines Bruders versteinertes Gesicht. Sah die schwarzen Augen, die wie zwei halbversunkene Sterne glühten.

Ich habe noch vor keinem Menschen Furcht gehabt, dachte er, sollte mein Bruder mich das Gruseln lehren? Wäre es nicht das beste, wenn er bei mir wäre? Wenn wir zusammen arbeiteten? Sein kluger Kopf könnte mir viel nützen. Es ist aber doch selbstverständlich, daß er sich mir unterordnet. Ja, zum Donnerwetter, ich muß doch der Herr bleiben. Der ganze Schwindel gehört doch mir.

In 9000 schlich das Höhenfieber über Hans Welker.

Gaukelnd, lähmend, wie ein dicker Nebel, der sich auf die Lungen legt. Er konnte keine Höhen mehr vertragen.

Was stand da immer sein Bruder vor ihm?

Diese unbewegliche Fratze!

Ein Gedanke durchfuhr ihn.

Ich glaube, er ist zu allem fähig. Zu allem! Ich will ihm nochmals den Vorschlag machen. Er soll bei mir eintreten. Eine selbständige Stellung will ich ihm geben, daß er zufrieden ist. Daß er weiter philosophieren kann. . . . Sind wir denn immer noch nicht oben . . . Zehntausend sind vorgeschrieben. . . . ach, steht mir doch bei . . . ich schlage ihn, ganz sicher, ich fühle es jetzt schon, aber . . . aber nimmt das denn immer noch kein Ende?

Angestrengt schaute er nach dem Barographen. Neuntausendsiebenhundertundfünfzig. Also zweihundertfünfzig Meter noch.

Ein Pappenstiel. Aber in dieser Höhe eine Qual.

Hans Welker wollte sich umdrehen, um nach Scanzoni zu sehen. Es ging nicht, sein Körper war durch die dünne Lust wie gelähmt. Er war kaum imstande, das Seitensteuer zu betätigen. Der innere Ueberdruck preßte ihm das Blut in den Kopf.

Da flog sein Bruder neben ihm. Wo kam der her? Jetzt, aus dieser Einsamkeit.

Das erste Lachen, ha! ha! Das erste Lachen in seines Bruders teuflischem Gesicht.

Er stieg ja, sein Bruder. Stieg ihm vor der Nase weg.

»Halt! Haaa . . lt!!« Hans Welker preßte es aus der trockenen Kehle. Sein Bruder war fort. Das All hatte ihn verschlungen.

Er sah nur eines. Den Barographen. Er schrieb, ach wie langsam schrieb dieser Barograph.

Mit ungeheurer Willenskraft raffte Hans Welker sich zusammen. Wo waren denn mit einem Male die Wolken her? Nun waren sie wieder fort.

Da waren doch eben weiße Ballenwolken!

Das Höhenfieber hatte ihn gepackt wie eine Schlange.

Wieder setzte das Gaukelspiel ein, und Paul Welker flog an seiner Seite. Gleichmäßig stiegen sie. Genau in der gleichen Höhe. Nur nicht erlahmen, dachte Hans und arbeitete mit allen Nerven. Jetzt geht es aufs Ganze! Kam er nicht höher? Blieb der da neben ihm nicht zurück? Nein!

Doch, jetzt! Kaum merklich blieb er unter ihm. Es geht aufs Ganze! Sei kein Schwächling!

Ein triumphierendes Lachen stieg in Hans Welkers Gesicht. Die Nase verbog sich, und unter der Brille legte sich die Stirn in Falten.

Von hinten stieß ihn jemand in den Rücken.

Er schrak hoch.

Da zeigte der Barograph zehntausend Meter.

Langsam und kaum merklich legte Hans Welker die Maschine in den Gleitflug. – –

Die Flugplatzkommission nahm die drei Barographen aus der Maschine und stellte die Höhenleistung des Hans Welkerschen Jagdtyps fest.

Einige Minuten später stieg das Ergebnis am Signalmast hoch.

Nummer 13: 10 000 – 27½. Hans Welker hatte seinen Bruder um 15 Sekunden geschlagen. – –

Ein Zeitungsjunge lief über den Platz.

»Abendblätter! Berliner und Frankfurter! Sportewelt! Neueste Nummer L'Aérophile!«

»Heda!« rief Graf Scanzoni, »L'Aérophile!«

In dieser Nummer stand die fabelhafte Höhenleistung des französischen **Avion de chasse B 22** mit Le Rhône-Maurice.

Kapitel 4

Ein steifer Nordost lag auf dem See. Züngelnde Kammwellen mit weißen Gischtkronen jagten vor ihm her wie eine Schar gepeitschter Hunde. Ein halber Mond stand kränklich am Himmel. Die Luft war klar und voll Kraft, und man konnte das jenseitige Ufer des Sees erkennen. Die Wellen schlugen ans Ufer und fielen matt und kraftlos in sich zusammen, es war wie ein letztes raubgieriges Aufbäumen vor dem Untergang. Durch die herbstbuntfarbigen Buchen zog ein Choral von brausenden Stimmen.

Aus dem niederen Haus mit dem angrenzenden Holzschuppen kam Paul Welker. Vor der Tür blieb er stehen, beide Hände in den Hosentaschen, und blickte nachdenklich zu Boden. Eine mathematische Formel stand vor ihm. Eine neue Gleichung über den Luftwiderstand. Die Zahlen lagen auf der Erde. Greifbar deutlich; er brauchte sich nur zu bücken, um sie aufzunehmen. Sinnend blickte er auf einen Differentialquotienten, der da wie ein lauernder Gnom im Moos hockte und ihn angrinste. Mit dem Fuß stieß er nach ihm. Da fing das ganze Zahlenheer zu tanzen an. Wie aufgejagt schwirrten sie alle um die schläfrigen Buchen. Das wurden immer noch mehr, ein ganzer Hexensabbat. Paul Welker zog eine Zigarrentasche hervor und zündete eine schwere Mexiko an. Der Wind zerfetzte den Rauch.

Dort kommt eine dünne Wolke über den Himmel, sprach Paul Welker für sich. Sie sieht aus wie eine leichte Segelbrieg und hält Kurs auf den Mond. Also, ich gehe jetzt zum Steg. Wenn ich ankomme und die Wolke ist gerade über dem Mond, dann werde ich diese Gleichung noch lösen, bevor die Sonne aufgeht. Wenn nicht, dann werde ich mich vergebens abquälen.

Er ging mit gleichmäßigen, abgemessenen Schritten nach dem See. Wie er den linken Fuß erwartungsvoll auf den Steg setzte, schaute er nach der Wolke. Sie lag wie ein dünner Schleier über der Mondsichel. Die scharfen Schlaglichter auf dem See waren verschwunden, aber man sah einen feinen Schatten über das Wasser schleichen.

Er schaute der Wolke nach und beobachtete, wie sie weiterzog und es mit einem Male war, als ob jemand den Schirm von einem Licht genommen hätte. Die Schaumkronen im Licht glitzerten wie tanzende Quecksilberkugeln.

Paul Welker schritt über den Steg. Draußen am Ende lag seine Segeljacht. Wie eine geschmeidige Tänzerin wiegte sie sich auf den Wellen. Der Mast schuf einen langen, hageren Schatten, der in grotesken Bewegungen über den Steg zuckte und dann plötzlich wie eine unheimliche, lautlose Sense in das Schilf fuhr.

»Der Wind wird stärker, ich muß wohl den Sturmfock setzen!« Paul Welker sprang auf das Boot.

Er zog das Großsegel hoch. Dann belegte er Dirk und Pikfall. Prasselnd fuhr der Wind in das Segel. Nun setzte er den Sturmfock und zog die Schoten nach dem Kockpit. Der Wind stand vom Lande, da konnte er günstig abkommen. Er löste das schwere Tau, sprang zur Pinne und führte die Großschot. Das Boot machte eine halbe Drehung, die Segel füllten sich, und wiegend lief es vorm Winde ins offene Wasser.

Paul Welker saß still an der Pinne. Beim heftigen Schaukeln des Bootes, und wie er auf den harten Anprall der Wellen hörte, kam eine wohltuende Gedankenmattigkeit über ihn. Halb schloß er die Augen und hielt scharfen Kurs in südwestlicher Richtung. Dort schimmerte ein rotes Licht zu ihm herüber. Ein Bild tauchte auf und verwehte. Ein fernes Bild voll Wärme und Innigkeit. Er vergrub sich in ungeordnete Träume und starrte zwischen den Augenwimpern immerfort auf dieses rote Licht.

Da kam die zerquälte Armut seines Lebens über das Wasser und setzte sich an seine Seite. Und hielt ihm das Bild seines Schaffens vor die vergrabenen Augen. Alles schwieg bei Paul Welker in diesem Augenblick. Alles dämmerte nun und lauschte wie ein traumseliges Kind auf ein dunkles Märchen, nur der Dämon seines Ehrgeizes und seiner Eifersucht schlief nicht. Der wurde nicht müde zu wachen.

Damals in Baden-Baden! Gut war es, ach, wie gut, was die Franzosen geleistet hatten. Wie ein Strahl kalten Wassers hatte die Nachricht seinen Bruder getroffen, gerade im Augenblick seines Triumphes. Gestürzt hatten sie ihn, ist es vielleicht nicht wahr? Gestürzt von seiner erschlichenen Höhe.

Laßt mich doch in Frieden!

Paul Welker machte eine scharfe Wendung, legte das Boot auf den Steuerbordbug und lief mit halbem Winde nach Südosten. Das Schaukeln hörte auf. Im Wellental gesteuert, schnitt das Boot scharf ins Wasser. Verdammt, jetzt gilt es aufpassen. Nun scherten sich wohl die Gedanken zum Teufel. Kurs Südosten. Dort war auch ein Licht. Eine grelle, weiße Bogenlampe. Ganz am jenseitigen Ufer. Dort stand die große Fabrik seines Bruders. Seines reichen Bruders. Dort wurde Tag und Nacht gearbeitet. Das Geld floß dem ins Haus, wie ein See, der über die Ufer tritt. Hörte man nicht das Hämmern, das Schmieden und Sägen? Liefen nicht die Motoren, heulend und höhnend, daß man keine Ruhe mehr fand?

Er braßte das Segel an und ging höher an den Wind.

Ein unerklärlicher Ekel vor allem packte ihn wie ein Henkersknecht.

Spitz am Wind kreuzte er nach seinem Hause auf.

Langsam takelte er ab und pfiff. Paul Welker pfiff selten, und nur, wenn er ganz allein war, daß ihn niemand hören konnte. Eine einsame, selbsterfundene Melodie. Sie wurde erstickt von dem wachsenden Nordost, der in die Buchen fuhr und wie zu einer Schlußapotheose sämtliche Register zog.

Paul Welker ging in den langen Holzschuppen. Das war seine Fabrik. Schlosserei, Tischlerei, Schweißerei und Montage, alles zusammen in einer kümmerlichen Holzbaracke, durcheinandergeworfen.

Es war fast dunkel hier. Nur der Mond kam wie ein Dieb durchs Fenster und warf eine schwache Beleuchtung in den kalten Raum.

»Hier ist's ja heute gottserbärmlich kalt!«

Er lehnte sich an eine Hobelbank und ließ den Blick prüfend durch die Halle gleiten. Da hingen alte, zerbrochene Holzmodelle an der Decke, verstaubt und vermodert, belastete Tragflächen stießen spitz in den Raum wie zersplitterte Knochenskelette, Tuchfetzen hingen wirr durcheinander, und lange, schlangengeschmeidige Stahlrohre rekelten sich verwunden und verbogen im angeschwärzten Dachgebälk.

In der hinteren Ecke war die Schweißerei und Schlosserei. Dort standen zwei schlanke Sauerstoffflaschen wie vertrocknete Mumien, die in diesem Halbdunkel fast lächerlich wirkten mit ihren gewundenen Stahlrohranschlüssen. Mehrere Schraubstöcke, formlos und schlafend. In der Mitte ruhte ein fertig geschweißter Stahlrumpf, schlank und elegant wie ein phantastisches Spielzeug. Zwei bespannte Tragflächen waren an die Wand gelehnt. Sie leuchteten in mattem Glanz und sahen aus wie Theaterkulissen. Auf zwei Holzböcken lagen mehrere Kastenholme aus dünnem Sperrholz, an denen schwere Sandsäcke hingen, träge und faul, wie die Schinken in der Räucherkammer. Es war ein Belastungsversuch mit einem neuen Holm von besonders leichter Bauart.

Paul Welker starrte auf das Primitive der ganzen Einrichtungen und sah im Geiste seines Bruders moderne Werkstätten mit den rasselnden Maschinen und der wimmelnden Arbeiterschar.

Und damit wollte er Hans den Rang ablaufen? Mit diesem wirren Unrat von überlebten Einrichtungen, mit diesen vier jämmerlichen Schraubstöcken und den zwei veralteten Schweißbrennern. Mit dem halbverrosteten Haufen Stahlrohr und den armseligen paar Kubikmetern Eschenholz! Mit den zwölf Arbeitern, die er am Wochenende nur mit Mühe und Not bezahlen konnte. Mit dieser vorsintflutlichen, verstaubten Alchimistenkammer, vollgepfropft mit den Ergebnissen mühsam durchwachter Nächte und kostbarer, zeitraubender Versuche. Damit wollte er anrennen gegen einen modern organisierten Großindustriellen mit einer Kolonie von Arbeitern, einem Heer von Beamten, Ingenieuren und Konstrukteuren!

Es war ja lächerlich! So standen doch die Tatsachen?

Nein, das war es nicht! Seinen Geist, die Gründlichkeit seines Wissens und die theoretische Vervollkommnung und Makellosigkeit seiner selbstgeschaffenen Konstruktionen wollte er ausspielen gegen das Spürhundtalent und die geschickte hinterlistige Nachahmungsgabe seines erfolgreichen Bruders. So war es!

Was wollte er?

Mechanisch griff er nach einer Spiere, die auf der Hobelbank lag. Es war ein feines und zierliches Gebilde. Er hatte sie nach dem Prinzip des Fachwerkträgers mit dem Mindestaufwand an Gewicht konstruiert. Sie wog 52 Gramm und war für seine neue Jagdmaschine bestimmt.

Er ging zu den belasteten Kastenholmen und tippte mit dem Finger auf das Holz. Da bogen sie sich federnd durch und pendelten mehrere Male auf und nieder. Sie standen unmittelbar vor der Bruchgrenze. Ein leichter Druck mit der Hand, und sie wären zersplittert.

Mühsam hatte er sie berechnet, genau nach Kräfteplan und Momentenfläche, und die Belastungsprobe hatte die Richtigkeit seiner Rechnung bewiesen. Was da vor ihm lag, war die Verkörperung eines intelligenten Gedankens, die Bestätigung einer geistigen Schöpfung.

Er ging zu dem Stahlrohrgerippe. Wie seltsam zierlich. Wie leicht und elegant im Bau und in der Form. Hier war er bis zur fachmännisch zulässigen Grenze der Materialbeanspruchung gegangen.

Mit einem Male wurde ihm warm ums Herz, und eine trostreiche Befriedigung erfüllte ihn wie der Duft sonnenreicher Blüten. Das war doch Denken und Wirken und Schaffen, was hier herumstand und durcheinanderlag. Das war doch kein Dilettantismus, das waren doch keine Gymnasiastenträume und Erfinderhirngespinste. Das war doch das Kämpfen und Streben eines deutschen Ingenieurs!

Paul Welker dehnte die Arme und preßte die Brust hinaus. Dann ging er durch die Halle in die Wohnung und sah, daß in der niederen Küche noch das Licht brannte.

Die alte Stiene Steffen, seine Haushälterin, saß mit dem Strickstrumpf bei der roten Petroleumlampe und las in einem Hauskalender.

»Warum gehen Sie nicht zu Bett, Stiene Steffen?«

»Un de Harr gein up'n See?! Dat dörp Se ni daun, wenn he so ludhals schriegt. Dor möt Se uffpaten, dat dem Harr nix passiert! O, ick möt em seggen, de See is tücksch un he het schon veele achtern upfreten. Dor bliev Se man better tu Hus, Herr Welker!«

Sie nickte eifrig mit dem Kopf und fuhr sich mit einer Stricknadel in die Haare.

»Haben wir noch eine Flasche Portwein oben?«

»Secker! Ick wer dat bald holen!«

Sie schleppte sich hinaus und holte die Flasche.

Paul Welker nahm den Wein und ging in sein Wohnzimmer. Dort zündete er die schwere Petroleumlampe an und setzte sich an den Schreibtisch. Ein kieniges Holzfeuer tummelte sich im Ofen und goß eine schläfrige Wärme in den niedrigen Raum mit den alten Eichenmöbeln.

Paul Welker brannte die unvermeidliche Zigarre an und stürzte ein Glas Wein hinunter. Er fühlte keine Lust zum Arbeiten. Die kleine Wolke über dem Mond fiel ihm ein.

Mit der müden Dämmerung des Raumes versank er in seine Träume. Das Glas hielt er gegen die Lampe. Dunkelrot leuchtete der Wein. Er dachte an Blut, aber das dünkte ihm zu abgeschmackt. Warum etwas Rotes immer mit Blut vergleichen. Rot und strahlend wie eine Flut von Offenbarung und Erkenntnis!

Seine Jugend kam durch die Nacht auf den Zehen geschlichen. Scheu und verschüchtert trat sie ins Zimmer. Krank war sie, halb ohnmächtig und mager. Und bettelte um versunkene Sonne und verwehte Wärme.

Paul Welker trank auf seine bettelnde Jugend.

Aus den Wolken der Zigarre formten sich die mißtrauischen Gestalten späterer Jahre. Die Teilhaber und Mitarbeiter seines Strebens, die stummen, formlosen Beisitzer erhitzter Nächte, die Schüler und Lehrer ehrgeiziger Pläne und nebelhafter Hoffnungen, die Selbstbewunderer, die aalglatten Teufel des Zweifels und der Eifersucht, die ekel Neidbehafteten und Ruhmgierigen, die Sensationsberauschten und Goldlüsternen. Seine bösen Geister wälzten sich gebieterisch aus dem stickigen Qualm.

Paul Welker trank auf seine bösen Geister.

Aus dem singenden Herdfeuer glänzten zwei Augen und wuchs ein weicher Kopf mit glatten, kastanienbraunen Haaren. Weithin schimmerte ein treuvoll Licht über den See. Dort stand ein Haus mit rotem Ziegeldach. Das war alles vorüber. Das war alles längst zu spät. Er hatte keine Zeit gehabt für seine Liebe. Keine Ruhe und keine weich gestimmte Seele.

Paul Welker trank auf seine tote Liebe . . .

Er hörte nicht das Schraubengeräusch, das über den See kam.

Näher und näher klang es.

Und verstummte . . .

Wie aus dem Nichts gewachsen stand Hans Welker im Zimmer.

»Der See ist heute verflucht kratzbürstig! Man muß seine sechs Sinne zusammennehmen, daß man nicht absäuft.«

Hans Welker sprach stets von sechs Sinnen. Er meinte als sechsten das Instinktgefühl, die Vorausempfindung der Grenzwerte.

Paul Welker sah durch den Zigarrendunst betroffen auf die nässetriefende Gestalt seines Bruders, der den dicken Oelmantel auszog. »Was führt dich so spät zu mir? Brauchst du mich?«

Hans Welker setzte sich in den alten Sessel. Da waren schon wieder diese Augen auf ihn gerichtet. Wie das herauskam, das: »Brauchst du mich?«

»Ich sah dich mit dem Boot auf dem See. Du liefst hart am Wind, gerade auf mich zu. Ich fürchtete fast . . ., bei dem steifen Nordost . . .«

»Du fürchtetest nichts! Wie kamst du aber hierher?«

»Mit dem Motorboot. Hast du mich nicht gehört? Du warst wohl in deine Formeln vertieft?«

»Zufällig nicht, aber ich muß es überhört haben. Rauchst du eine Zigarre . . . ach so, entschuldige . . . du rauchst und trinkst immer noch nicht. Ich will mal sehen, ob ich eine Selters . . .«

»Aber ich bitte, bemühe dich doch nicht, du weißt doch, daß mir daran nichts liegt.«

»Je nun, man soll doch gastfreundlich sein, und allzuoft kann ich ja deinen Besuch bei mir nicht verzeichnen.«

Er legte beide Hände auf die Knie und schaute seinen Bruder erwartungsvoll an. Hans Welker warf die Beine übereinander und ließ den Blick unruhig durchs Zimmer eilen. Jedesmal, wenn er mit seinem Bruder sprach, fehlte ihm die Ueberlegenheit, die er bei allen anderen Menschen spielend leicht gewann. Er fühlte sich innerlich an der Gurgel gepackt, ein Gefühl, das ihn unsicher und oft geradezu verlegen machte.

»Aber wir sind ja keine Kinder,« fuhr Paul Welker in seinem leiernden Tonfall fort, jedes Wort sorgsam abgesetzt und gleichsam unter einem gewissen Vorbehalt ausgesprochen. »Also kommen wir zur Sache! Ich weiß doch, daß du irgend etwas **in petto** hast. Denn aus reinem Unterhaltungsdrang und brüderlicher Liebe kommst du nicht in so später Stunde über die Kammwellen.«

»Ja, ja, ja! Du hast nicht unrecht,« antwortete Hans und verbarg sich hinter seinem toten Lachen. »Ich habe allerdings etwas auf dem Herzen. Es ist zwar nichts Neues, aber es ist ein neues Moment hinzugetreten. Hast du schon die Abendblätter gelesen? Noch nicht? Also ich will dir's erklären. Die französischen und amerikanischen Erfolge auf dem Gebiet des Flugwesens haben das deutsche Luftministerium stutzig gemacht. Ist auch ganz klar! Kurzum, das Luftministerium hat ein riesiges Preisausschreiben losgelassen mit einer stattlichen Anzahl von Preisen für die verschiedenen Flugzeugtypen. Die Bedingungen sind ungeheuer scharf — — du machst ja ein Gesicht, als ob du nur halb zuhören werdest — — du kannst sie im Abendblatt lesen. Für das beste Jagdflugzeug, Zweisitzer, werden eine Million Mark ausgesetzt. Alles andere kannst du lesen. Hier hast du das Moment, das in unser gegenseitiges Verhältnis ein neues Licht oder einen neuen Schatten wirft.«

Paul Welker hatte mit Spannung zugehört. Er hatte sich so in der Gewalt, daß er jeden seelischen Vorgang nach außenhin verschleierte. Er neigte den Kopf auf die Seite und fuhr sich mit der Hand durch die lose gekämmten Haare.

»Ich danke dir für diese Nachricht, aber was hat das mit deinem Besuch zu tun? Fürchtest du etwas von mir?«

»Ich fürchte nichts von dir! Sei doch nicht so verflucht mißtrauisch. Ich weiß nur, daß wir beide jetzt anfangen werden, ein Jagdflugzeug zu bauen, das die verlangten Bedingungen erfüllt.«

»Da wirst du nicht unrecht haben. Nur keine Angst, du wirst mich schon wieder klein kriegen. Du hast mich ja in Baden-Baden auch in den Dreck gerissen.«

Hans Welker spekulierte. Für ihn gab es keine langen Ueberlegungen. Er handelte blitzschnell und ohne eigentliche Logik. Etwas eckig erhob er sich aus dem Sessel, stellte sich vor seinen Bruder hin und sprach mit weicher, versöhnlicher Stimme:

»Laß doch Altes begraben sein! Was soll uns denn das Vergangene. Sieh mal, Paul . . .« – er wollte ihn ansehen, aber es ging nicht, die Augen irrten über den Schreibtisch – »sieh mal, hier gilt es jetzt, ein großes Ziel zu erreichen. Ein Ziel, für das manche einflußreiche Firma arbeitet und die äußersten Kräfte spannt. Warum sollen wir zwei Brüder uns hier zersplittern? Ist es nicht sinnlos, undiplomatisch, daß wir fortwährend einen inneren Feldzug führen? Es ließe sich doch etwas Großes erreichen . . .«

Hans Welkers Stimme wurde immer geschmeidiger. Bei allem Komödienspiel klang ein versteckter Unterton von Ehrlichkeit hindurch.

»Paul! Ich weiß, was du kannst, und ich schätze deine Fähigkeiten . . .«

»Fürchtest du sie auch?« unterbrach ihn Paul, und die kleine Falte kroch aus seinem linken Mundwinkel.

»Fürchten, wie soll ich sie fürchten? Aber ich weiß, welchen Wert deine Intelligenz besitzt. Ich meine, es könnte etwas geleistet werden, wenn . . .«

»Na, wenn?«

Hans Welker legte seinem Bruder die Hand auf die Schulter. »Paul! Laß uns zusammen arbeiten! Verbinde deine wertvollen theoretischen, wissenschaftlichen und praktischen Kenntnisse mit meinem . . . na, mit . . . meinen Erfahrungen, mit meinen . . .«

»Mit deinem Spionagetalent, was?«

»Na ja, meinetwegen! Ist ja egal. Ich will dir nochmals den Vorschlag machen, wir wollen zusammen an diesem großen Werk arbeiten, und ich kann dir sagen, es wird nicht zu deinem Schaden sein.«

Paul Welker erhob sich und stellte sich mit dem Rücken gegen das Herdfeuer. »Du willst damit sagen, ich soll bei dir in die Firma eintreten?«

Hans Welker bog und wand sich. Es war doch so ungeheuer schwierig, mit diesem Menschen zu verhandeln. Und er meinte es doch ehrlich, aber wahrhaftig ehrlich.

»Gut, wenn du es so nennen willst!«

Das nervöse Zucken sprang über Paul Welkers Augenlider. »Und hier, meine kleine Fabrik?«

»Kauf' ich dir ab. Den ganzen Krempel! Du sollst eine Stellung bei mir haben, daß du zufrieden . . .«

Paul Welker wehrte mit der erhobenen, flachen Hand. »Laß das! Ich kenne das alte Lied.«

»Ich kaufe dir dein ganzes Besitztum ab. Kleinigkeit! Wir sprengen die alte Knallbude in die Luft, basta!«

Paul Welker durchzuckte es. Er sah sich, wie er seine Selbständigkeit verloren hatte. Wie er in seines Bruders Diensten stand und sein Name für alle Zeiten erlosch. Tot! Verstreute Asche!

Nein, es war unmöglich, das konnte er nicht über sich bringen. Da würde er zeitlebens den Strick am Hals fühlen.

Langsam kam er auf Hans zu, stellte sich breitbeinig vor ihn hin und sprach gedehnt:

»Nein, Hans! Nimm mir's nicht übel! Aber ich kann mich nicht von dir füttern lassen. Ich kann nicht!«

»Weil du ein Querkopf bist!« erboste sich Hans Welker und krallte beide Hände. »Merkst du denn nicht, daß du bei all deiner Intelligenz ein fortwährendes reales Fiasko erleidest? Und darüber wirst du nicht hinwegkommen! Ich fürchte deine Pläne nicht, obwohl ich weiß, daß du zu fürchten bist. Ich habe dir einen Vorschlag gemacht, in aller Güte und von meinem Brudersinn diktiert, aber ich habe es nicht nötig, bei dir zu betteln. Ich bin gewappnet für dich, das laß nur meine Sorge sein. Hier gilt es nur, etwas zu erreichen, und das hätte ich gern mit dir gemeinsam gemacht. Wenn du nicht willst, nun gut . . .! Du schaust so überlegen, so grenzenlos überlegen! Oh, ich kenne deine Trümpfe, kenne sie längst, ich weiß, daß du an . . .« Er unterbrach sich und schluckte etwas mühsam hinunter.

»Was weißt du? Was?«

Hans Welker schüttelte den Kopf und griff nach seinem Oelmantel. »Nur keine Komödie, Paul! Ich habe dir einen Vorschlag gemacht. Es liegt eine gewisse Demütigung für mich darin, daß ich zu dir kam. Glaube mir, es ist mir nicht leicht gefallen. Nein, verdammt schwer, verd . . .« – er schlüpfte in den nassen Oelmantel – »ver . . . dammt schwer! Ueberlege dir alles, was ich dir gesagt habe. Laß die Vernunft sprechen und denke daran, was wir verdienen können!«

»Was *du* verdienen kannst, meinst du! Du hast dich doch eben nur versprochen.«

»Es ist so furchtbar schwer, mit dir zu verhandeln!«

Hans Welker setzte die Ledermütze auf und öffnete die Tür.

Da ging er nochmals auf Paul zu und hielt ihm die Hand hin. »Gute Nacht, Paul!«

Der hob lässig, zögernd den Arm. »Gute Nacht!« Wie durch Wände hindurch klang seine Stimme.

Hans Welker ging zum Steg und sprang in das Motorboot. Einige Minuten später schwamm er schon draußen auf dem See.

Der Wind war noch stärker geworden und wälzte das gischtschäumende Wasser gegen den Strand. Man hörten das schlagende Geräusch des Motors. Klatschend schnitt das Boot durch die raublustigen Wellen.

Paul Welker stand am Ende des Steges und schaute seinem Bruder nach. Er sah, wie das Wasser über das Boot rauschte. Wie ein hilfesuchendes Ungeheuer bäumte es sich gegen die andrängenden Wassermengen.

Jede Bewegung, jedes ruckartige Schleudern verfolgte er und spann über einer Möglichkeit. Das sah ja gefährlich aus. Wahrhaftig gefährlich mit dem schwachen Boot.

Immer weiter ging es, immer schwächer wurde das eintönige, klopfende Geräusch.

Da drehte sich Paul Welker ruckartig um.

»Ach was!« sprach er laut und etwas ärgerlich, »dem passiert nichts!« – –

Hans Welker saß in seinem Privatkontor und kaute an den Fingernägeln. Das war ein Zeichen, daß ihm allerlei durch den Kopf schwirrte. Scanzoni lag in einem der schweren Ledersessel und trug das Fensterglasmonokel im Auge. Er war gerade mit dem Auto vom Flugplatz gekommen und hatte noch die gelbe, ölfleckige Lederjacke an.

Er war der einzige, den Hans Welker ins nähere Vertrauen zog, vor dem er sich gleichsam entkleidete und die Maske vom Gesicht nahm. Das wußte der Graf, und er wirtschaftete klug und sorgsam mit diesem gewaltigen Trumpf, den er in Händen hielt. Er nahm eine Zigarette, ließ das Monokel in die Westentasche fallen und sprach leichthin:

»Ich habe eben unsern neuen Typ geflogen!«

Hans Welker drehte die Augäpfel nach oben und schaute nach der Decke. Er war gespannt, voll gieriger Erwartung, aber er rüstete sich, um einer Enttäuschung mit dem nötigen Maß von Gleichgültigkeit zu begegnen. »Na und? Bis jetzt noch nichts, was?«

Der Graf zog die Schultern hoch. »Ich habe achttausend in einundzwanzig Minuten geschafft.«

Es waren nur neunzehneinviertel gewesen.

»Hast du das Barogramm?« Hans Welker rechnete blitzschnell die möglichen Zeiten nach und vervollständigte in Gedanken die Höhenkurve. Scanzoni zog ein Barogramm aus der Tasche, quälte sich langsam aus dem Sessel und warf es Hans Welker auf den Schreibtisch.

»Die Maschine ist gut, aber der Motor verliert Leistung. Man muß das Uebel dort packen, wo es in Wirklichkeit sitzt.«

Hans Welker wertete das Barogramm aus und schrie: »Es sind nur neunzehneinviertel Minuten!«

Der Graf lächelte über die wulstigen Lippen: »Du irrst dich!«

»Ich irre nicht. Hier! Kannst du nicht mehr zählen?«

Scanzoni prüfte die Kurve nach und tat überrascht. Er wußte es ganz genau, daß es nur neunzehneinviertel waren. Aber er hatte erreicht, was er wollte. Es war nur Spaß, und auch ein wenig Berechnung. Er hatte Hans Welker überrumpelt und hinters Licht geführt. Hatte ein wenig mit ihm gespielt. Und Hans Welker war guter Laune.

»In der Tat! Neunzehneinviertel! Was bin ich für ein Tölpel. Also, das wäre ja gar nicht mal so schlecht!«

»Nicht schlecht! Nicht schlecht! Aber es reicht nicht! Hast du denn überhaupt die Bedingungen des großen Preisausschreibens schon gelesen?«

»Nein.«

»Das sieht dir ähnlich!«

»Warum? Ich weiß genau, was aus der Kiste herauszuholen ist. Sie ist startfertig, du kannst sie heute abend nachfliegen. Du wirst die Leistung noch etwas höher schrauben, also können wir wohl mit ziemlicher Gewißheit rechnen, daß du sie in vierundzwanzig Minuten auf zehntausend bringen wirst!«

Welker überlegte und schob die Zunge zwischen die Zähne. »Hast du den Motor genau reguliert?«

Scanzoni lächelte wieder. »Die Maschine ist für dich startbereit.«

Welker überging diese kategorische Aeußerung und sprach noch für sich: »In vierundzwanzig Minuten!«

»Und was verlangt das Luftministerium?«

»Nach der vorgeschriebenen Steigklasse achtzehneinhalb Minuten.«

»Prost Mahlzeit! Keine deutsche Maschine kann das heute leisten!«

»Das weiß ich. Aber bis zum Frühjahr müssen wir so weit sein.«

»Alle Achtung, wenn du das fertig bringst.«

Hans Welker verriet etwas von seinem Geschäftsprinzip. Er legte beide Beine auf den Schreibtisch und sprach mit zurückgehaltener Stimme:

»Weißt du, was die Hauptsache ist? Man muß die internationalen Konkurrenzen scharf im Auge behalten. Mitte November findet in Paris das Vergleichsfliegen der französischen Jagdmaschinen statt. Und in London spuken, glaube ich, eben die amerikanischen Typen herum. Man muß dort die Augen aufmachen, wo man was sehen kann, Scanzoni, und dort, wo man die Geldbrieftasche aufmacht, muß man ein Auge zudrücken. Oder zwei. Es ist überflüssig, wenn man das noch denken und probieren soll, was andere schon gedacht und probiert habend Verstehst du mich?«

»Was ist da zu verstehen! Du willst ein Imitator sein.« Er sprach es ganz trocken und sachlich.

»Imitator! Ach, was! Imitator! Ich werde mir einen Erfolg nicht durch die sogenannte Moral verpfuschen lassen. Das können andere machen!«

Dabei fiel ihm sein Bruder sein.

Er sprach, ohne aufzuschauen: »Weißt du, Scanzoni, daß ich gestern bei meinem Bruder war? Ich ärgere mich jetzt fast darüber. Er hat natürlich abgeschlagen.«

»Das wußte ich im voraus, denn es war selbstverständlich.«

»Selbstverständlich? Was selbstverständlich?« schimpfte Hans Welker. »Weil er ein unglaublicher Dickschädel ist! Dem sitzt der Teufel im Nacken. Er wird sich ja wundern. Ich werde ihm seine lächerliche Konkurrenzbude schon in Scherben schlagen!«

Er warf den Federhalter auf den Tisch und pflanzte sein Lachen auf. Als ob jemand an einem unsichtbaren Draht gezogen hätte, war sein Gesicht verändert.

»Ist ja doch einfältig von ihm. Er wird doch nie etwas erreichen bei all seiner Arbeit, die er verschwendet. Was will er denn mir anhaben? Wie? Im Frühjahr findet der Austrag des Preisausschreibens in Berlin statt. Er wird arbeiten wie ein gepeitschter Neger. Aber glaubst du, Scanzoni, ich lege die Hände in den Schoß?«

Der Graf zündete eine neue Zigarette an und stieß formlose Ringe in die Luft.

»Ich bin nicht ganz deiner Ansicht, Welker. Dein Bruder ist einer der intelligentesten Menschen, die mir je begegnet sind, und er besitzt eine Energie und Arbeitskraft, die du gewiß selten finden wirst.«

Er machte einige Schritte auf den Schreibtisch zu und sprach langsam und stoßend wie eine Drehorgel: »Dein Bruder, das kann ich dir sagen, dein Bruder schreckt vor nichts zurück. Lerne du mich nur nicht die Menschen kennen! Er ist ein leidenschaftlicher Charakter, und seine Leidenschaften sind einer ungeahnten Steigerung fähig. Sie gehen bis ins Bizarre, Sinnverwirrende. Ich kenne ihn! Glaube mir, daß ich ihn kenne!«

»Ist mir ja ganz egal! Mich kann er in Ruhe lassen, mir ist bis jetzt noch nichts schief gegangen. Was soll ich mir da mit langen Ueberlegungen die Zeit vertrödeln! Ich will nicht, basta!«

Das Telephon klingelte. Welker nahm den Hörer und warf ihn hart auf den Tisch.

»Eine Dame wünscht dich!«

Scanzoni ging zum Apparat.

»Wie bitte? Jawohl, hänge hier selbst an der Strippe! Na, Lotte!« Ein Lachen breitete sich über sein Gesicht, und die kugeligen Augen drehten sich.

Der zweite Tischapparat klingelte. Scanzoni nahm den Hörer. »Einen Augenblick mal, Gnädigste. Ja, bitte? Herr Direktor? Bitte!«

Er reichte Hans Welker den Hörer.

»Sie behaupten also, ich hätte Sie geküßt? Zweimal sogar?«

Welker sprach: »Gut. Ich bin in einer Stunde am Flugplatz. Ich will um fünf Uhr den neuen Zweidecker fliegen.«

Er warf den Hörer in den Bügel.

Scanzoni sprach an seinem Apparat weiter.

Kurt Seeberger kam schlotternd zur Tür herein, zog den weiten Homespun aus und warf ihn samt der schreienden Mütze aufs Ledersofa. Er trug einen neuen, ockergelben Jackettanzug im modernsten Schnitt und glänzende Lackstiefel mit Einsätzen. Kleider saßen bei ihm nie, sie hingen ihm am Leibe. Er ließ sich in den niederen Klubsessel fallen, stellte die Knie nach oben und zog die tadellos gebügelten Hosen hinauf, daß man die blauseidenen Strümpfe sah.

»Was ist denn das für ein Typ, mit dem du da verhandelst?«

Graf Scanzoni hielt die Hand auf den Hörer und zog den Kopf in den Nacken.

»'s ist die Tochter vom Staatsanwalt Verworn. Sie behauptet, – – Gewiß, gnädiges Fräulein, aber warum so offiziell, Sie meinen, wie bitte?« – – zu Seeberger gewandt: »Sie behauptet, ich hätte Sie gestern beim Polterabend geküßt, und knüpft daran unnötige Folgerungen.«

»Du verdrehst noch allen Weibern den Schädel!«

»Also heute abends um acht Uhr im Café Orient. Abgemacht! Auf Wiedersehen!«

Scanzoni rollte die etwas umränderten Augen und ließ das Monokel zur Erde fallen. Es kugelte auf den Teppich. Er ließ es liegen, nahm ein Ersatzglas aus der Westentasche und bot Seeberger eine Zigarette an. Hans Welker wurde in die Versuchsabteilung gerufen. Bevor er die Tür schloß, sprach er zu Seeberger: »Bleiben Sie noch einen Augenblick hier. Ich habe was mit Ihnen zu verhandeln.« Dann schlug er die Tür zu.

»Sag' mir doch bloß mal, Scanzoni, wie kommt das eigentlich, daß du alles, was Weib heißt, einfach in der Tasche hast? Wie stellst du das nur an? Daß du hübsch bist, wirst du dir ja wohl nicht einbilden, darauf kommt es auch schließlich nicht an.«

»Das will ich dir sagen, mein lieber Homespun.«

Ein sprechend überlegenes Lächeln breitete sich über sein kugeliges Gesicht mit der etwas plattgedrückten Nase.

»Vor allem: Mir geht ein pikanter Ruf voraus. Das ist viel wert. Und dann: Ich bin brutal genug, um mir jeden Erfolg zu sichern, und so ohne Schliff und angeborenes Taktgefühl, daß mir nichts Weibliches widerstehen kann. Begreifst du, was ich meine? Dann aber nutze ich keine Situationen aus und verhalte mich im vermeintlichen Angriffsmoment plötzlich passiv. Das verzeiht mir keine.«

»Was verzeiht dir keine?«

»Ich meine folgendes: Wenn ich eine Frau in irgendeinem Augenblick schwach gefunden habe, so verzeiht sie mir das. Wenn ich aber diese Schwäche nicht ausnutze, sondern sie bloßstelle, so werde ich gehaßt. Und beim Weib liegt die stärkste Liebe im Haß.«

»Du bist ein spöttischer Weltverächter!«

»Ich habe zu viel erlebt, als daß ich noch Gefühle besitzen dürfte, die mein eigenes Ich tyrannisieren.«

»Ja, ja,« – Seeberger fiel noch etwas ein – »man entwickelt sich zu eigenartigen Lebens-Excentrikakrobaten. Ich habe mich vor einiger Zeit mal mit einem Dienstmädchen verlobt, aus Mitleid mit ihrer Häßlichkeit.«

Scanzoni stellte die schiefachsigen Augen nach der Decke. »Du lügst wie eine Leichenrede.«

»Das kannst du mir wahrhaftig glauben. Wenn ich mal auf Touren komme, dann sind meine Handlungen nicht mehr zu berechnen.«

»Wenn du auf Touren kommst? Du meinst, wenn du ehrlich betrunken bist?«

»Du bist ein ewiger Spötter. Es gibt rein gar nichts, was du nicht mit deinem Sarkasmus in den Staub zerrst.«

Gras Scanzoni kam auf Seeberger zu und nahm das Monokel in die Hand. »Lieber Freund, ich sage dir, das Leben erzieht uns zum Hanswursten. Du bist bis jetzt noch nicht an die scharfen Ecken gestoßen. Wenn du dir aber erst mal Beulen an die Stirn gerannt hast – – dann – –« Er hielt einen Augenblick inne und schaute nachdenklich zu Boden. »Mein Spott ist manchmal nur Aerger über mich selbst. Mir sind schon zu viele Menschen zur Schablone geworden. Hast du nicht gefunden, daß sich die Durchschnittstypen fortwährend wiederholen, bis zum Ueberdruß? Sogar in ihren abgedroschenen Redensarten? Und diese Schablonen ekeln mich an. Ich ärgere mich, weil ich sie noch nicht überwunden habe.«

»Ich gebe mich mit solchen Fragen im allgemeinen nicht ab. Ich verschanze mich lieber hinter einer Pose.«

»Deine Pose ist nicht ungeschickt, denn du wirkst zweifellos als Typus. Hand aufs Herz, Homespun! Gelernt hast du nichts, können tust du auch nichts! Und doch hast du dich bei Hans

Welker unersetzlich gemacht. Du schwebst wie der Heilige Geist über den Wassern. Einen gewissen Einfluß hast du auf ihn, den ich nie recht ergründen kann, der aber wohl hauptsächlich in der Absonderlichkeit deines Auftretens und im Grotesken deiner Ansichten und Pläne begründet ist.«

Seeberger warf die Beine auf die Lehne des Sessels und knackte mit den Fingern. »Da liegt ja der Hase im Pfeffer. Man muß es verstehen, sich unersetzlich zu machen, und wenn man nicht mehr arbeitet als ein Kanzleibeamter.«

»Mußt du nicht manchmal lachen über dich?«

Seeberger zupfte an dem schmalen Schlips, dessen Enden aus der Schleife steif ins Freie standen. »Du darfst nicht vergessen, daß ich auch mit mancherlei Wohlgerüchen herumlaufe. Meine Vergangenheit ist für Welker eine gute Kapitalsanlage. Ich habe Flüge gemacht im ersten Anfangsstadium der Fliegerei, ich habe mit Fürsten verkehrt und Sultans und war der erste Kampfflieger der Welt. Du weißt, damals im Türkisch-Bulgarischen Krieg . . .«

»Hör' auf, Homespun! Du kommst noch so auf den moralischen Hund, daß du deine Märchen selbst glaubst. Ich weiß doch, wo und was und wann und mit wem du geflogen bist, also, wir wollen doch wenigstens unter den Dieben ehrlich sein. Auf alle Fälle bist du der geschickteste Flunkerer, den ich bis jetzt kennengelernt habe.«

»Aber erlaube mal, Scanzoni, wie kommst du . . .«

»Bitte! Bitte, keine Komödie! Mit mir erfahrenem altem Sünder.« Der Graf Scanzoni wühlte beide Hände in die Taschen und beugte sich mit nach außen stehenden Stiefelspitzen zu Seeberger. »Uebrigens, seit wann trägst du denn Ohrringe?«

»Habe ich mir zugelegt. Ich brauche manchmal eine Abwechslung in meiner Physiognomie.«

Die Fabrikpfeife pfiff zur Vesperpause. Eine Schar Arbeiter und Arbeiterinnen rannte eifrig über den Hof nach der Kantine. Lachend und scherzend, unter Stößen, puffend, schiebend und drängend, preßten sich die rußigen Gestalten durch die schmale Tür.

Scanzoni ging zum Telephon. Seeberger schaute zum Fenster hinaus.

»So ein Arbeiter hat auch eine sonderbare Zufriedenheit am Leib.«

»Vielleicht eine bessere und gesündere als wir.«

»Weil wir eben gar keine haben.«

»Halloh! Zentrale! Der Wagen soll vorfahren, der Direktor will zum Flugplatz.«

Hans Welker riß die Tür auf und ging mit spitzen Schritten zum Schreibtisch.

Er warf sich in den Sessel und griff nach einer Unterschriftsmappe. Seeberger dozierte: »Ich verstehe nicht, wie ein Mensch nur *eine* Unterschrift haben kann! Man muß doch, um allen Lebenslagen gerecht zu werden, mindestens zwei Unterschriften haben. Ich zum Beispiel habe eine nüchterne kaufmännische und eine perverse! Hier bitte . . .«

Er zog ein Blatt Papier hervor und schraubte am Füllfederhalter. Dann schrieb er. »Ist das nicht richtig? In Zweifelsfällen frage ich, welche Unterschrift gewünscht wird.«

Scanzoni verabschiedete sich. »Empfehle mich, Seeberger, kommst du heute abend ins ›Orient‹? Du gibst dich doch gerne mit verrückten Frauen ab. Da kannst du Märchen erzählen, daß die Spiegelscheiben platzen!«

»Wird gemacht! Wann startest du? Jedenfalls wirst du doch erst eine Zwischenlandung im ›Schwarzen Ferkel‹ machen. Na, Glück ab!«

»Gut Land!«

»He, Scanzoni!« Welker sprang auf und ging zur Tür. »Ueber die Leistung der Maschine . . .« – er legte den Finger an die Lippen – »Mund halten!«

Scanzoni nickte mit einem zwecklosen Lächeln und ging.

Hans Welker blieb mitten im Zimmer stehen, mit halboffnem Mund und spielenden Fingern. Er überlegte. Etwas Lauerndes, Sprungbereites lag in seinem Wesen und schuf eine abstoßende Karikatur aus ihm. Der Kopf hing scheinbar schlaff auf der Brust, als müßte er das Gesicht verbergen.

»Hören Sie mal, Homespun!«

Seeberger hüstelte. Er wußte, daß nun etwas kommen würde. Etwas für ihn. Pomadig rückte er sich in Positur, gleichsam, um den Auftrag mit der nötigen Würde entgegenzunehmen. Das Gesicht verschrumpfte, wie ein unreifer Apfel, und die Augen vergruben sich unter den verkniffenen Lidern.

»Ich brauche aber einen neuen Scheck!«

Welker hob für einen Augenblick den Kopf und schielte mit den Augen. »Sie wissen aber noch gar nicht, was ich . . .«

»Was denn? Wenn ich startbereit gemacht werde, brauche ich immer einen Scheck. Ohne Dauerbetriebsstoff ist doch bei mir nichts zu machen.«

Hans Welker lachte, oberflächlich und gezwungen. Es kostete ihn ordentlich Mühe, einen Ton dafür herauszufinden. Was der sich herausnahm!

»Machen Sie keine Witze, die Sache ist ernst! Wir müssen auf der Hut sein! Ich habe deutlich das Gefühl, daß wir bis zum Frühjahr die verlangten Maschinen nicht schaffen können. Wenigstens nicht aus eigenen Versuchen heraus Ich weiß, was das für eine Arbeit ist.«

Leise und wie zu sich selbst:

»Wir müssen stehlen, wir müssen! Wer in der Fliegerei nicht stiehlt, bringt es zu nichts. Nur nicht überlegen!« Er lief in die Ecke und starrte auf das von der Decke hängende Einsitzermodell. »In Mailand ist Ende Oktober die große internationale Flugkonkurrenz. Da sind die besten englischen, französischen und amerikanischen Kisten. Verstehen Sie mich, Homespun? Ihnen sieht man den Deutschen nicht an. Setzen Sie sich möglichst rasch auf die Bahn und schaukeln Sie nach Mailand. Sichten Sie das Gelände! Ich schreibe Ihnen einen Scheck über zwanzigtausend Mark. Diesmal sparen Sie nicht! Ich versichere Ihnen, jeder Monteur ist zu bestechen! Ich komme in vierzehn Tagen nach. Meinem Einfluß ist noch keiner entgangen.« Die Falten traten wulstartig auf die Stirn. »Alles andere hilft nichts! Man muß . . . muß . . . na, verflucht!«

Erregt lief er zum Schreibtisch. »Machen Sie, daß Sie auf die Bahn kommen.«

»Na, ich werde wohl nicht zu springen brauchen. Nur keine Ueberstürzung! Habe ich Sie schon einmal im Stich gelassen? Ich wickle ganz Italien um den kleinen Finger, wenn es darauf ankommt. Wenn mich jemand beim Ehrgeiz kitzelt, dann garantiere ich Ihnen schon für die Zeichnungen, bevor einer von den Lazzaroni überhaupt nur ans Fliegen denkt. Vergessen Sie den Scheck nicht! Schreiben Sie gleich dreißigtausend, man kann nie wissen! Und ich will doch keiner sein, der auf der Wassersuppe geschwommen kommt.«

Hans Welker schrieb einen Scheck aus über dreißigtausend Mark, Kommission achtzehn, Handelsunkosten. War ja eine Kleinigkeit. »Vergessen Sie nicht, daß es einen heißen Endsport gibt! Um die lumpige Million ist's mir gar nicht zu tun. Aber die Bestellungen, die hinterher kommen, sind nicht zu verachten.«

Wie er darüber nachdachte, fiel ihm noch etwas ein. »Fahren Sie über Berlin! In Berlin sind die Behörden!«

Seeberger steckte den Scheck lässig in die Rocktasche und quälte sich gähnend in den Ueberzieher. An der Tür blieb er stehen. »Guten Abend, Herr Welker!«

Der hörte ihn gar nicht. Er hatte die Nase an die Fensterscheibe gedrückt und war in Gedanken schon in Mailand.

Kurt Seeberger hielt die Türklinke in der Hand und schielte nach dem Fenster. Ein windschiefes Lächeln zuckte ihm um den Mund. Wer ist von uns eigentlich der größte Gauner? überlegte er für sich. Dieser Vergleich machte ihm Spaß. Er dachte an den Scheck.

Mit einer schwungvollen, spöttisch-devoten Bewegung verließ er das Privatkontor Hans Welkers. — —

Das Telephon knarrte.

»Was ist los? – Wer? – – Er soll hereinkommen!«

Die Dämmerung schlich wie ein Raubtier ins Zimmer. Hans Welker zog die Vorhänge dicht und knipste die grüne Schreibtischlampe an.

Es klopfte. Furchtsam und zaghaft.

Robert Sanden blieb mit einer linkischen Verbeugung am Türpfosten stehen und rückte das süßliche Gesicht mit den rotglänzenden, feistfetten Backen zurecht. Er war Vorarbeiter bei Paul Welker draußen und nutzte diese Stellung aus, um dem reichen Bruder seines Brotherrn Spionagedienste zu leisten.

Langsam, mit plattfüßigem Gang kam er näher und kratzte sich mit den dicken Fingern in dem widerborstigen, semmelblondem Haar. Seine Hände waren schwammig und wenig abgearbeitet, mit kurzen, ungelenken Fingern. Der freundliche Ausdruck seines wohlgenährten Gesichtes mit den leeren, grauen Augen ohne Brauen mahnte zur Vorsicht.

Hans Welker schaute nicht auf und herrschte ihn an. »Was bringen Sie? Es wär' Zeit, daß Sie sich mal wieder sehen lassen! Wie?«

Sanden kroch wie eine Raupe in sich zusammen und blieb mit aufgestelltem Absatz stehen. »Verzeihen, Herr Direktor, aber etwas Wissenswertes war nicht . .«

»Ach was, Wissenswertes, Sie wissen, daß ich auf dem Laufenden bleiben will.«

»Wie Herr Direktor wünschen, gewiß, ganz wie Herr . .«

»Quasseln Sie nicht!«

Sanden schrumpfte noch mehr in sich zusammen und wurde immer freundlicher im Gesicht. Fratzenhaft freundlich. »Wenn ich den Herrn Direktor belästigen darf, hätte ich heute wieder etwas zu berichten, über den Bruder vom Herrn Direktor.«

Hans Welker horchte gespannt auf und rückte sich im Sessel zurecht. Das Kriechende, Ueberhöfliche und Hündisch-Untertänige dieses Menschen, der da vor ihm stand, erfüllte ihn mit einer gewissen Befriedigung. Er verlangte das von seinen Leuten. Wie die gepeitschten Hunde mußten sie vor ihm erscheinen. Vor allem auch war er für Lobpreisungen seiner Person sehr empfänglich, also, daß es einem heimtückischen Schmeichler ein Leichtes war, ihn für sich zu gewinnen.

»Na, was haben Sie denn auf dem Herzen?« fuhr er jetzt fast jovial fort und kam sich gleichsam als Wohltäter vor, als Großer, der hinabsteigt zum Volk und Herzen höher schlagen läßt durch interessierte Fragen und leere Erkundigungen.

Sanden machte schon wieder eine Verbeugung und flüsterte mit einer heiseren Stimme: »Der Herr Bruder, meine ich, glaube ich, denn ich habe das zufällig gesehen, konstruiert an einer Verbesserung für den Goero-Umlaufmotor.«

»Was macht er? Reden Sie deutlich! Was?«

Sanden kam noch näher zum Schreibtisch. Er stellte sich noch harmlos und unwissend. »Ich sage, Herr Direktor, er baut eine Verbesserung am Umlaufmotor, die großartig sein soll.« Er hob beide Hände und strich damit bedächtig durch die Luft.

Hans Welker schoß ein Gedanke durch den Kopf. Da hatte er doch nicht falsch gehört. Was in drei Teufels Namen heckte der nur alles aus! »Was wissen Sie darüber Näheres, Sanden?«

Sanden zuckte freundlich lächelnd mit den Achseln und stieß einige verlegene Töne zwischen den Lippen hervor. »Je, je, Herr Direktor, Näheres weiß ich noch nicht. Ich weiß nur . . .«

Welker bekam zwei kleine Schaumbläschen vor die Lippen. Er griff in die Tasche und warf Sanden einen Hundertmarkschein hin.

»O, bitte aber, Herr Direktor! Mir ist's doch nicht wegen dem Geld . . aber wie kann ich das überhaupt . . . also, ich weiß nur unbestimmt, er will was mit einem veränderlichen Hub probieren.«

Hans Welker schlug mit der Faust auf den Tisch. »Dacht' ich mir doch so etwas Aehnliches! Der bringt das fertig! Der grübelt das heraus. He! Sanden, das muß ich wissen, hören Sie mich! Sie verschaffen mir die Unterlagen!«

Sanden wurde immer höflicher und immer kriechender. Die grauen Aeuglein bekamen einen nassen Schein, und die feisten Backen fingen an, fettiger zu glänzen. »Je, je . . . Je freilich, wenn es mir möglich ist, der Herr Direktor wissen doch, daß ich . . .«

Wieder knarrte das Telephon.

»Ja? – Du bist's, Scanzoni! Na? – – so, so! Auf achttausend – – läßt Touren nach? – – Ist halt die alte Leier. – – So, gut, ich komme nachher rübergefahren – –! Das ist es ja, das ist es ja!«

brüllte Hans Welker und stellte sich vor Sanden hin. »Hören Sie mal!« – er faßte ihn am Rock-
kragen – »wenn Sie einen Ton von dem weitererzählen, was Sie mir eben sagten, dann lasse ich
Sie im See ersäufen wie eine räudige Katze! Hören Sie? Wie eine räudige Katze! Gehen Sie und
halten Sie die Augen offen! Das soll Ihr Nachteil nicht sein!«

»Aber, je, je, . . . Natürlich! Wie das Grab schweige ich. Niemand, Herr Direktor! Der Herr
Bruder haben auch wieder ein neues Spierenprofil.«

Hans Welker schob ihm noch einen Hundertmarkschein zu und drängte Robert Sanden zur
Tür hinaus.

»Gehen Sie! Und bringen Sie mir morgen das Spierenprofil!«

Hans Welker setzte sich auf den Tisch und baumelte mit den Beinen. Wie ein Raubvogel ließ
er die Augen sprühen, die knochigen Finger bogen sich. Seine Gedanken schnellten wieder zur
Mailänder Flugwoche. Das war jetzt unter allen Umständen das Wichtigste, was es zu tun gab.
Daran hing alles, der ganze Erfolg, auf den er zusteuerte unter Einsatz aller Mittel, die ihm zu
Gebote standen. Fremde Firmen fürchtete er nicht, hatte er noch nie gefürchtet. Im Jagdtyp
war er oben, daran sollte keiner zweifeln! Aber das Ausland war ihm über, und darum hieß es,
auf den Erfolgen der Fremden weiterbauen. Das Gestohlene und Erlauschte geschickt verwerten.
Das war das Mittel zum Erfolg und das Grundprinzip seiner Tätigkeit.

Diesem Grundprinzip, ob schmutzig oder nicht, mußte alles geopfert werden.

Sein Bruder! der kalte, versteinerte, verknöcherte Streber! Der lächerliche Sklave seines krank-
haften Ehrgeizes!

Hans Welker warf beide Arme in die Luft. »Ich möchte mal den sehen, der mir in den Kram
pfuschen will!«

Kapitel 6

Die Mailänder Konkurrenz war zu Ende. Man hatte verschiedene Ueberraschungen erlebt. Die Amerikaner standen an der Spitze. Das Riesenflugzeug einer Chicagoer Großfirma hatte die transatlantische Probe meisterhaft bestanden. Es war sowohl im Bau als auch in den Flugeigenschaften von seltener Vollkommenheit, und die europäischen Ueberseemaschinen waren von diesem genial konstruierten, zwölfmotorigen Typ mühelos geschlagen worden. Auch die amerikanischen Jagdmaschinen standen an der Spitze. Der 8-Zylinder Whitschall-Motor gab eine brillante Steigleistung und zeichnete einen verblüffend konstanten Tachographenstreifen. Eine Unzahl von neuen Typen war bei dieser Konkurrenz gestartet. Darunter auch mehrere Schwingenflieger und einzelne Fesselflieger, die eine ungarische Firma geliefert hatte. Die deutschen Maschinen waren solide, durchdacht, elegant in der Form, aber die Steigleistungen blieben hinter den anderen zurück. Mehr Kuriosum als praktisch von Bedeutung war ein englisches Sportflugzeug. Es war ein kleiner, freitragender Eindecker mit einer dünnen Bespannung von Seehundsleder und einem hundertundzehnpferdigen Umlaufmotor. Die tragende Fläche betrug nur sechs Quadratmeter, und es war das schnellste Flugzeug der Welt. Eine Geschwindigkeit von 280 Kilometern war mehrmals einwandsfrei von der technischen Kommission abgestoppt worden. Das Flugzeug hatte nur für eine halbe Stunde Benzin und mußte außer Konkurrenz starten, da es die Bedingungen für Betriebsstoffe nicht erfüllte.

Hans Welker und Kurt Seeberger hatten ihre Arbeit gemacht und waren mit dem Ergebnis ihrer Reise zufrieden. Sie verließen das Feld. Auf dem Mailänder Bahnhof verabschiedeten sie sich. Seeberger fuhr mit dem Nord-Süd über den Gotthard, und Hans Welker wollte über Verona nach München, von wo ihm der Geruch einer neuen Jagdmaschine in die Nase gestiegen war.

In Verona nahm er den D-Zug nach Innsbruck.

Er setzte sich in ein Abteil erster Klasse. Es war leer und roch dumpfig. Er öffnete die obere Fensterklappe und warf sich in die roten Polster.

Eine schläfrige Befriedigung lag in seinem Gesicht. Er warf die Beine auf den gegenüberliegenden Sitz und zog eine Anzahl von Photographien aus der Tasche. Es waren technische Aufnahmen von englischen und amerikanischen Maschinen, die bei der Flugwoche konkurriert hatten. In der Hauptsache Jagdtypen. Einige schlanke Rumpfgerippe aus Stahlrohr, unbespannt und mit Angaben der Rohrstärken. Feingliedrige Eschenholzkonstruktionen und startfertig montierte Flugzeuge.

Zwischen den schmalen Schlitzen der faltigen Augenlider hindurch betrachtete er aufmerksam die Bilder.

Jede Photographie kostete ihn tausend Lire. Aber er hatte sie, und solche Bildchen waren, weiß der Teufel, nicht leicht zu bekommen. Und wertvoll waren diese Fetzen; was waren tausend Lire? Er öffnete halb den Mund und brütete in die Dämmerung des Novemberabends. Ungeahnte Möglichkeiten schwollen ihm wie eine Brandung entgegen, mit springendem Gischt und tosender Kraft. Er holte den flachen Lederkoffer aus dem Gepäcknetz und entnahm ihm eine Rolle mit Blaupausen.

»Bitte sehr, auch damit kann ich dienen« – sprach er lachend zu seinem unsichtbaren Gegenüber – »gibt es etwas, was ich nicht bekommen kann? Gibt es ein Geheimnis, das ich nicht auseinanderreiße und zerfetze wie das Flitterkleid einer Dirne? Gegen eine Geldbrieftasche ist kein Gewissen widerstandsfähig genug!«

Er studierte über den Zeichnungen und dachte über ihre Ausführung nach. Fand blitzschnell und ohne lange Ueberlegung verschiedene Aenderungen, die ihm gut schienen und die er sofort mit einem Bleistift hineinkorrigierte.

Das war keine Kleinigkeit gewesen, bis er das Material endlich davonschleppen konnte. Zehntausend Lire! Man muß den Leuten gleich mit größeren Summen ins Gesicht springen, Gewissen und Ehrgefühl und Rationalitätendünkel müssen davongefegt werden, wie lahme Hammelherden von einem Gewittersturm.

Zehntausend Lire! Wer wagt es, zu widerstehen? Welcher armselige Angestellte mit einer Schar halbverhungerter Kinder und einer abgerackerten Frau will sich dagegen anstemmen? Zermalmt werden alle Bedenken, wie die Kieselsteine von der Straßenwalze.

»Das wäre mir doch eine Sache, die ich nicht auf die Beine brächte!« Hans Welker zeigte die Zähne und kritzelte mit dem Bleistift eine Skizze in die Ecke einer Zeichnung.

Die Nachtwache selbst hatte ihm diese Zeichnungen aus den Arbeitsräumen des Aeronautischen Preisrichterkomitees gestohlen. Den Bock hatten sie hier zum Gärtner gemacht; war doch wirklich zum Lachen!

Nur eines ärgerte ihn maßlos. Ueber die Sportmaschine des Engländers hatte er nichts Näheres erfahren können. Da hatten ihn alle Bestechungskünste im Stich gelassen. Der Monteur dieses ledernen Engländers hatte ihm glatt ins Gesicht gelacht. Es war nicht zu glauben. Nicht mal eine lumpige Photographie hatte er machen können, denn dieser Kerl hatte die Maschine nicht eine Sekunde aus den Augen gelassen und nachts unter ihr geschlafen. Hans Welker zog die Stirn in Falten und nahm sich vor, einen Mann eigens nach England zu schicken, der diesen Engländer breitschlagen sollte.

Er verbarg die Zeichnungen und Photographien sorgfältig unter seinen Kleidern und trommelte an der Fensterscheibe. Bei der Zollkontrolle hieß es vorsichtig sein. Das wäre ja ein Trauerspiel geworden. wenn diese verschimmelten Zollbeamten ihm die Zeichnungen beschlagnahmt hätten!

Der D-Zug lief in Ala ein. Das Gepäck wurde revidiert. In jedes Abteil kamen die Zollbeamten und durchwühlten die Koffer. Hans Welker verstand es. Er besänftigte den dickbeschnauzbarteten Oesterreicher auf Anhieb. Und freute sich wie ein Kind.

Der Zug fuhr polternd aus der Bahnhofshalle.

Hans Welker legte sich in die staubigen Kissen und schloß die Augen. Eine klare Novembernacht war vom Westen gekommen, still und verträumt wie ein spielmüdes Kind.

Eintöniges, taktmäßiges Stoßen der Räder und leichtes Schlingern des Wagens in den Federn. Von Zeit zu Zeit vorbeiflüchtende Schatten am Fenster, blitzende, streifenartige Lichter und fernverhallende Signalglockenschläge. Ein Donnern, wenn die schweren Wagen über eine Brücke rollten, ein Knirschen und Aufstöhnen in den Kurven. Dunkle, vielgestaltige Silhouetten schoben sich in den Horizont mit leuchtend funkelnden Rändern, wie von einem fernen Rampenlicht beleuchtet. Das waren die südlichen Ausläufer der Dolomiten. Dahinter strahlten schneebedeckte Spitzen und Kuppen, kobaltblauschimmernd und silberflitternd.

Hans Welker saß in Gedanken in einer englischen Maschine und studierte die Ruder. Er vergaß Zeit und Ort.

»Rovereto! Ro-vereeee-to! Nach Riva umsteigen!«

Links ragte der Montebaldo, wie ein schlafender Riese zusammengerollt, mit bläulich funkelndem Haupt. Die Sterne leuchteten stärker und gossen ihre ewige Ruhe und gesetzmäßige Größe über das verschwenderische Nachtgewand der Berge. Rechts stieg die vornehm geschwungene Filadonna wie eine stumme Wächterin in das dunkle Blau.

Hans Welker zog den Schirm vor die Lampe.

Da schien die weiche Nacht stärker zu leuchten, und die schneebedeckten Zacken der Dolomiten wurden plastischer und gewaltiger. Näher traten sie heran, schwollen riesenhaft und unendlich, öffneten purpurnschillernde Schluchten und todvereiste Kamine. Im Nordwesten schlief die majestätische Brentagruppe mit der Kaiser-Franz-Joseph-Spitze, und über der eingehüllten Trienter Kreuzspitze stand die farbenwechselnde Vega wie ein Diamant im weißen Haar einer Königin.

Mit halbgeschlossenen Augen blickte Hans Welker in diese weite Nacht der Schweigsamkeit. Er hatte keinen Sinn für das Gewaltige der Natur, das Gigantische jener unendlich vielgestaltigen, ragenden Formen, die alles lautlos aus der Wirklichkeit zu heben schienen.

Er dachte über ein Flügelprofil nach, das ein Franzose mit anscheinend gutem Erfolge ausgeführt hatte.

Dann wurde er müde und schlief ein.

Halb im Schlaf noch hörte er, wie aus der Ferne, die Stimme des Schaffners: »Franzensfeste!« . . .

Die schweren Wagen hatten wieder angezogen.

Hans Welker öffnete die Augen.

Da stand eine Gestalt an der geschlossenen Innentür.

Eine Dame im Sportkostüm mit einem vollen Rucksack und Schneeschuhen. Hans Welker war halb erschrocken. Mit der Hand fuhr er sich an den Kopf.

Sie zog den grünen Schirm von der Lampe, legte Schneeschuhe und Rucksack ins Gepäcknetz und lächelte.

»Sie erschrecken, Herr Welker? Darüber könnte man sich freuen. Ich hätte nie geglaubt, daß Sie erschrecken können.«

Sie machte eine halbe Wendung und klammerte sich mit einem spöttischen Blick an Hans Welker. Ihr elastischer Wuchs schien sich zu dehnen, mit den schlanken Fingern der rechten Hand griff sie scheinbar spielend in die schwarzen Haare, die sie in einer ungekünstelten, hochstehende Frisur trug.

Hans Welker hatte rasch seine Fassung gefunden. Er fühlte etwas Unbestimmt-Gefährliches und wußte, daß es hier auf Augenblicke ankam. Er mußte etwas von sich abschütteln, einen Vorteil dieses Gegners zuschanden machen. Mechanisch zeigte er die Zähne.

»Ich kenne Sie nicht. Ganz egal! Sie gefallen mir! Ich will Ihnen was sagen.« Er zwang sich mit Gewalt, ihren lauernden Blick auszuhalten. »Ich will Ihnen was sagen: Sie sind fabelhaft skrupellos!«

Ein Nebel von Argwohn brach aus ihren großen Pupillen. »Was wollen Sie mit dieser Erkenntnis?«

»Mit dieser Erkenntnis sind Sie für mich ungefährlich. Woher kennen Sie mich?«

Hans Welker griff nach seinen Taschen. Hatte er die Photographien? Natürlich!

»Sagen Sie, woher kennen Sie mich eigentlich? Wie kommen Sie mit einem Male hierher? Bitte, nehmen Sie doch Platz!«

»Das hätte ich auch ohne Ihre höfliche Aufforderung getan. Woher ich Sie kenne? Gott, Hans Welker kennt man. Ich kenne Sie von Johannisthal her. Ist doch weiter nicht verwunderlich. Ich traf Sie vor einiger Zeit auch in München. Einfach, aber so überaus einfach.«

Hans Welker fand keine Klarheit. Wie war denn die zu behandeln? Höflich oder frech? Zart oder gewaltsam? »Aber warum stehlen Sie sich in mein Abteil?«.

»Was reden Sie für unlogisches Zeug!« Langsam wippte sie mit dem linken Fuß und rieb die zusammengeballten Finger an den inneren Handflächen. »Hier sind vier Sitzplätze! Haben Sie diese alle vier gekauft? Ich traue Ihnen das zu, denn Ihre Selbstbewunderung mag so weit gehen, daß Sie versuchen, sich von der übrigen Menschheit zu isolieren. Sie greifen so ängstlich in Ihre Taschen! Ich habe das Gefühl, als ob Sie etwas verborgen hielten, was Sie eigentlich rechtmäßig gar nicht besitzen dürfen. Täusche ich mich? Nur nebenbei!«

»Sie kümmern sich um fremde Angelegenheiten.«

»Nicht, daß ich wüßte. Sagen Sie, Hans Welker, haben Sie verbrauchte Nerven? Sie träumten vorhin mit offenen Augen. Sie waren vollkommen wach und redeten, wie man nur im Traum redet. Diese interessante Tatsache hat mich verführt, Ihr geheiligtes Abteil zu betreten, um diesen kleinen spiritistischen Scherz zu genießen.«

»Ich weiß nicht, was Sie wollen. Erzählen Sie mir, wer Sie sind! Ich interessiere mich für Ihre gewagte Persönlichkeit. Sie haben ein schlankes Gesicht, nicht gerade hübsch, aber vornehm. Ich kann Ihnen das ruhig sagen, denn für Schmeicheleien sind Sie nicht empfänglich. Sie haben schwarze Haare, die im Seidenlicht blau schimmern wie das Gefieder einer Krähe. Darin liegt eine gewisse Extravaganz. Ihr Auge mag für andere schwer zu ertragen sein, für mich nicht! Lassen Sie das Lächeln, ich täusche mich nicht.«

»Sie begutachten mich da mit dem Blick eines Porträtmalers. Aeußerlichkeiten trügen. Und was Sie alles von mir wissen wollen! Wer ich bin? Wo geboren, beheimatet und wer gegebenenfalls für meinen Unterhalt aufzukommen hat, was?« Sie ließ sich auf dem leeren Polster ihm gegenüber nieder. Dabei zeigte sie nicht ohne Absicht ein feingeschwungenes Bein.

Lachend fuhr sie fort: »Bin ich in einem Polizeibüro? Habe ich gestohlen, gemordet?«

»Wer weiß!« Hans Welker kniff die Augen zusammen und dachte im gleichen Augenblick: Sie würde stehlen und morden, wenn es darauf ankäme. Sie hat kein Gewissen. Der Mund ist sinnlich, die Augen sind sinnlich. Alles an ihr ist sinnlich.

»Warum zeigen Sie mir Ihre Beine? Sie legen mit Absicht das Kleid so, daß ich Ihr Bein sehen kann. Ich schließe daraus, daß Sie es aus irgendeinem Grunde nötig haben, mit Ihren Reizen zu spekulieren. Brauchen . . .«

Blitzschnell hob sie die Hand. Drohend! Er schwieg. Brauchen Sie Geld? wollte er sagen, aber er schluckte es hinunter. Gegen diese Handbewegung war nicht anzukommen. Scheinbar gleichgültig stellte sie die Spitzen der Finger gegeneinander. »Bei Gott, wenn Sie geschmacklos werden, verschwinde ich.«

»Ob ich das ertragen könnte?«

»Scheinbar vielleicht, äußerlich! Aber innerlich würden Sie mir nachkommen. Sie würden mich suchen. Was machen Sie für Bewegungen mit Ihren Händen? Grade eben sahen Ihre Hände aus wie Krallen. Ich bringe das gar nicht fertig, so die Glieder zu bewegen. Ob man das lernen kann? Ich glaube, Sie sind als Raubtier auf die Welt gekommen. Zeigen Sie mir doch mal die Bilder, die Sie da in der Tasche haben! Na?! Ich verrate nichts!«

Hans Welker bäumte sich gegen diesen Angriffsgeist. Da gab es nur Gewalttätigkeit. »Sie sind unverfroren! Frech sind Sie! Sie verstehen es allerdings, Ihrer Frechheit ein interessantes Gewand zu geben, hüllen sie in ein gewisses Draufgängertum ein. Aber ich bin für solche Scherze unempfindlich. Bis jetzt finde ich das Gespräch noch ganz unterhaltsam, aber wenn Sie anfangen, mir lästig zu werden, werfe ich Sie glatt hinaus!«

Ein klingendes, kurzes Lachen. »Jetzt schnappen Sie nach Luft wie ein Karpfen im abgelassenen Teich. Wenn man Ihnen eine kleine Gaunerei ins Gesicht sagt, werden Sie unverschämt. Das finde ich zu durchschnittlich. Ich hätte von Ihnen etwas anderes erwartet.«

»Glatt heraus! Warum schleichen Sie um die Wahrheit? Was wollen Sie von mir? Heraus mit der Sprache! Heraus!! Seien Sie doch in Drei-Teufels-Namen nicht so verflucht feige! Sie haben das ja gar nicht nötig. Warum lauern Sie so lange? Ich bin zu allem bereit. Zweifeln Sie an meiner Großzügigkeit?«

Sie suchte nach einer Antwort. Jetzt hatte er sie getroffen. Er fühlte es selbst, daß sie festgefahren war. Das währte nur Sekunden.

Sie beugte sich vor, stützte den Ellbogen auf das Polster und stieß mit dem wohlgepflegten Nagel des kleinen Fingers an die Zähne. »Mir fällt da ein, daß Sie wohl aus Mailand kommen. Sie staunen, daß ich so orientiert bin? Ich kenne Sie genauer, Hans Welker, als Sie glauben, denn ich interessiere mich für Menschen Ihres Schlages. Wenn Sie in Mailand waren, haben Sie gestohlen! Wetten?«

Hans Welker sprang auf und griff nach ihrem Handgelenk. Sollten Sie hier miteinander ringen? »Was wollen Sie wissen? Sie treiben Spiegelfechterei. Sie werden sich täuschen, wenn Sie glauben, mich klein zu kriegen!«

Sie wehrte sich, und er fühlte, wie etwas Macht über ihn bekam. »Mich hat noch niemand in den Käfig gesperrt, und Sie sind die letzte . . .« Sie krallte ihn am Arm, und während er sie mit Gewalt ins Polster drückte, sprach sie ruhig: »Ich freue mich doch, daß ich Sie hier so zufällig getroffen habe. An diese Extravaganz meines Schicksals hätte ich gar nicht geglaubt!«

Er sah ihr voll ins Gesicht. Sein Atem verlor an Gleichmaß. Ihr Widerstand war geheuchelt, das merkte er. Mit beiden Händen hatte er sie gepackt und neigte sich zu ihr, sah, wie sich ihr Mund öffnete und die weißen, kräftigen Zähne hervorleuchteten.

Mit feinster Abstimmung im Tonfall sprach sie: »Sie . . . sind ja . . . ein . . . Schwächling . . . ha ha ha . . .«

Er überwand etwas mit ungeheurer Willenskraft. Bäumte sich auf dagegen. Wenn ich sie eben geküßt hätte, durchzuckte es ihn, dann läge ich am Boden. Sie wollte es, sie wollte mich damit fangen. Er trat einen Schritt zurück und pfiff durch die Zähne. »Ihnen springt ja die nackte Sinnlichkeit aus den Augen!« rief er verächtlich. »Schauen Sie doch einmal hier in den Spiegel!«

Sie erhob sich langsam und ging zum Fenster. »Kinderei! Warum ließen Sie es sich einfallen, handgreiflich zu werden?«

Innerlich dachte sie: Ich hatte es noch nicht erwartet. Ich war nicht darauf vorbereitet. Das war eine Niederlage, die ihr zu überraschend gekommen war. Entschlossen trat sie vor Hans Welker hin.

»Sie denken wohl, ich habe mich nicht in der Gewalt? Das ist ein unverzeihlicher Trugschluß. Aber Ihnen sehe ich es an, daß Ihre Ruhe Sie ein ganz Teil Ueberwindung kostet. Oh! Lassen Sie das graue Lachen! Haben Sie sich schon einmal selbst beobachtet. Wenn Sie lachen, dann sind Sie von einer absurden Häßlichkeit!«

»Offen gesagt, Sie geben mir ein Problem zu lösen. Ich bin nicht so nichtstuerisch veranlagt, daß ich Zeit fände, mich mit der Frauenpsyche zu beschäftigen, aber wenn man Sie hier so stehen sieht wie ein lebendiggewordenes Rätsel, könnte man verleitet werden, Sie interessant zu finden. Vielleicht liegt hinter dem ganzen Geheimnis eine verblüffend einfache Veranlagung. Schließlich sind ja alle Abweichungen vom Normalen nur betrunkene Zufallslaunen der Natur. Sie wären ein gefundenes Fressen für meinen Grafen Scanzoni. Der zerlegt Sie auf Anhieb in Ihre Bestandteile.«

Hans Welker warf sich erleichtert in den Sitz und erwartete neugierig ihre Antwort.

»Der Mann könnte mich nicht für sich einnehmen, zumal er mit einem Vorurteil an seine Aufgabe herantreten wird. Solche Experimente mißglücken in der Regel.«

Der edle Kranz der Sarntaler Alpen stieg aus dem tiefen Blau.

Sie zog neue Register und sprach für sich, ohne sonderliche Betonung, und es klang wie eine abgelesene Predigt:

»Ich liebe starke Menschen. Man kann sich an ihre Kraft klammern, und sie stürzen nicht. Sind wie ein derbes Führerseil bei steilem Kammweg. O, es ist halsbrecherisch, sich mit solchen Menschen zu messen, und wenn man sich einmal moralisch das Genick gebrochen hat, dann . . .« Mit einer halben Wendung des Oberkörpers beugte sie sich zu Hans Welker: »Ich möchte fliegen lernen! Dieser waghalsige Sport kann mich ungemein reizen. Ich habe mancher Gefahr kaltlächelnd ins Auge geblickt, und ich glaube, auch Sie, Hans Welker, könnten mir mit Ihrer Luftakrobatik das Gruseln nicht beibringen! Ja, ich möchte fliegen lernen! Wollen Sie mich nicht mitnehmen? Im Ernst! Ich kann ja der Ordnung halber vielleicht Ihre Privatsekretärin werden! Ich glaube, ich würde ganz gut für Sie passen!«

Er stand aufrecht vor ihr und fand Gefallen an diesem Vorschlag. Zum wenigsten wäre das doch wieder etwas gegen seine ewige Langeweile.

Langsam drehte er den Kopf und schielte aus den Augenwinkeln. »Ich bin einverstanden!«

Sie war halbwegs überrascht und blitzschnell entschlossen. »Abgemacht! Ich komme mit Ihnen. Ich habe niemand, der mir im Wege steht!«

Er suchte nach einer Demütigung für sie. »Ich kann es ja ruhig mal versuchen, denn wer hindert mich, Sie jederzeit vor die Türe zu setzen?«

»Das dürfte Ihnen vielleicht schwer fallen. Was glauben Sie denn? Ich würde Ihnen ja Ihre ganze Maskerade vom Leib reißen. In der Oeffentlichkeit kennt ja niemand Ihr Gesicht. Da gehen Sie hindurch, gespreizt und aufgeblasen. Wie eine Filmfigur. Aber ich würde Sie ohne Retouche vorführen, im Ankleideraum Ihres Charakters.«

»Geben Sie sich doch keine Mühe, mir Angst zu machen. Wollen Sie am Ende damit Ihre Gehaltsforderung hochschrauben?«

»Sie würden mir das gar nicht bezahlen können, wenn ich weiter nichts unternehmen wollte, als Ihre rohen Umgangsformen zu glätten. Auf Ihr Gehalt bin ich nicht angewiesen. Gott sei Dank nicht! Sie lachen vielleicht, wenn ich Ihnen sage, daß ich zweimalhunderttausend Mark Vermögen habe. Das geben Sie so nebenbei jährlich an Bestechungsgeldern aus. Vor fünf Jahren haben Sie nicht mal den vierten Teil davon besessen, und man kann nie wissen, was Sie in weiteren fünf Jahren besitzen werde. Es ist nicht ausgeschlossen, daß Sie dann in Berlin an der Friedrichstraße stehen und Schnürsenkel verkaufen oder in irgendeinem obskuren Lokal die ungewaschene Hand nach Trinkgeldern ausstrecken.«

»Sie phantasieren!«

Der Gedanke an das, was sie gesagt hatte, flößte ihm Widerwillen ein. Er ekelte sich buchstäblich vor einer solchen Möglichkeit. Mit einem boshaften Blick beobachtete er ihre Bewegungen. Musterte die schweren Gebirgsstiefel, stahl sich aus den Augenwinkeln über die wohlgeformten Beine und kam über den schlanken Hals vorsichtig nach ihrem Gesicht. Er fühlte ihren Blick und kniff die Augen zusammen.

»Ist Ihnen zu hell hier? Ich kann ja die Lampe verdunkeln!«

Ihr Spott ärgerte ihn wieder. Reizte ihn zur Gewalttätigkeit. Er hätte sie ohrfeigen mögen, weil sie nicht nachließ, weil sie nicht erlahmte.

»Wissen Sie, wo ich herkomme? Ueber die Alon-Spitze! Vorher habe ich eine Wanderung gemacht mit Schneeschuhen in den Gletscherfeldern der Silvrettagruppe. Wenn Sie eine seelische Kräftigung brauchen, dann gehen Sie in das Gebiet des weißen Todes. Die Luft dieses vergessenen Gestades stärkt Ihnen das Rückgrat. Ich will Ihnen einen Vorschlag machen!«

Hans Welker hatte den Faden verloren. Sie war nicht vom einfachsten Schlag. Sie brachte Ueberraschungen.

»Ich bin sicher,« sprach Hans Welker, »daß jetzt etwas ganz Ausgefallenes ans Tageslicht kommt.«

»Ich kenne Ihren Geschmack noch zu wenig, um darauf antworten zu können. Sehen Sie da links hinüber! Dort tauchen diese weißen Spitzen auf. Ganz fein und friedlich wie die Lämmer. Das ist der Wilde Freiger. Dort habe ich mit dem Tode Duzfreundschaft geschlossen. Die Geschichte ist kurz und tragisch. Ich bin jahrelang mit einem Baron gereist . . . Nein, nein! Nicht wie Sie denken! Ich kannte ihn seit meiner Jugend. Wir hatten als Kinder schon zusammen Mohnblumen gerauft und waren im hohen Grase liegend mit den Wolken gesegelt bis in die fernsten Länder, die ein Kindertraum nur malen kann. Ich höre noch das Rauschen des Schilfs, wenn wir am schlafenden Waldsee lagen und märchenselig in seine dunkle Tiefe stiegen. A bah! Nun werde ich noch sentimental! Das finden Sie abgeschmackt und widerwärtig. Sie haben vielleicht recht, und das ist ja alles längst vorüber. Verrauscht wie ein fruchtbarer Frühjahrswind. Also, was wühle ich da in der Kammer der Vergangenheit? Später reisten wir. O, ich sage Ihnen, Hans Welker, was habe ich gesehen auf diesen Reisen! Aber das Schönste waren die Hochtouren, die wir im Winter auf Schneeschuhen unternahmen. Tagelang durch diese schweigende Einsamkeit der vereisten Hochgebirgskämme. Denken Sie nicht, daß wir dort eine triviale Liebe spazieren führten! Wir verloren unsere Liebe. Ist das nicht seltsam? Das ewige Alleinsein tötete unsere Liebe ab. Sie erfror, erstarrte. Da können Sie auch sehen, wie schwächlich die Liebe ist. Sie verträgt keine Kälte, keine Einsamkeit und keine Gefahren. Das ist alles Büchergeschreibsel. Unsere Liebe mußten wir mit einem Male zu Grabe tragen. Wo, das weiß ich nicht. Auf dem zackigen Gipfel des Großglockners! Dort liegt sie vielleicht unter dem wildvereisten Kreuz, das auf der höchsten Spitze ragt und die Kleinheit des Menschen hinauspredigt in das Schweigen des Weltalls. Vielleicht auch liegt sie in den grünen Gletscherspalten des Finsteraarhorns, oder ist beim schwindelnden Gornergrat abgestürzt in die graue Tiefe eines wesenlosen Nichts. Wir aber wurden um so fester zusammengekettet. Es war, als ob uns beiden ein Kind gestorben wäre. Das können Sie nie verstehen. Ich sehe es Ihrem Gesichte an.«

Sie legte sich zurück und fuhr mit der Hand durch die Luft. Kein Muskel ihres Gesichtes bewegte sich.

Da sprang sie auf und deutete nach dem Fenster. »Sehen Sie dort! Die silberne Spitze ist der Wilde Freiger. Dort ist sein Grab. In einem Spalt. Mit einem Ruck war er fort. Ich kam gar nicht zur Besinnung, da war der Platz vor mir leer. Wie wenn ein Theatergeist in der Versenkung verschwindet: Ich weiß es. Einer von uns beiden mußte gehen. Ich lebe, aber der Wilde Freiger steht bei meinem Schicksal, riesenhaft, wie eine stumme, gebieterische Warnung . . . Nun habe ich Sie doch wieder ein Endchen zum Staunen gebracht, was? Hans Welker!«

»Eigentlich nur deshalb, weil Sie sozusagen Ihrer Seele schon wieder ein neues Kleid angezogen haben. Aber wie ist das mit Ihrem Vorschlag?«

»Sie sind ein Sportsmann, Hans Welker. Ich sehne mich nach knirschendem Pulverschnee. Wir pilgern zusammen über den Arlberg auf die Valuga. Schlagen Sie ein! Ist das nicht eine grandiose Idee? Eine herrliche Abfahrt von der Valuga nach Zürs und über die Flexenstraße. Sie kommen mit, ich gehe sonst allein. Was machen Sie für ein Gesicht?«

Hans Welker hatte den Kopf auf der Brust hängen. Diese Möglichkeit reizte ihn. Er wandte den Kopf und wieder mußte er flüchten vor ihren Augen. Wie um sich zu befreien, sprach er:

»Es ist eine Laune. Aber warum nicht! Mich tyrannisiert zurzeit auch wieder die Langeweile des Daseins. Das könnte am Ende eine wohltuende Abwechselung werden! Sagen Sie mir, wie Sie heißen! Ich muß das jetzt auf der Stelle wissen!«

Das war ihm angeflogen. Seine eigenen Worte kamen ihm unverständlich vor.

Sie lachte.

»Ich heiße Herta Land!«

Kapitel 7

Schweigend stiegen sie die tiefverschneite Paßstraße nach dem Arlberg hinauf. Der Schnee knirschte unter den Skien, und ein leichter Nordost warf ihnen spitze Eisnadeln ins Gesicht. Der Abendstern stieß funkelnd in das graue Licht der Dämmerung, die über die traumtrunkenen Berge kam und sich lautlos in die engen Täler stahl.

Herta Land stieg langsam voran, mit weit ausgreifenden, gleichmäßigen Langlaufschritten und gesenktem Kopf. Hans Welker im blauen Norwegerkostüm lief mechanisch in ihrer Spur mit zusammengebissenen Lippen und halbgeschlossenen Augen. In ihm zankten die Gefühle wie die eifersüchtigen Kampfhähne. Er fand Gefallen an diesem starken und persönlichen Sport, an dieser strotzenden Kraftprobe seiner Muskeln. Und auf der anderen Seite verdroß es ihn, daß sie den Anlaß zu diesem Unternehmen gegeben, daß sie das Richtige gefunden hatte, um ihn aus der gräßlichen Oede seiner Stimmung zu reißen, aus dieser tatenarmen Raum- und Zeitlosigkeit, die wie ein nasser Nebel auf ihm lag. Er mißgönnte ihr diese Art von Lebenskunst, mit der sie ihn gefangen hatte wie ein lahmes Steppenpferd.

Er reckte die schmächtige Gestalt und drehte das Gesicht nach dem Wind, daß ihm die Schneekristalle stechend in die Haut fuhren. Vor ihm schritt sie, leicht und federnd, im dunkelbraunen Manchesterkostüm mit schlanken Beinkleidern, die spitz nach den Knöcheln liefen. Die Jacke war weit geöffnet wie zum Trotz gegen Schnee und Kälte und frostige Nacht. Die Mütze hatte sie abgenommen, daß sich der eingliedrige Rauhreif in die schwarzen Haare setzte. War sie nicht ganz Kraft, ganz Stärke und Starrköpfigkeit! Wie eine junge Birke war ihre Gestalt, schmiegsam und elastisch und voll weicher, edelblütiger Form.

Hans Welker verzog den Mund und stampfte mit den Skien, daß der Schnee stob. Wie ein abgetakeltes Schiff lief er hier im Schlepptau. War es nicht so? Der Groll gegen sich selber packte ihn.

»Lassen Sie mich jetzt einmal spuren! Was schaffen Sie die ganze Arbeit allein.«

Mit hastigen Schritten drängte er an ihre Seite. Sie schaute ihn fragend an. Eine feine Röte der Erregung lag auf ihrer Haut, und der Rauhreif saß gleich glitzernden Perlen in den Augenwimpern.

»Wenn Ihnen der Ehrgeiz keine Ruhe läßt, dann bitte.«

Er stampfte voraus und wühlte sich tiefatmend durch den geschmeidigen Pulverschnee.

»Passen Sie mal auf, Herr Hans Welker, wenn Sie nicht im Training sind, werden Sie bald genug gespurt haben.«

Er lachte trocken und kämpfte gegen die türmenden Schneemassen, die sich ihm entgegenstemmten. Das wäre doch etwas, das er nicht fertigbrächte! Schon nach kurzer Zeit fühlte er, wie er anfing, müde zu werden; die Muskeln zerrten. Da überfiel ihn eine schleichende Angst, daß er hier nicht weiterkäme! Wenn er müde würde und ihr die Führung abtreten müßte, das wäre ja eine Niederlage.

»Auf keinen Fall!« rief er laut, ohne daß er es wußte. Hinter sich hörte er ihre ruhige Stimme.

»Ich finde es abgeschmackt, dieses Schneegewand der Erde mit einem Leichentuch zu vergleichen. Jeder Stümper, der den Winter schildert, spricht von einem Leichentuch. Es ist zum Ekeln. Ist es nicht ein Hochzeitsgewand, mit dem Prunkgeschmeide morgenländischer Fürsten? He! Herr Welker! Warum reden Sie nicht? Sie machen ungleichmäßige Schritte. Ich wette, daß Sie müde sind. Lassen Sie mich voraus. Sie sitzen nicht in Ihrer Jagdmaschine, da können Sie andern Leuten ruhig etwas gönnen, ohne daß der Neid Sie auffrißt.«

»Halten Sie mich nicht für einen Dilettanten! Ich bin schon vor Jahren in Norwegen gewesen und habe mich mit diesem Sport befreundet. Sie haben so eine Art, Ihre Mitmenschen mit Füßen zu treten, die ich nicht vertragen kann.«

»Da finden Sie eben ein Stück Aehnlichkeit mit sich selbst heraus. Und Sie möchten wohl Ihr sauberes Gefieder nicht bei fremden Vögeln sehen. Bleiben Sie mal hübsch auf der Erde mit den Füßen. Sie sind immer noch lange nicht der originellste Mensch, auf den die Sonne scheint. Ich sehe ja, wie Sie müde werden. Geben Sie sich bitte keine Mühe, mich zu täuschen. Ich habe für solche Experimente einen sicheren Blick und ein exaktes Gefühl. Sie haben Schmerzen in den Oberschenkelmuskeln. Ist es nicht so? Es ist ein leidiges Gefühl. Ich kenne es zu gut, um Ihren halsstarrigen Grimm nicht zu begreifen.«

Hans Welker blieb stehen und wandte sich nach ihr um. Sie kam an seine Seite und verzog keine Miene. Ihn faßte plötzlich der Gedanke, umzukehren. Was stolperte er hier im Schnee herum? Gab es wirklich nichts Besseres zu tun? Im Grunde genommen war ja seine Laune schon befriedigt. Er konnte getrost die Episode abbrechen. Unentschlossen ließ er den Blick ins Tal gleiten und stemmte beide Stöcke unter die Achselhöhlen.

»Es wäre rein lächerlich,« sprach sie im Anschluß an seine Gedanken, »wenn Sie jetzt umkehren wollten. Sie würden sich ja selbst zum Hanswursten stempeln.«

»Wer verrät Ihnen, daß ich umkehren will?«

»Sie haben eben nur daran gedacht. Das verrät mir Ihr Gesicht, woraus Sie vielleicht ersehen können, daß Sie Ihre verschleierte Persönlichkeit immer noch nicht so ganz in der Gewalt haben.«

»Eigentlich liegt ja doch eine gewisse Zerfahrenheit in unserem Unternehmen. Ich wollte heute abend schon zu Hause sein, und nun klettere ich wie ein Packesel über den Arlbergpaß. Ist das nun in Wirklichkeit etwas Absonderliches, etwas, das für uns beide paßt, oder ist es nur ziellos und ordnungslos und von der langweiligsten Langeweile diktiert?«

»Können Sie es denn gar nicht verwinden, daß ich Sie zu diesem harmlosen Ausflug aufgestachelt habe? Können Sie in Drei-Teufels-Namen wirklich kein einziges Mal ertragen, daß ein anderer Sie zu einer Handlung bestimmt und über Ihren Entschluß verfügt?« Sie schlug mit dem schlanken Stock in den Schnee, daß eine feine Wolke aufsprühte. »Gut,« sprach sie rasch entschlossen, »einverstanden! Kehren wir um! Ich bin fertig! In einer halben Stunde sind wir am Bahnhof von Sankt Anton.«

Sie schloß die Jacke bis zum Hals, zog die Mütze aus der Tasche und schnallte den Rucksack fester.

Hans Welker zeigte die Zähne, wandte sich und stieg bergan. Ein überlegenes Lächeln glitt um ihren Mund. Sie ging an seiner Seite, und nun spurten beide durch den singenden Schnee, der sich höher und höher türmte.

Der Weg war verschwunden, eine riesige Schneedecke lag vor ihnen.

Oben bei der großen Kurve blieben sie noch einmal stehen. Es war Nacht geworden, klar und sternübergossen. Das Schneetreiben hatte aufgehört, und die Nebel blieben zurück. Faul und träge sanken sie in die schlafenden Täler. Einige Lichter blitzten schwach und in büschelförmigen Strahlen durch den dunstigen Schleier. Im Südwesten wuchs der zackig-imposante Gipfel des Patriot wie ein gigantischer Dom in die Sterne.

»Ich fühle mich so sicher hier,« sprach Herta Land, »so selbstbewußt. Schlafende Nerven meines Lebens werden hier wachgerüttelt.«

Sie breitete beide Arme. »Alles ist hier Gefühl! Alles! Gefühl und Empfindung. Sehen Sie, wie sich die Nebel durch die Täler winden, stickig und ekelerregend. Fühlen Sie nicht die Freiheit, die Ihnen hier die Stricke zerreißt? Das Losgebundensein, die Macht und Stärke des eigenen Willens. Sie fühlen nichts, ich weiß es! Sie denken jetzt vielleicht an den Kurs Ihrer Papiere oder an ein festgefressenes Ventil. Ich beneide Sie nicht, Herr Welker! Sie sind keiner Leidenschaft fähig. Arm sind Sie wie ein Maulwurf und stumpf wie eine rostige Säge. Aber ich bin brauchbar für Sie. Glauben Sie das? Ich kann Ihnen vielleicht zeigen, was die Leidenschaft vermag. Ich besitze das, was Ihnen fehlt. Es fragt sich nur, wer stärker ist. Ihre Vogelähnlichkeit und ein übertriebenes Maß verschlagener Schlauheit, das ist alles, was Ihnen die Natur mit auf den Weg gegeben hat. Allerdings nicht wenig für Ihre Ziele, wenn sie überhaupt welche haben. Aber trotz all Ihrer Bankguthaben, trotz all der Lorbeeren, die Sie rechtmäßig in der Luft und unrechtmäßig auf der Erde erworben haben, sind Sie ein halber Mensch. Sie brauchen eine Ergänzung, um vollendet zu werden. Diese Ergänzung bin ich. Mit dieser Zutat können Sie vielleicht noch ein bedeutender Mann werden, und wenn es ein Verbrecher sein sollte. Ich könnte Sie manches lehren und Ihnen manches schenken.«

Wieder brach ihr der Spott aus den Augen. »Sie brauchen Leidenschaft, Herr Welker! Und was Sie zu viel haben an Neid und Selbstdünkel, das haben Sie zu wenig an Schamgefühl!«

Hans Welker fließ ein kurzes, stoßendes Lachen aus.

»Sind Sie zu Ende mit Ihrer Predigt?«

Er dachte daran, sie hier zu packen und in den Schnee zu tauchen, mit dem Kopf nach unten. Ersticken würde sie in ihrer eigenen Phantasterei. Man mußte wachsam bleiben bei ihr. Fein säuberlich auf der Hut. Das reizte ihn. Nach einer kurzen Pause fuhr er fort: »Ich habe offengestanden schon wieder vergessen, was Sie eben deklamierten. Ich dachte gerade daran, ob es nicht möglich wäre, mit Schneeschuhen einen Gleitflieger zu konstruieren? Verstehen Sie, ich denke mir das so: Also ein guter, stabiler Gleitflieger, in den man sich hineinstellt und . . .«

»Was kümmert mich Ihr Gleitflieger! Warten Sie nur ab, Sie werden doch noch an meine Predigt glauben müssen. Wir wollen weiter, es wird spät. In einer halben Stunde sind wir in Sankt Christof. Wenn Sie gar nichts anderes zu reden wissen, können Sie mir dort auch Ihren Gleitflieger erklären. Vielleicht treffen wir aber lustige Gesellschaft, die Ihnen über Ihre dürre Langeweile hinweghilft.«

Sie ging voraus, und Hans Welker blieb stehen.

Er schaute ihr nach, bis sie um die Biegung verschwand. Was meinte sie da mit der Leidenschaft?

Er hörte sie singen. Mit klarperlender Stimme:

>»Du bist Orplid, mein Land,

>Das ferne leuchtet . . .«

Hans Welker hörte sinnend auf diese gedehnte Melodie, die ihm wie etwas Unheilvolles aus der Ferne klang.

Da wurde er ganz Ich, ganz er selbst.

Aber es fiel ihm schwer. Er fühlte, wie er gegen etwas kämpfen mußte.

Langsam folgte er in ihrer Spur.

In der Ferne blinkte das Licht des Hospizes Sankt Christof.

Kapitel 8

Sie traten in die niedere Gaststube. Eine fröhliche Gesellschaft von Sportsleuten saß hier an einem großen, runden Tisch, auf den eine unförmige Petroleumlampe mit riesigem Schirm herunterhing.

Ein hochaufgeschossener, magerer Bayer mit tiefgebräunter Haut und sehnigem Hals sang gerade zur Gitarre mit tremolierender Stimme: »Allerwei hoaßt's lustig sei, auf derer Welt . . .« Der Kehrreim wurde von der Korona begeistert mitgesungen. Währenddessen hustete der Hochaufgeschossene und fuhr sich atemholend mit der Hand durch die Haare. Er hatte den Rock an den Nagel gehängt und ein Kamelhaar-Sweater um die Schultern gebunden. Die beiden anderen lagen in die Bank gerekelt und hatten die Beine auf einem Stuhl liegen. Der eine hatte knallrote Haare, die ihm steif wie Seehundsborsten vom Kopf standen, und ein sommersprossiges, rundes Gesicht mit einer gutmütigen Stulpnase und lustig flackernden Aeuglein. Er sang mit komisch nach der Seite gezogenem Mund und legte dabei den Kopf in den Nacken. Der dritte mochte bestimmt seine sechzig Jahre auf dem Gewissen haben, trug einen langen, grauen Rübezahlbart und kurzgeschnittenes Kopfhaar, was seinem Gesicht einen Anstrich von Possenhaftigkeit gab. Die Augen stachen hinter einer großen Brille hervor, und beim Singen sah man keine Lippen, sondern nur diese spaßhaften Bewegungen der verwilderten Barthaare. Er hatte einen kurzen, hellblauen Gebirgsjanker mit verschnörkelten Hornknöpfen und ein rotes Tuch um den Hals geschlungen. Dann waren da noch zwei junge Damen im Dirndlkostüm, mit weißen Strümpfen und klirrenden Münzketten um den Hals.

Hans Welker war unschlüssig, wo er Platz nehmen sollte. Aber Herta Land ging geradeswegs auf den runden Tisch zu. »Skiheil!«

»Heil!« kam es zurück, und der Gitarrespieler unterbrach seinen Vortrag. Sie nahmen beide am Tisch Platz und bestellten heißen Apfelwein.

»Wir kommen von unten«, sprach Herta Land und zog die Jacke aus, »und wollen morgen über Schindler und Valuga nach Zürs.«

»Do hoams iatzt grad a guats Wett'r troff'n. Mei Name is Loibl,« antwortete der Lange mit der Gitarre. »I haaß beim Sport allwei bloß der ›lange Loibl‹. Wissen's, do kennt mi scho a jed's Kind. I woar der erste, der mit dö Bretln auf d'Heiderwandt nauf is. Stimmt's, Latschen-Toni?«

Latschen-Toni war der Rotborstige. Er öffnete einen breiten Mund mit großen Zähnen. »Sell wird scho stimmen, wennst net lüagst!«

Welker stellte Herta vor und verschwieg absichtlich seinen Namen. Er verlor selbst hier seinen Dünkel nicht. Das wollte er später sagen, gleichsam als kleine Ueberraschung; denn in Sportkreisen war sein Name bekannt. Aber er hatte sich etwas verrechnet, denn der graubärtige Rübezahl stellte sich jetzt vor, erklärte einwandfrei, daß er Muschke heiße und die beiden Damen seine Töchter seien.

»Dös oane Diandl is d'Lotte,« fiel der Latschen-Toni ein, »und die oandre hoaßt Mieze! Stimmt's, Loibl?«

Muschke fuhr fort: »Eigentlich bin ich ja erstaunt, Herr Welker, Sie so abseits von den Flugplätzen zu finden.«

Die andern blickten überrascht auf.

»Woher kennen Sie mich?« sprach Hans Welkem mit seinem unmotivierten Lächeln.

»Ja, die Welt ist klein, und mein Absatzgebiet ist groß. Ich habe Ihnen schon im ersten Jahre des Weltkrieges einige tausend Meter Flugzeugleinen verkauft.« Mit kollerndem Lachen strich er sich durch den langen Bart. »In mir haben Sie wohl keinen Industriellen vermutet, jaja! Wir haben uns manchmal in den Haaren gelegen, und nun treffen wir uns im verschneiten Vorarlberg, und ich bin froh, daß ich mich mit keinen Reklamationen zu ärgern habe.«

Der rote Latschen-Toni grinste und befühlte Hans Welkers Anzugsstoff. »Wiassen's« stellte er mit Befriedigung fest, »für unsere Gegend is dös Zeigs halt ganz ungeeignet. Der Stoff saugt und is halt vui z'schwer. Aber vui z'schwer! Do schaug'n S' mein Stoff o, dös is dös Richtige. Schaug'n S' nur her!«

Er rieb an seinen Hosen und machte sich schon zu einem Angriff auf Hertas Manchester-
stoff sprungbereit. Der war natürlich noch ungeeigneter. Aber der lange Loibl unterbrach ihn.
»Weißt, Muschke,« rief er und reckte den sehnigen Schwanenhals, – »iatzt mußt oans auf d'r
Zither aufspuil'n!«

Muschke hatte eine Zither auf der Bank liegen.

Er ließ sich das nicht zweimal sagen, stimmte vorerst eine Zeitlang an den Saiten herum, ließ
eine schnalzende Introduktion los und sang mit grollendem Baß:

>   »Und der Hans schleicht umher,

>   Trübe Augen, blasse Wangen,

>   Und das Herz voll Verlangen.

Hans Welker fand das langweilig. Er schaute immerfort auf diese dunkle Oeffnung zwischen
den Barthaaren und wünschte, das Lied wäre zu Ende. Herta Land beobachtete ihn, freute sich
über seinen grenzenlosen Mangel an Unterhaltungsgabe und feierte einen stillen Triumph, weil
man ihn hier so selbstverständlich nahm. So ganz ohne den gewohnten Heiligenschein und die
possenhafte Gloriole saß er da und mußte heißen Apfelwein trinken.

Muschke sang dann noch ein Lied von der »blonden Katharina«, die ihrem Schatz untreu
wird und zum Schluß im Landwehrkanal kläglich endet. Mieze behauptete darauf, sie könne
auch singen. Das wurde eine Katastrophe, denn sie griff wirklich zur Gitarre. Sie verstand es
hier, den C-Dur-Akkord mit der Oberdominante etwas stockend zum Vorschein zu bringen,
und setzte nach langem, zwangläufigem Präludieren in der Tat zu einem fadenscheinigen Singen
an. »Auf dem Berge, da weht der Wind,« behauptete sie bei diesem musikalischen Stottern. Da
sie aber den darauffolgenden Akkord mit dem besten Willen nicht fand, ließ sie den Wind
kurzentschlossen noch einige Male wehen und sprang dann hüstelnd auf ein anderes Lied über,
das ihr wohl anfangs geläufiger schien.

Hans Welker hatte Angst, die andere würde auch noch singen, dem war aber nicht so. Die
beiden sahen sich zum Verwechseln ähnlich, hatten feine, schmale Gesichter, ohne auffallende
Schönheit, aber von anmutigem Reiz mit kastanienbraunem Haar.

Der alte Muschke griff in die Saiten und schnarrte einen bayerischen Schuhplattler.

»Geh', tean ma oans tanz'n,« rief der lange Loibl und sprang hinter dem Tisch hervor. Herta
Land hatte leuchtende Auge bekommen. Sie warf sich dem langen Loibl in die Arme, und der
stampfte wie ein Brauerpferd, wobei er die Knie eindrückte und einen schrillen Pfiff ausstieß.
Da holte der Stachelborstige die braune Mieze und schloß sich dem geräuschvollen Paare an.
Lotte aber zog den buchstäblich verlegenen Hans Welker hoch und zwang ihn zum Tanzen.

Der alte Muschke wurde immer lauter und immer rascher im Tempo. Wuchtig griff er in die
Baßsaiten und stieß mit den genagelten Stiefeln den Takt.

Herta Land juchzte ein gellendes Lachen heraus, als sie Hans Welker zusah. Ich höre auf!
Jetzt mache ich Schluß mit dieser verrückten Dreherei, nahm er sich fest vor. Nein, überlegte
er wieder, ich würde mich hier einfach lächerlich machen. Hier bin ich nicht Hans Welker, das
ist denen da ganz egal.

Der Staub flog, die Röcke flogen, und der lange Loibl warf die Beine bis an den Tisch.

Da ging Muschke in einen schmeichelnden Ländler über. Hans Welker wurde es etwas leichter ums Herz. Er konnte wieder denken und überlegen. Er sah das feine Gesicht vor sich und
fühlte die Wärme des fremden, jugendlichen Körpers, den er linkisch umschlungen hielt. Forschend sah er in das erhitzte Gesicht Lottes. Sie tanzte mit fast geschlossenen Augen und seit-
wärts nach hinten geneigtem Kopf. Sie tanzte, er nicht. Sie riß ihn mit, wie in einem Strudel,
hob ihn zeitweise fast vom Boden.

Plötzlich sah er nach Herta. Sie hatte sich eng an den langen Loibl geschmiegt, und der war
nun mit seinen Bewegungen merklich gesitteter geworden. Wiegend schwebte er mit ihr durch
das Zimmer, harmonisch und in schwungvoller Urwüchsigkeit.

Hans Welker sah nach ihrer schlanken Gestalt, verfolgte den Glanz des blauschwarzen Haares, das ihr bis in den Nacken gefallen war. Nun legte sie den Kopf an die Schultern ihres Partners. In Hans Welker stieg der Groll hoch.

Etwas Ungekanntes.

»Hereinspaziert! Herr . . . einspaziert!« brüllte der alte Muschke in den Klang seiner Zither und stampfte wütend mit den Genagelten.

Hinten öffnete sich die Tür, eine riesige Gestalt kam mit eingezogenem Kopf ins Zimmer.

»Der Windtholz! Heil! Der Windtholz!« riefen alle begeistert durcheinander, und der Tanz brach mitten ab.

»Jatzt, do kost jo nimmer red'n a! Jatzt, wie kimmst nur du daher, Spezl!«

»Er kommt wohl aus dem Kühtai!« rief Herta Land lauernd in die tobende Brandung der Stimmen.

Windtholz blieb mitten im Zimmer stehen. Der lange Loibl war gegen ihn der reine Liliputaner. Steil aufgeschossen wie eine Hochwaldtanne, voll strotzender Muskelkraft stand er da, mit offenstehendem Hemdkragen, das glatte Gesicht mit dem kurzen Stoppelschnurrbart dunkelbraun von der Hochlandssonne, und wie ein sagenhafter Holzfäller geschmückt mit krausem Teufelsbart, der in langen, haarigen Strähnen vom Ledergürtel hing. Er warf den hochbepackten Rucksack in die Ofenecke, reckte die haarigen Arme bis zur Decke und kam auf Herta Land zu.

»Mir scheint, wir kennen uns! Jetzt weiß ich's! Denken Sie an das Kitzbüheler Horn! Dort waren Sie mit dem Baron von Felting. Wir blieben drei Tage zusammen.«

Mit starrem Gesicht streckte ihm Herta die Hand hin. »Ich weiß es! Wie sollte ich das vergessen!«

Wie, um sich zurückzudenken in jene Zeit, schloß sie für Sekunden die Augen.

Windtholz begrüßte die übrige Gesellschaft und nahm am Tisch Platz. »Ich komme aus dem Küthai. Sie haben mal wieder recht vorausgeahnt.« Er zwinkerte mit den grauen Augen. »Es ist jetzt nur eine gottverlassene Gegend.«

Herta Land schwieg. Sie saß zusammengeduckt in der Ecke und blickte in das flackernde Petroleumlicht. Vergangenes aus zeitloser Ferne trat vor ihre Seele und verschmolz mit der Gegenwart. Gegenüber auf dem wackligen Stuhl sah sie Hans Welker sitzen. Gleichgültig und mit einer namenlosen Langeweile im Gesicht. Er bekam mit einem Male ein ganz anderes Aussehen für sie. Geschmacklos fand sie ihn und albern. War er überhaupt wert, daß man sich an ihn hing? War er nicht ein Durchschnittsmensch, mit einem grenzenlosen Selbstdünkel und stumpfer Seele? Uninteressant und ausgeschöpft, wenn man sein verstecktes Wesen ergründet hatte! Hohl und jämmerlich. Ein Grimm drang aus ihrem Innern, der ihr das Blut ins Gesicht trieb.

Nach einer halben Stunde etwa ging sie durch die Tür und trat hinaus ins Freie. In tiefen Zügen atmete sie die klare Nachtluft. Ziellos und ohne Ueberlegung stampfte sie durch den tiefen Schnee. Vor ihr ragte das schwere Massiv des Peischelkopfes in die flimmernde Höhe.

Wie ein verwirrter Garnknäuel fluteten ihre Gedanken zusammen.

Sie sah eine Gestalt durch den Schnee kommen. Es war Windtholz. Er schlenkerte langsam auf sie zu und hob wie abweisend die Hand.

»Sie sind wieder im Begriff, sich in ein Abenteuer zu stürzen. Ich habe einen sicheren Blick dafür.«

»Was nennen Sie Abenteuer!? Damals! Ja, damals, das waren Abenteuer, als wir zusammen kämpften in jener grauenhaften Zirkusarena der Gipfelriesen, und Sieger blieben.«

Windtholz senkte den Kopf. »Er ist dabei geblieben, vergessen Sie das nicht! Denken Sie an den Wilden Freiger! Sie haben mit dem Tode Fangball gespielt, und er war das Opfer!«

»Es mußte so kommen! Ich wußte es im voraus, daß ich ihn verlieren würde. Ich habe ihn nie geliebt!«

»Das lügen Sie. Warum lügen Sie mich an? Ich kannte ihn Jahre, und wir haben in Tirol manche einsame Kraftprobe bestanden, bevor Sie in sein absonderliches Dasein traten. Wir haben manchem vereisten Gipfel den Triumph seiner Unbesiegbarkeit genommen, und ich kannte den

Baron bis in sein tiefstes Inneres. Sie haben ihn beherrscht und tyrannisiert. Aber Sie haben ihn geliebt. Jetzt liegt er oben am Wilden Freiger. Das hat er für Sie getan, vergessen Sie das nicht.«

Sie hob beide Arme gegen ihn und ließ den Kopf auf die Brust sinken. »Warum quälen Sie mich? Ich bin haltlos wie eine entwurzelte Tanne. Was kann ich dafür? Ich brauche jemand, an dem ich mich aufrichten kann. Ich muß einen Menschen haben, dem ich gefährlich, dem ich Schicksal werden kann. Ob zum Heil, ob zum Unheil, danach kann ich nicht fragen. Nur einen solchen Menschen kann ich lieben.«

In leidenschaftlicher Erregung kam sie auf Windtholz zu und faßte ihn an der Hand. »Ja, ja! Ja! Sie haben recht! Ich habe den Baron von Felting geliebt. O, wie habe ich ihn geliebt. Weil er stark war, namenlos stark! Aber nur mit meinem Blut habe ich ihn geliebt. Nie mit meiner Seele. Meine Seele vermag nicht zu lieben.«

Sie warf beide Hände vors Gesicht.

Windtholz faßte ein trauriges Mitleid, als er sie so müde vor sich stehen sah. Er dachte an jene Zeiten zurück, da sie mit einem verachtenden Wagemut in das gleißnerische Land des weißen Todes gedrungen war, mit einer Art von gierigem Hunger nach Außergewöhnlichem.

Auch daran dachte er, als er allein auf der Braunschweiger Hütte saß und sich an einem glimmenden Holzfeuer die erstarrten Glieder durchwärmte, während der Eishagel gegen die halbverwehten Fenster prasselte. Da waren zwei durch den Sturm gekommen mit dickvereister Wetterseite, da waren zwei aus dem Grauen getaumelt, gebrochen und erschöpft, wie Flüchtlinge des Todes, aber wahnwitzigen Triumph in den schmerzenden Augen. Der Baron war am Ende. Er fiel wie eine umgewehte Föhre auf die Strohmatratze. Aber Herta Land! Herta Land! Sie lächelte, und die feinen Blutstropfen saßen wie kleine leuchtende Korallen auf den blauverfrorenen Wangen. Und er! Er! Als sie bei ihm am Feuer saß und erzählte. Und den Tod verlachte. Gott sei Dank, das war vorüber!

Daran dachte Windtholz, als er Herta Land vor sich stehen sah. »Denken Sie noch an die Braunschweiger Hütte?« sprach er, und seine hochaufgeschossene Gestalt schien sich zu ihr niederzubeugen. Das Vergangene wurde wach in ihm. Sie nickte stumm und schaute ihm forschend in die Augen. Er faßte sie bei der Hand und sprach:

»Kommen Sie, wir wollen unsere Bretter holen und ein Stück Wegs auf den Peischelkopf hinauf. Es ist eine klare Nacht, und die Erinnerung ist so lebendig in mir.«

Dafür war sie ihm dankbar.

So stiegen sie bergan, und die Nacht gab ihr reichstes Leuchten. Bei der großen Biegung blieben sie stehen. Vor ihnen stand der Patriot wie ein riesenhafter Leichenstein. Und dahinter vereiste glasige Firne, granithartes Urgestein und die giftige Pracht des weißen Todes. Dort führten verstorbene Pfade der Einsamkeit und lag die versunkene Pracht von Jahrtausenden.

Da wurde in Windtholz etwas hochgerüttelt. Ein Tor seines Herzens sprang auf. »Nun wird es Zeit,« sprach er leise, »daß ich es Ihnen sage. Nun wird es Zeit, daß ich das von mir abwälze. Damals habe ich Sie geliebt, Herta Land. Es ist verdammt schwer, das zu sagen, und darum klingt es wohl auch so trocken. Es ist nicht leicht!«

Er nahm die Mütze ab und öffnete Rock und Kragen. Dehnte und reckte seine Gestalt, so eng war ihm.

Sie antwortete zögernd: »Er – – war lange – – tot, – – lange – – und Sie haben mich – – nicht – – finden können?«

»Ich habe meine Liebe erstickt. Erdrosselt! Ich bin geflohen vor ihr.«

»Und warum?«

»Ich weiß es selbst nicht. Doch, ich weiß es!«

Er hob die Hand und sprach bedeutungsvoll: »Man soll die Liebe töten, wenn sie zu gefahrvoll wird. Verstehen Sie mich recht!«

Als sie stumm blieb, fuhr er fort: »Nun bleibt mir weiter nichts übrig, als Sie zu warnen. Betrachten Sie mich als Ihren guten Stern. Gehen Sie der Gefahr aus dem Wege!«

Wieder nahm er sie bei der Hand, und ohne daß er es wußte, zog er sie an sich und umfaßte sie mit seinen Bärenarmen. Ihm war, als müßte er sie schützen. Denn er sah im Geiste die Gestalt Hans Welkers.

»Kommen Sie, es ist spät! Lassen Sie die Komödie. Ihr Schauspielertalent bricht Ihnen sonst noch das Genick.«

In jagender Fahrt fuhren sie ab. Hand in Hand. In flimmernden Wolken sprühte der Schnee hoch. Die Luft war voll Klarheit und Kälte.

Vor der Tür sprach Windtholz: »Hüten Sie sich vor diesem Hans Welker!« Und eindringlicher: »Ihr Verhängnis steht auf seiner Stirn! Leben Sie wohl!«

Sie ging schweigend nach oben.

Vor Hans Welkers Zimmer blieb sie stehen.

Er war noch nicht zu Bett. Leise pfiff er zwischen den Zähnen und lief wie ein Tier im Käfig auf und ab.

Sie wollte auf die Klinke drücken. Hatte er sie gehört?

Da schlich sie eiligst davon.

Geduckt wie eine Katze.

Kapitel 9

In dem schmalen Joch zwischen Schindler und Valuga, in einer Höhe von zweitausendfünfhundert Metern, überraschte sie der Nebel. Wie ein hungriges Raubtier stürzte er sich über die Berge und hatte in wenigen Stunden das ganze Gebirge verschlungen.

Gleich hinterher fegte der Sturm, in gellendem Triumphgeheul. Ein fesselnder Tobsuchtsanfall der Natur geisterte mit gepeitschten Schnee- und Eismassen um die massiven Eiskolosse, pfiff durch die engen Kamine und rüttelte an den nackten Felsen.

Herta Land stemmte sich gewaltsam gegen den Sturm und streckte den Arm nach Hans Welker. Er stand keine fünf Schritte vor ihr, und sie konnte ihn nicht sehen. Es war fast finster geworden und die Luft ein einziges Meer von tobenden und wirbelnden Eisnadeln.

Jetzt stand er dicht an ihrer Seite. Lächelnd.

»Ich glaube, wir sind ordentlich 'reingeraten.«

Sie verstand ihn nicht. Der Sturm verschlang alles. Sie sah ihn nur lächeln. Kurz vorm Tod würde der Mensch noch lächeln. Immer, bis in alle Ewigkeit würde er gleichgültig bleiben und ohne seelische Erregung. Lächeln, lächeln bis ans Ende der Welt.

Sie beugte sich zu ihm und schrie durch das Branden: »Wir müssen zurück, zur Ulmer Hütte!«

Er neigte den Kopf vor. »Zur . . . Ulmer Hütte . . . zurück!«

Er nickte geschäftsmäßig mit dem Kopf und deutete mit dem Stock nach unten.

Nichts war zu sehen. Kein Anhaltspunkt. Keine Erde und kein Himmel. Ein leeres, raumloses, todgraues Nirwana.

Es wird nicht möglich sein, abzufahren, glaubte Herta Land. Man fühlte ja keinen Boden unter den Füßen. Aber dort, halblinks, mußte gleich die Ulmer Hütte liegen. Wenn sie Glück hatten, konnten sie vielleicht die Hütte finden.

Sie sah, daß er zur Abfahrt bereit war. Noch wollte sie überlegen. Aber ihr Stolz bäumte sich dagegen.

Er zog die Mütze fest ins Gesicht und schoß in steiler Fahrt in das Chaos. Sie folgte hinterher, mit gesenkten Knien und mit vorgebeugtem Oberkörper. War er denn verrückt, den Hang so steil zu nehmen! Sie verlor fast das Gefühl, nur ihre große Technik hinderte sie am Sturz.

Jetzt sah sie ihn. Wie einen Schatten, dann war er wieder verschwunden. Eine jähe Erkenntnis durchzuckte sie. Er fährt zu weit rechts, dort ist die große Wächte. Wenn er so weiterfährt, stürzt er über die Wächte.

Sie wollte ihn rufen, aber sie sah ihn nicht. Er schoß blindlings in sein Verderben. Einen gellenden Schrei stieß sie aus. Fürchterlich! Er schrillte durch den Donner der Natur. Bei ihrer blinden, rasenden Fahrt ging es ihr durch den Kopf, wie brausender Gesang. Jetzt kommt das Ende. Die göttliche Fahrt ins Verderben! Und ich mit!

Ich mit!! Ein heiseres Lachen des Triumphes brandete über ihre Lippen. »Nun packt es ihn. Nun endlich packt es ihn! Es ist zu Ende!«

Die Eiskristalle drangen ihr in den Mund. In Ohren und Nase. Das stach wie Nadeln.

Sie wankte. Mit den Armen griff sie in die Luft.

Dort ist sein Schatten. Er floß im Nebel zusammen.

»Haaa . . . aalt!!« In einem scharfen Telemark schwang sie nach links, fühlte, daß sie stand, und ließ sich ermattet in das weiße Schneepolster fallen.

Nun war es zu spät.

Kraftlos kauerte sie im Schnee und lauschte angestrengt in den Orkan, der sie umbrüllte. Warum soviel Aufwand für zwei armselige Menschenleben?

Im Hindämmern dachte sie über alles nach. Berauschte sich an der Tragik des Augenblicks.

»Nun geh' ich hier zugrunde,« sprach sie vor sich hin, »es ist eigentlich der Tod, den ich mir immer gewünscht habe. Von der Natur erschlagen. Ein weicher, warmer Tod inmitten von Aufruhr und Zügellosigkeit. Morgen früh strahlt die Sonne über eine blendende Schneedecke, und wir beide sind ausgetilgt. Verweht! Welch ein kostbarer Tod!« . . .

In diesem Augenblick verlor Hans Welker den Boden unter den Füßen. Er fühlte, wie er schwebte, ins Wesenlose, ohne Empfindung.

»Jetzt stürze ich,« sprach er rein sachlich. »So ist es, wenn man stürzt.« Keine Furcht! Kein Grauen! In den wenigen Sekunden des Stürzens quälte ihn nur der Gedanke: Ich bin gespannt, wo ich hinstürze! . . .

Herta Land öffnete die Augen. Sie war halb vom Schnee zugeweht. Das war höchste Zeit, dachte sie, und arbeitete sich hoch. Das Wetter tobte weiter. Wie lange sie hier gelegen hatte, wußte sie nicht. Wo war Hans Welker?

Herta Land quälte sich durch den Sturm und suchte Hans Welker. Langsam tastete sie abwärts, Schritt für Schritt. Schon nach wenigen Metern stand sie vor der Wächte. Sie sah den runden Eisgrat. Da war alles Suchen vergebens. In seiner Tollkühnheit, in seinem grenzenlosen Leichtsinn war er da hinunter.

Sie kehrte um und fuhr langsam in der Richtung, wo sie die Ulmer Hütte vermutete. Und quälte sich um Hans Welker. Es wurde immer dunkler und gespenstischer.

Sie öffnete die Jacke und schaute nach der Uhr. Der Abend kam. Da mußte sie mindestens drei Stunden im Schnee gelegen haben. Aber sie quälte sich so.

Müde und trostlos und in einer öden Gedankenmattigkeit schleppte sie sich weiter. Alle Gelenke schmerzten, und die Haut brannte wie Feuer.

Dicht vor ihr tauchte ein riesenhafter Schatten aus dem öden Grau.

Gottlob, das war die Ulmer Hütte.

Sie suchte den Eingang und blieb wie versteinert stehen.

Wie zu Eis erstarrt stand sie da.

Hans Welker lehnte unter der halbverwehten Tür und lächelte. Lächelte über ein verschwollenes, blutunterlaufenes Gesicht.

»Na, da sind wir ja. Und Sie leben auch? Das war mal so ein bißchen mit dem Teufel gespielt.«

»Aber . . . wie kommen . . . Sie . . .?«

»Ich hätte nie gedacht, daß ich mal ohne Flugzeug stürzen könnte. Aber ich bin mindestens vierzig Meter heruntergefallen.«

»Aber wie kommt es, daß Sie leben, daß Sie hier stehen? Wie haben Sie die Hütte gefunden?«

»Das weiß der Kuckuck! Schwein muß der Mensch haben. Ich fiel hübsch weich, und außer einigen Schrammen im Gesicht kann ich nicht klagen. Es fallt mir doch auch gar nicht ein, mir hier den Hals zu brechen. Sogar die Bretter sind ganz geblieben. Da bin ich auf gut Glück losgestampft und stieß geradewegs auf die Hütte.«

»Und ich? Was dachten Sie von mir?«

»Ja,« sprach er trocken, »eigentlich dachte ich, daß Sie hinüber sind.«

Das traf sie so tief, daß sie aufstöhnte.

»Und das sagen Sie so ruhig, so selbstverständlich? Nicht mal umgesehen haben Sie sich nach mir?«

Hans Welker stampfte den Schnee von seinen Füßen und zuckte die Achseln. »Gott! Jeder derartige Sport fordert seine Opfer!«

Herta Land schwieg. Ruhig schnallte sie die Schneeschuhe ab und trat in die Hütte.

Dort sank sie ohnmächtig am Tisch zusammen.

Kapitel 10

Sie reisten über München nach Hause.

Graf Scanzoni war mit Welkers achtzigpferdigem Wagen am Bahnhof, als sie nachmittags ankamen. Er hatte das Monokel im Auge und blickte halb belustigt, halb neugierig auf Herta Land, die ihn mit einer gutgespielten Herablassung begrüßte.

»So! so! Sie sind der Gefährliche, der mich psychologisch zerstückeln wird? Na, ich wünsche Ihnen Glück zu diesem undankbaren Geschäft!«

Sie lachten beide herzlich, und Scanzoni wußte im Grunde gar nicht, was sie von ihm wollte.

Welker saß schon im Wagen und rückte am Steuer.

»Bitte, meine Gnädigste, steigen Sie ein!« Scanzoni nahm die Hand an die Ledermütze und folgte.

Hans Welker zog den Kopf ins Genick, schob die Zunge zwischen die Zähne und brauste durch die engen Straßen der Kleinstadt. Die pneumatische Hupe dröhnte, daß die Leute die Köpfe drehten, stehen blieben und verwundert dem Wagen nachschauten, der einen dünnen, blauen Rauch hinter sich ließ.

Sie fuhren am See entlang, und dann hielt der Wagen vor einer kleinen Villa, unmittelbar am Strand. Welker sprang aus dem Wagen und ging mit eckigen Schritten nach der schmalen Eisenpforte.

»Was sagen Sie zu der Aufmerksamkeit meines Grafen?« sprach er zu Herta Land. »Ist er nicht der geborene Kavalier? Kaum sind Sie hier angekommen, haben Sie auch schon ein warmes Nest. Das Häuschen steht zu Ihrer Verfügung!«

Herta Land war erstaunt und streckte dem Grafen die Hand hin. »Das danke ich also Ihrem genialen Spürsinn? Eigentlich bin ich überrascht von soviel Zuvorkommenheit. Was haben Sie denn vor mit mir?«

Der Graf rollte die Lippen. »Ich weiß nicht, welche Experimente der hohe Herr mit Ihnen im Sinn hat.«

Sie traten ins Haus, und Welker rief zurück: »Meine Privatsekretärin! Weiter nichts und doch genug! Aber ich muß sie doch vor der Hand mindestens etwas besser behandeln als mein Tippfräulein.«

»Man wird so behandelt, wie man sich behandeln läßt!« antwortete Herta Land.

Sie traten in wohlig gewärmte Räume. »Klein, aber fein!« zitierte der Graf, und die abgedroschene Redensart kam ihm selbst albern vor.

»Herrlich ist es hier!« Herta ging mit raschen Schritten durch die vornehm ausgestatteten Räume, schwebte elastisch über Teppiche und trat zu den niedern, breiten Fenstern. »Herrlich!« Sie blickte über die Einrichtung des Damenzimmers. »Wirklich ganz allerliebst!«

Hans Welker nickte mit dem Kopf. Ihm fing das nun schon an, langweilig zu werden. Es war auch Zeit, daß er in die Fabrik kam.

»Ja, ja!« sprach er, um überhaupt etwas zu sagen, »ich muß mir das doch leisten können.«

»Zumal für deine Privatsekretärin,« spöttelte der Graf und putzte das Monokel.

Herta belustigte sich innerlich, daß man sie hier so gleichsam als Unterhaltungsobjekt auffaßte, als ein nettes, lebendes Spielzeug, an dem man sich wohl eine Zeitlang ergötzt, und das man dann in die Ecke stellt.

»Sie haben wohl sonderbare Begriffe von meinem Amt. Eine solche Beschäftigung könnte man unter Umständen sogar ernst nehmen.«

Welker setzte die Mütze auf den Hinterkopf und wurde ungeduldig. Er nahm die Türklinke in die Hand und sprach: »Eigentlich ist sie mehr Sport als Bedürfnis.«

Darüber lachte sie und entgegnete, zu dem Grafen gewandt: »Das sagt er nur zur Entschuldigung. Im Grunde genommen bin ich da, um seinem farblosen Habitus geschmackvoll nachzuhelfen.«

»Sie schießen vergiftete Pfeile, gnädiges Fräulein.« Scanzoni drehte die Augen.

Herta sprach: »Merken Sie nicht, daß Hans Welker gehen will? Es gibt Menschen, die nie Zeit haben. Nie! Und doch alles versäumen!«

»Ich muß in die Fabrik. Ich werde mein Motorboot schicken, da könnt ihr später nachkommen!« Er schlug die Tür und warf den Motor an. Dann brauste er davon.

Herta Land ging mit dem Grafen ins Wohnzimmer, und bald dampfte der Teekessel.

Er setzte sich in einen Korbsessel, zündete eine Zigarette an und beobachtete, wie sie den Tee bereitete.

Unwillkürlich sahen sie sich einmal in die Augen. Und der Graf sprach: »Sie passen zu Hans Welker wie ein Trauermarsch zu einer Kindtaufe!«

Herta goß das heiße Getränk in die gemalten japanischen Tassen und setzte sich dem Grafen gegenüber. »Wie kommen Sie auf diesen Vergleich?«

»Das ist nicht mit einigen wenigen Worten gesagt. Das läßt sich überhaupt nicht sagen. Es gibt Dinge, die man erlebt haben muß. Die man überstehen muß, um sie zu erkennen! Hans Welker ist zu brutal für Sie!«

»Ich verstehe das! Er lebt nur mit dem Kopf und nicht mit dem Herzen!«

»Das ist vielleicht nicht unwahr. Mir scheint, Sie finden Gefallen an seinem unpolierten Wesen. Sie nehmen ihn, wie man einen Intriganten auf dem Theater nimmt. Aber das ist ein gefährliches Spiel.«

Herta sah durchs Fenster auf den See. Ein kalter Ostwind peitschte weiße Schaumkronen hoch, und die Wellen schlugen gischtsprühend gegen das Ufer.

»Ich fürchte keine Gefahren! Ich fürchte nur den Alltag und das graue Einerlei. Uebrigens, ganz nebenbei, wo haben Sie Ihren italienischen Namen her? Sie haben überhaupt einen stark südländischen Einschlag. Nur Ihr Temperament scheint aus kälteren Breitegraden zu stammen.«

»Mein Temperament? Hat ausgegoren, Gnädigste! Ich bilde mir ein, über Temperament und Leidenschaft zu stehen. Das ist vielleicht viel gesagt und läßt sich schwer beweisen, aber wenn Sie meine Vergangenheit kennen würden, dann wäre es möglich, daß Sie für mich Verständnis hätten. Ich will Ihnen etwas sagen: Bei Menschen, die viel erlebt, die viel genossen und viel entbehrt haben, die Bettler und Verschwender, Künstler und Banausen waren, kommt einmal eine Zeit, wo ihr Uhrwerk abgelaufen ist. Sie hören auf zu handeln, und ihr Unternehmungsgeist wird schäbig, wie von den Motten zerfressen. Sie verlieren die Lust am Komödienspiel und suchen sich eine höhere Warte, von der aus sie das Schauspiel des Daseins mit einer gewissen, mühsam erworbenen Blasiertheit und ohne innere Konflikte an sich vorüberziehen lassen. Mit einem Wort: Für mich ist alles abgetan!« Er griff nach der Teetasse und blieb gleichgültig und trocken. Seine Stimme klang spöttisch und schulmeisterlich.

Herta Land fühlte etwas wie Groll gegen diesen Menschen mit der überlegenen Miene. Gegen diesen ledernen Spötter. »Ich glaube aber, um all Ihre Weltweisheit hüpft doch immer noch ein Hanswurst, und das ist der Selbstdünkel. Sie mästen sich in dem Bewußtsein, eine Ausnahmenatur zu sein.«

Er lächelte und rückte die schiefachsigen Augen auf sie. »Wenn Sie meinen! Es wäre vergebliche Mühe, Ihnen das ausreden zu wollen. Aber vielleicht findet sich mal eine günstige Stunde, da will ich Ihnen aus meinem Leben erzählen. Es ist nicht ganz uninteressant . . . wie das Ihrige! Bitte, das weiß ich . . . und dann vor allem – – lehrreich! Lehrreich, Gnädigste!«

Er mühte sich aus dem Sessel und trat zum Fenster. »Ha, ja! Kunterbunt ist alles. Kunterbunt!« Dann kam er auf Herta zu, blieb vor ihr stehen und sprach ohne Betonung: »Sie halten heute hier Ihren Einzug. Da will ich Ihnen einen Hausspruch geben: Hans Welker ist ein brutaler Realist. Er ist ohne Kinderstube, ohne Taktgefühl und scheut keine Mittel. Keine! Und ist ein seltener Günstling des Schicksals! Nehmen Sie diese Tips von mir an.«

»Ich weiß es!« Mehr konnte sie in diesem Augenblick nicht sagen. »Ich höre das Boot kommen.«

Ein dunkles Schraubengeräusch drang über das Wasser. Das Boot legte am Steg an.

»Ich denke, wir brechen langsam auf, es fängt bereits an dunkel zu werden, und wenn Sie noch Lust haben, das Feld Ihrer zukünftigen Tätigkeit zu besichtigen, dann dürfen wir keine Zeit mehr verlieren!«

Herta erhob sich und trat zum Fenster. Sah über das belegte Wasser und war voll Erwartung. Und die Stunde wurde in ihr wach, als sie in jener Nacht mit Windtholz auf den Peischelkopf gestiegen war. Seine Worte kamen ihr deutlich ins Gedächtnis, und sie sah ihn stehen, hochgewachsen und scharf umrissen. Ein riesiger Schatten gegen den mondhellen Nachthimmel. Mit Gewalt verjagte sie das Bild.

»Wir wollen gehen!« Sie verließen das Haus und gingen zum Steg. Das Boot hatte schaukelnd beigedreht.

»Sie können zu Fuß umkehren,« sprach Scanzoni zu dem Monteur, »ich werde selbst steuern.«

Im Boot lagen Oel und Pelzmäntel. Der Wind war kalt und brachte eine fröstelnde Nässe. Der Nebeldampf stieg aus den Wäldern.

Scanzoni gab Gas und steuerte in die Brandung. Es war ein schlankes Boot mit weit vorgreifendem Verdeck und hochgeschweiftem Bug. Rauschend schnitt es durch die Wellen und lief in guter Fahrt nach Norden.

»Hans Welkers Fabrik liegt hart steuerbordwärts. Wollen wir ihn gleich anlaufen?«

Herta Land saß im Oelmantel am Heck und sah auf das bewegte Wasser. Da bekam sie Lust, weiter hinauszufahren. Der Ostwind traf sie von der Seite, und seine Wasserperlen sprühten ihr ins Gesicht.

»Ich glaube, die Fabrik wird uns nicht davonlaufen. Haben Sie Lust, ein Stück hinauszufahren?«

»Wie Sie wünschen! Es ist scharfes Wetter, und wenn Sie die Nässe nicht fürchten, können wir getrost einen Tanz wagen. Die Luft ist heute nach meinem Geschmack.«

Es fing schon an dunkel zu werden. Im Westen lag ein brandroter Streifen über dem Buchenwalde, und zwischen den kahlen Aesten schwamm das letzte Sonnenlicht. Sie kamen mehr und mehr ins offene Wasser. Hinter ihnen blitzten grelle Bogenlampen auf.

»Das ist Welkers Fabrik! Wie früh es dunkel wird!«

Scanzoni saß am Steuer und warf das Boot gegen die aufsteigenden Schaumkronen. Das Wasser prallte gegen den Bug und schlug weißperlend nach hinten.

»Wir müssen schon die Persenning über das Boot nehmen, sonst saufen wir noch ab.« Herta Land half. Sie deckten das Boot ab, so daß gerade noch Platz für zwei Sitze freiblieb. Ein befreiendes Gefühl kam über sie. Hier war Kraft und Schönheit und Kampf gegen die Natur.

»Wollen Sie mich nicht ans Steuer lassen? Ich glaube, ich bringe das fertig. Wenn ich so viel Talent hätte wie Lust, würde ich wohl ein brauchbarer Steuermann werden.«

Scanzoni überließ ihr das Steuer und erklärte ihr Handhabung und Regulierung des Motors. »Ist sehr einfach hier. Den ganzen Motor können Sie mit der Zündung regulieren.« Sie probierte alles und fand eine große Freude.

Er fing an, sie im Scherz zu prüfen. »Aufgepaßt! Eine Boje steuerbord!« Sie mußte das Gas fortnehmen und über Backbord beidrehen. »Aeußerste Fahrt voraus! Na! Na!« Schon begriff sie. Gab Gas und volle Vorzündung, und das Boot schoß durch ein mächtiges Wellental. Wurde von der nächsten Woge hochgerissen und fiel klatschend zurück.

Die ersten Sturzwellen prasselten über Deck. Der Wind war noch stärker geworden und raumte schwach nach Norden. Höher stiegen die Wellenberge. Der weiße Schaum schlug nach achtern. Klatschte den beiden ins Gesicht und lief am Oelzeug herunter.

»Sie steuern noch zu naß! Sie müssen jedem Brecher geschickt entgegenkommen.«

Er nahm das Steuer und paßte jede Welle ab. Drehte kurz vor dem Anprall bei und fing ihre Kraft ab. Das Boot tanzte. Sie waren schon mitten auf dem offenen See. Die Ufer verschwammen im Dunst.

Scanzoni hielt immer noch nordwärts mit zwei Strich nach Osten. Das Ostufer war bewaldet. Die entblätterten Buchenäste stießen wie Skelette durch den Novemberdunst. Dort drüben sah Herta Land mit einem Male schwaches Licht aufblitzen. Matt und rötlich, wie ein ferner Stern.

»Sehen Sie das Licht? Was ist das für ein einsames Licht?« Eine donnernde Welle polterte über sie. Scanzoni schüttelte das Wasser ab und lächelte. Die Augen waren auf das Licht gerichtet. »Sie werden sich wundern, wenn ich Ihnen sage . . . Achtung! aufgepaßt!«

Wieder wälzte sich ein heulender Wasserberg über das Verdeck. Scanzoni schaltete die Pumpe ein.

»Passen Sie auf, der Tanz wird noch lebhafter. Sehen Sie dort die Wolken?«

Bleigrau schwollen sie am Horizont hoch.

»Sie wollten mir sagen, was das Licht . . . brrr!«

Eiskalt peitschte es ihr ins Gesicht. Der Motor stampfte gegen die Gewalt des andrängenden Wassers. Scanzoni ließ mit vollen Touren laufen und sprach leichthin, während er am Magnetschlüssel spielte: »Dort wohnt Hans Welkers Bruder!«

»Hans – Welkers – Bruder?« Herta war betroffen. Hans Welkers Bruder?!

»Ja, sein ehrgeiziger Bruder. Das ist eine Geschichte, die ich Ihnen erzählen will, wenn wir mehr Ruhe haben.«

»Erzählen Sie! Ich bin ebenso erstaunt wie überrascht. Ist er Hans Welker ähnlich?«

Der Graf schüttelte den Kopf. »Er ist so verschieden von ihm wie der Tag von der Nacht.«

Sie sann darüber nach, und ihr Atem ging frei im Brausen des Novembersturmes. Die Nacht war hereingebrochen, und die dicken Wolkenballen hingen schwarz über dem See.

»Paul Welker ist ein Träumer!« sprach Scanzoni, »er ist zu ehrlich für das Leben.«

»Zu ehrlich?«

»Er gleicht diesem schwachen, rötlichen, verträumten Licht.«

Herta Land fuhr hoch. Backbord voraus kam ein Boot in Sicht. Eine Segeljacht lag hart am Winde auf dem Steuerbordbug. Mit vollem Zeug kreuzte sie auf. Die Schaumwellen rauschten am Bug hoch, und der Großbaum lag fast im Wasser.

Der Graf beobachtete das Boot und erkannte es an der Form. »Das ist Paul Welker!« – und während er ihn weiter verfolgte: »Schade um ihn!«

Herta sah dem Boot nach. Es tauchte mehr und mehr in den Dunst. Nun war es wie ein Schatten. Eine Gestalt war nicht zu erkennen.

»Der Kerl ist waghalsig. Bei der Brise heute läuft er mit vollem Zeug!«

Scanzoni sah nach den Wolken. »Es ist Zeit, daß wir uns nach Hause machen! Ich glaube, es wird noch ein ungemütlicher Guß über unsere Häupter kommen.«

Er drehte scharf über Steuerbord und nahm Kurs auf die hellen Bogenlampen, die leuchtend im Süden standen. Bald schon brach das Wetter los. Die Wolken stürzten in den See.

Herta Land suchte das Segelboot. Es war nicht mehr zu finden. Auch das Licht war im nassen Qualm versunken. Ringsum nur eintöniges Regenrauschen und aufschäumende Kammwellen.

Kapitel 11

Doktor Held, der Reporter des Berliner Abendblatts, trat mit dem Hauptmann Berthold vom Reichsluftministerium in das Privatkontor Hans Welkers.

»Wollen die Herren einen Augenblick Platz nehmen, Herr Direktor ist im Betrieb.« Der einarmige Hauswart zog die Mütze.

Doktor Held strich sich über das Gesicht und ließ neugierige Blicke in dem Raum umherschweifen. »Das Ganze atmet Fliegerei, was, Herr Hauptmann?« Er rieb die Hände und ließ sich in einen Ledersessel fallen.

Hauptmann Berthold, ein Flieger aus der alten Schule, der vom Kriege her ein steifes Bein hatte, hinkte nach dem breiten Sofa und setzte sich langsam. »Ja, ja!« sprach er fast resigniert. »Früher sah das anders aus. Wie ich noch meine heilen Knochen hatte. Eine kalte Bretterbude, im besten Falle weiß gestrichen. Ein Tisch, zwei Stühle und ein hübsches Tippfräulein. Die Romantik der Fliegerei ist dahin. Sie ging rasch, zu rasch. Ich denke noch an meine erste Taube, die ich flog. Sie war ein Stück von mir selbst, wahrhaftigen Gott! Ein Stück von meiner Seele. Ich habe selbst geholfen, sie aufzutakeln, mühsam, und durch manche petroleumschwelende Nacht hindurch. Heute ist das alles Serienfabrikation geworden. Serienauftrag, Herr Doktor! Verstehen Sie das Wort? Unter zweihundert Maschinen rentiert sich kein Auftrag mehr!«

»Ach, was Sie nicht sagen? Da ist sozusagen der ganze romantische Nimbus flöten gegangen?«

»Nichts wäre interessanter als eine wahrheitsgetreue Geschichte der Fliegerei. Sie hat sich rasend entwickelt, aber dabei hat sie sich ihren ureigenen Individualismus abstehlen, abhetzen lassen. Früher war sie ein Stück Poesie, eine gute Freundin für starke Naturen und waghalsige Dickschädel. Heute ist sie ein Industriezweig.«

Doktor Held zog einen Notizblock aus der Tasche und kritzelte. »Ich darf mir wohl einige Gedanken notieren. Es ist die verfluchte Plage der Presse, daß sie über alles schreiben soll.«

»Ich begreife überhaupt nicht, daß Sie noch etwas in die Zeitung bringen von der Fliegerei. Liest denn das überhaupt noch ein Mensch? Ich glaube nicht.«

»Ist ja nur wegen des großen Preisausschreibens. Da wird das Interesse wieder wachgerufen, weil . . .«

»Weil das Geld dabei eine große Rolle spielt!«

»Da haben Sie gar nicht unrecht. Glauben Sie, daß Herr Welker uns aus seiner Zukunftsmusik überhaupt etwas vortuten wird? Ich für mein Teil . . . Aha!«

Hans Welker riß die Tür auf und griff theatralisch an die Mütze. »Servus, meine Herren! O, Herr Hauptmann! Das macht Spaß, Sie mal wieder zu sehen.« Mit gesuchter Höflichkeit streckte er die Hand hin und dachte: Wenn sie nur schon wieder draußen wären.

»Bitte, bleiben Sie doch sitzen! Was macht Ihr Bein? Ja, ja, die Fliegerei hat manchen und manches auf dem Gewissen.«

»Darf ich Sie bekanntmachen? Herr Doktor Held vom Berliner Abendblatt.«

Hans Welker streckte lachend beide Hände hoch.

»Interview! Interview! Lieber Herr Doktor und Zeitungsfritze, fragen Sie mich nur nicht nach meinen Plänen. Ich werde Tag und Nacht nach meinen Plänen gefragt. Glauben Sie nur, Herr Doktor, wenn ich Ihnen wirklich etwas sage, ist es doch gelogen.«

Der Reporter lachte wie über einen guten Witz und streckte beide Daumen in die Ausschnitte der Weste.

»Haha, kann ich mir denken!«

Hans Welker setzte sich auf den Schreibtisch und spielte mit einem Tourenzähler, der auf dem Tisch lag. »Für einen Flugzeugindustriellen ist es die erste Bedingung, daß er entweder versteht den Mund zu halten, oder daß er lügen kann wie ein . . . na, wie ein . . .«

»Wie ein Flugzeugindustrieller!« fiel ihm Hauptmann Berthold lachend in die Rede.

Hans Welker spionierte aus den zusammengekniffenen Augen. »Stimmt! Ich will Ihnen was sagen! Kurt Seeberger ist zurzeit hier. Den müssen Sie kennen lernen. Verbringen Sie doch einen Abend mit ihm, und ich wette einen Korb Sekt, daß Sie auf Ihre Rechnung kommen.

Der erzählt aus seinem Räuberdasein, von meinem sensationslüsternen Leben und aus der Fliegerei überhaupt, daß Sie einen Zeitungsroman mit fünfhundert Fortsetzungen draus schreiben können. Die Lügen darin sind schwärzer als die Druckerschwärze. Der weiß alles! Alles!«

Er vollführte mit der Hand eine Bewegung durch die Luft.

Hauptmann Berthold reckte den Hals und machte mehrere Drehungen mit dem Kopf, da ihm der Kragen zu hoch war. »Ich habe schon vorhin zu Herrn Doktor gesagt,« sagte er, »es müßte jemand kommen, der eine Geschichte der Fliegerei schreibt. Aber wahrheitsgetreu und unverfälscht. Angefangen mit der Zeit der armseligen Flieger-Bohême, da man sich seine Maschinen selbst mühsam zusammenschlosserte, da man dem Tod wie einem alten Freund und Spaßmacher Guten Tag sagte, da der Mensch, das Volk, das Publikum noch lächelte über die ersten kränklichen Flatschversuche, da tausend Meter eine unermeßliche und sagenhafte Höhe waren und man sich zu den Sonnenstürmern des Lebens zählte. Gerade Sie, Herr Welker, kennen diese Zeit am besten.«

Hans Welker bog die Finger. »Man hat mir das schon oft zum Vorwurf gemacht. Ich selbst aber bin gerade stolz darauf, daß ich Autodidakt bin. Was war ich früher? Ein verlotterter Gymnasiast. Was bin ich jetzt? Ein Millionär! Was liegt dazwischen? Wer fragt danach! Dazwischen liegt vor allen Dingen, daß ich dem Tod tausendmal ins Gesicht gespuckt habe.«

Er sprang vom Schreibtisch und trat auf Doktor Held zu. »Das echte Fliegen ist und bleibt ein Reservatrecht für Vögel und Vogelnaturen!«

Doktor Held zog an der Krawatte und erwiderte: »Aber heutzutage fliegt doch jeder Bäckergeselle.«

»Sehr richtig. Sie sprechen eine große Wahrheit aus. Daran ist die Fliegerei zugrundegegangen. Hat sich selbst den Hals gebrochen. Man fordert heutzutage Maschinen, die jeder Stümper fliegen kann. Einer solchen Maschine fehlen die Nerven.«

Hans Welker schaute nach der Armbanduhr und drehte an der Mütze.

»Meine Herren! Ich will Ihnen gern meine Fabrik zeigen, aber da müssen wir uns beeilen, denn ich will noch nach dem Flugplatz fahren.«

Sie gingen durch die große Teilschlosserei. An dreihundert Schraubstöcken wurde gehämmert, gefeilt und gesägt. In langen Reihen standen die rußigen Arbeiter, in öl- und fettbeschmutzten Anzügen, und hoben kaum für einen Augenblick den Kopf, wenn die Besucher stehen blieben.

Hans Welkers Stimme hatte einen schnarrenden Befehlston angenommen. Hier war er der Allgewaltige, der Despot, dessen Blick genügte, um zu zerschmettern. Mit seinen raschen, eckigen Schritten ging er durch die große Halle und schrie durch das helle, klingende Hämmern und das schnarrende Kreischen der Metallsägen:

»In diesem Raum werden sämtliche Beschlag- und Steuerteile meiner Maschinen serienweise hergestellt. Der Hauptverdienst liegt in der Serienfabrikation. Hier sind Arbeiter, die wochen-, ja monatelang dieselbe Arbeit verrichten.«

»Das heißt,« fiel Doktor Held ein, »der einzelne Mensch wird hier geistig getötet. Die Intelligenz spielt keine Rolle mehr.«

»Danach fragt die Großindustrie nicht. Die Arbeitsteilung erhöht die Produktion, verbilligt die ausgezahlten Löhne, liefert einwandfreie Arbeiten und gestaltet den Menschen mehr und mehr zur Maschine um.«

Durch eine eiserne Tür kamen sie in eine Klempnerei. Ein ohrenbetäubender Lärm herrschte. Der Reporter hielt sich die Ohren zu. »Verflucht, hier wird ja dem normalen Sterblichen das Trommelfell gesprengt. Haben Sie nich 'n bißchen Ohrenwatte?«

Riesige Stapel an fertigen und halbfertigen Benzintanks standen umher, kleinere Oeltanks lagen zu Haufen beisammen, und große Motorhauben aus gewalztem Aluminiumblech strebten aufgeschichtet bis zur Decke. Der donnernde Lärm der Holzhämmer und Nietmaschinen erstickte die eigenen Worte. Glänzende Aluminium- und Messingtafeln wurden von riesenhaften Messern zugeschnitten, rollten ächzend durch Börtelmaschinen, wurden in rasendem Tempo über Formen gehämmert und mit Kupferbolzen zusammengenietet.

An einem langen, schwarzverbrannten Tisch saßen etwa ein Dutzend Schweißer und Schweißerinnen.

»Hier wird Aluminium geschweißt,« brüllte Hans Welker. »Das ist eine Arbeit, die nicht jeder leisten kann. Talente im Verborgenen.«

Sie kamen in die Tischlerei, eine riesengroße, geräumige Halle. Auf breitbeinigen Holzböcken lag eine Unzahl von Flügelgerippen. Zum Teil schon fertig für die Bespannung, zum Teil im Entstehen.

Hunderte von Arbeitern und Arbeiterinnen waren damit beschäftigt, die Beschlagteile anzubringen und die feingliedrigen Spieren auf die Holme zu ziehen. Kolonnenweise eingeteilt, hatten sie, jeder für sich, ein bestimmtes Programm zu erfüllen. Wie eine Maschine mit tausend unsichtbaren Fäden arbeitete dieser Betrieb, ohne Reibung und Stockung und aufs peinlichste organisiert. Zu beiden Seiten der Halle standen die Tischler, ausgerichtet wie die Soldaten, und Hobelbank reihte sich an Hobelbank. Am Kopfende war die Spieren- und Holmabteilung. Schnarrende Band- und Pendelsägen, rasselnde Fräser und Bohrmaschinen und zischende Maschinenhobel rauschten hier in betäubenden Akkorden die mächtige Sinfonie der rastlosen Arbeit.

Hans Welker stand mitten in der Halle. Dürr und hager, die Hände in den Hosentaschen, ließ seine unruhigen Augen über die Schar der Arbeiter gleiten. Etwas Trotziges, Unnahbares lag in seinen Zügen.

»Meine erste Maschine habe ich mit drei Schlossern gebaut, meine Herren! Ich habe mich um keine Festigkeitsprüfung und keine aerodynamische Berechnung gekümmert damals, aus dem einfachen Grunde, weil ich von dem ganzen Plunder nichts verstand und auch jetzt noch nicht viel verstehe. Heute kann ich monatlich zweihundertundfünfzig Maschinen hinausschmeißen, wenn es darauf ankommt. He! Möller! Kommen Sie mal her! Dalli, dalli!«

Er stampfte mit dem Fuß. Der Tischlermeister sprang eilfertig herbei. »Wieviel Satz Flächen liefern wir am Tag, Möller?«

»Nu, dat wer'n wohl bald fünfzehn Satz im Durchschnitt sein, Herr Direktor.«

Hauptmann Berthold humpelte mit Kennermiene um eine fertige Fläche und prüfte die Spieren. »Zu meiner Zeit waren diese Dinger mindestens doppelt so schwer. Heute sind sie schon bald aus Papier, und halten auch.«

»Und müssen noch leichter werden,« warf Hans Welker ein. »Man ist immer noch zu ängstlich mit der Gewichtsersparnis. Die Behörden haben den ganzen Flugzeugbau verrückt gemacht mit lauter Festigkeitsprüfungen und Sicherheitsfaktoren.« Er ging zu der Fläche und riß an dem dünnen Verspannungskabel. »Glauben Sie, daß man früher so was gekannt hat? Klaviersaitendraht hat man da angebunden, und hier sehen Sie jetzt ein kreuzgespleißtes Kabel mit achtfacher Sicherheit.«

Ueber den großen Fabrikhof schritten sie in die Halle für Rumpfbau.

»Ich habe im ganzen etwa fünfundsiebzig verschiedene Typen gebaut seit dem Kriege, und meine sämtlichen Rümpfe sind aus geschweißten Stahlrohren. Das einfachste und zuverlässigste, wenn man gute Schweißer hat.«

In langen Reihen aufgebaut standen die Stahlrohrrümpfe da. Leicht und zierlich.

»Ueber zweihundert Schweißbrenner arbeiten in diesem Raum, und täglich verlassen ungefähr zehn Rümpfe die Halle und wandern nach der Montage. Meine Herren, ich kann Ihnen nur das Hauptsächlichste zeigen, die vielen kleinen Unterabteilungen wollen wir uns schenken.«

»Sagen Sie mal gefälligst, Herr Direktor, wäre das nicht ganz angebracht, wenn Sie zu gleicher Zeit zu jeder Maschine einen Sarg nageln würden? Das sind doch Handwerke, die ineinander arbeiten.«

Durch die große Tapeziererei und Malerei kamen sie zur Rumpfmontage. Hier wurden die Steuer angebracht, die Steuerleitungen verlegt, die Betriebsstofftanks und Instrumente eingesetzt und zuletzt die Motoren eingebaut.

»Ich werde Sie jetzt«, sprach Hans Welker blinzelnd, »durch das Allerheiligste meiner Fabrik im Sturmschritt führen. Machen Sie die Augen nicht zu weit auf, damit Sie mir nichts herausgucken.«

Er öffnete eine mit Sicherheitsschloß versehene Tür und ließ die beiden mit einer steifen Verbeugung eintreten. »Hier ist die Versuchsabteilung. Das Gedankenzentrum meines Werkes. Ich will Ihnen auch verraten, daß in diesen geheimnisvollen Räumen auf die Million spekuliert wird, die das Luftministerium ausgesetzt hat.«

»Das ist interessant. Augenblick, ich will mir bloß notieren, das gibt die Pointe für meinen Bericht.«

Hans Welker drängte durch die Hallen, in denen eine Flugzeugfabrik im Kleinen vereinigt war. »Meine ganze frühere Fabrik war nicht halb so groß wie diese Versuchsabteilung. Frißt Geld hier, meine Herren, frißt lausig Geld.«

»Frißt Silber und führt Gold ab, was?«

Sie traten ins Freie und kamen zum Seeufer, von dem ein betäubender Lärm herüberschallte.

»Probelauf der eingebauten Motoren,« krächzte Hans Welker durch das Rauschen der Propeller. Ganz eingelernte Phrase war er hier.

Ein scharfer Ostwind blies über die Eisdecke des Sees und wirbelte staubartigen Schnee in sprühenden Wolken auf. Müde schlich die Sonne hinter glühende Abendwolken, und ein dämmerndes Rot flutete über das eingeschneite Land.

»Wunderbare Gegend hier. Aber lausig kalt! Was, Herr Hauptmann?«

Doktor Held stülpte den Pelzkragen hoch und pustete dampfende Atemwolken durch die Nase.

»Kommen Sie rasch, meine Herren, hierher! Gehen Sie dem Propellerwind aus dem Wege.« Hans Welker sprang über den Landesteg aufs Eis und schaute nach oben. Die beiden folgten.

»Sehen Sie, fliegt er nicht einen sauberen Propeller? Das ist der Graf Scanzoni!«

In einer steilen Linksspirale kam ein Zweidecker durch die Wolken.

»Um Gottes willen, das Ding brennt ja!« schrie Doktor Held.

»Denkt nicht daran! Das ist die Sonne!«

In glühendes Rot getaucht, stieß die Maschine zur Erde.

»Er landet hier bei der Fabrik. Was sagen Sie zu der Kiste, he, Herr Hauptmann? Liegt sie nicht schnittig in der Luft?«

Langsam ausschwebend landete der Doppeldecker dicht am Steg auf der leichtbeschneiten Eisdecke.

Behäbig und mit lässigen Bewegungen kletterte Scanzoni aus der Maschine und kam schwankend auf Hans Welker zu. Von seinem Gesicht war nichts zu sehen. In dichte Pelze gehüllt, trottete er wie ein Bär über das Eis. In der einen Hand trug er zwei Barographen.

»Heuten friert einem oben der Magen zu. Guten Abend, meine Herren!« Mit der Hand griff er an die Ledermütze. »Scanzoni!« Nun erkannte er den Hauptmann. »Richtig, Berthold! Menschenskind! Das ist nett, daß Sie hier mal wieder auf der Leinwand erscheinen. Ja, ja, Sie sehen, ich flattere immer noch in der Gegend herum. Ist ja Blödsinn, aber ich brauche Nervenkitzel, sonst verludere ich.«

»Darf man sich die Fliege da mal näher begucken? Das Ding sieht ja verflucht schlank und unterernährt aus.«

Hans Welker faßte ihn am Rockärmel. »Meine Herren, ich darf Sie bitten, meine Geheimnisse zu respektieren! Was da vor Ihnen steht, ist nämlich ein Geheimnis. Es ist meine neueste Maschine. Also bitte die Kameras in der Tasche lassen!«

Doktor Held warf einen scheuen Blick nach der feinschnittigen Maschine. Sie wurde schon von mehreren Arbeitern ans Land gezogen und verschwand in einer Halle. Doktor Held blies die Backen auf. »Neueste Maschine,« sprudelte es hervor. »Aber, bitte, Herr Direktor, können Sie mir da nichts Näheres auf die Seele binden? Darf da gar nichts verraten werden? Eigentlich ist das ja der Grund, warum ich Ihnen in die Bude geschneit bin. Wie fliegt das Ding? Ist sie gut? Was? Steigt sie? Was? Wie? Ist sie schnell? Was? Werfen Sie mir doch gefälligst ein paar Zahlen an'n Kopf, wenn's auch gelogen ist! Ganz egal! Gaaanz egal!«

»Einen Augenblick, meine Herren!«

Scanzoni trat mit Welker beiseite und öffnete die Barographen.

»Sie können ruhig ein bißchen lauter reden! Herr Hauptmann, stoppen Sie sich als alter Fachmann jetzt mal gefälligst Watte in die Ohren!«

Während Hans Welker die Streifen studierte, flüsterte Scanzoni: »Ich habe eine Begegnung gehabt, Welker!«

»Eine Begegnung? wo?«

»In achttausend!«

»Wen?« Hans Welker fragte und wußte es doch.

»Deinen Bruder! Er tauchte vor mir aus den Wolken mit seiner neuen Maschine.«

Hans Welker richtete ein Paar mißtrauische Augen auf Scanzoni. »Was hältst du davon?«

Graf Scanzoni zuckte mit den Achseln und zeigte nach dem Barogramm. »Die Zeit ist gut. Das siehst du. Aber hier oben von sechstausend ab ist wieder der verdächtige Kniff in der Kurve.«

Hans Welker schob die Barogramme in die Tasche, sah stirngerunzelt zu Boden und sprach leise: »Motorfrage! Nur Motorfrage!«

Aufgerichtet, mit gleichgültig starrem Gesicht: »Darf ich Sie bitten, meine Herren!«

Kapitel 12

Herta Land stand vor dem eisernen Tor von Hans Welkers Villa. Die Gaslaternen blitzten durch den dunstigen Nebel des Dezemberabends, und der Wind schüttelte seinen Kristallschnee von den kahlen Kastanien.

Unschlüssig stand sie und blickte auf das kleine Messingschild am Tor. Oben brannte ein weißes Licht, hell und aufdringlich.

Sie läutete. Nach kurzer Zeit kam ein Diener über die Treppe geschlürft und öffnete das kreischende Tor. »Herr Direktor ist oben!«

Langsam und gleichgültig ging Herta Land über die Freitreppe, stieß die schwere Eisentür auf und stieg ins erste Stockwerk. Der Diener kam hinterher und zeigte stumm auf eine Tür. Herta klopfte und trat ein.

Hans Welker saß am Schreibtisch und schraubte an einem Photographenapparat, den er auseinandergenommen hatte.

Sie setzte sich in einen der großen Ledersessel und öffnete den schweren Pelzmantel. Nach geraumer Weile sprach sie: »Guten Abend!«

Er machte eine halbe Drehung mit dem Kopf und nahm ein kleines Messingschräubchen in den Mund. »Servus! Was wollen Sie?«

»Ich ahnte, daß Sie die Langeweile plagt, und wie ich sehe, habe ich mich nicht getäuscht. Sie scheinen da wieder eine sehr geistreiche Beschäftigung zu haben! Ich habe Ihnen ein paar Briefe zur Unterschrift gebracht.« Sie warf eine braune Aktentasche auf den Tisch.

Er setzte einen kleinen Schraubenzieher ein und zeigte ihr die Zähne. »Wegen der Briefe sind Sie nicht gekommen! Das können Sie andern erzählen! Sie wollen . . . ich habe heute keine Zeit!« Unwillig schüttelte er den Kopf.

Mit den Fingern strich sie tastend über das weiche Lederpolster. »Frechheit! Sie wollen mich wohl hinauswerfen? Denken Sie, ich bin einer Ihrer Arbeiter?«

Sie erhob sich und kam auf ihn zu. »Ich nehme Ihnen ja Ihre halbwüchsigen Redensarten nicht übel. Wer könnte Ihnen etwas übelnehmen! Sie sind unerzogen wie ein Gassenjunge! Die Hauptschuld daran tragen nicht Sie, sondern Ihre läppische Umgebung, die Sie wie einen Gott verherrlicht. Warum?«

Sie beugte sich lauernd über den Schreibtisch bis kurz vor sein Gesicht. Weidete sich an den wulstigen Falten auf seiner Stirn und an dem unschönen Oberkiefer.

»Warum?! He! Wissen Sie, warum Ihre Umgebung sie verherrlicht? Weil sie Ihr Brot ißt!«. Er lachte verächtlich und hämmerte mit dem Brieföffner ein Stückchen Blech gerade.

»Sie aber stehen in meiner Schuld! Habe ich recht oder nicht? Haben Sie nicht von mir Besitz nehmen wollen? Haben Sie mich nicht schon zweimal gehalten, als ich gehen wollte? Oder sind unsere Beziehungen vielleicht nur geschäftlicher Natur? Ich meinte, sie wären auch etwas anderes.«

»Gott, eine schwache Stunde hat jeder Mensch, warum nicht auch ich! Wer mir da in die Quere kommt, bei dem versuche ich's eben. Wenn's mißlingt, na . . . ob Sie wirklich so . . .«

Sie hob abwehrend die Hand. »Sparen Sie diese Unverschämtheiten! Ich bin keine Dirne, das wissen Sie. Wer Ihnen in die Quere kommt? Wollen Sie mir das vielleicht auch bezahlen?«

Er antwortete nicht. Sie beobachtete ihn, wie er mit den einzelnen Konstruktionsteilchen herumhantierte. Eine grimmige Gier flackerte aus ihren Augen.

Mit einer hastigen Handbewegung strich sie alles vom Schreibtisch auf den Teppich. »Fort mit dem albernen Krempel, wenn ich mit Ihnen rede! Ich bin gewohnt, daß man mir Beachtung schenkt.«

Er sprang vom Sessel auf. Ratlos, unschlüssig stand er da. »Was erlauben Sie sich? Sie machen mir den wertvollen Apparat zuschanden!«

»Zuschanden! Jawohl zuschanden! Hier sehen Sie! So! Sooo!!«

Mit den Füßen trat sie darauf herum.

»Ihre ganze Oede und Hohlheit grinst aus diesen Nägeln und Schräubchen. Aus diesem Plunder, an dem Sie stundenlang herumtrödeln.«

Mit beiden Händen packte er sie, daß sie aufstöhnte. Er sah, wie sie die Augen schloß und willenlos in seinem Arm hing.

»Sie sind eine Katze! Was zwingen Sie mich, Sie zu packen?«

Er sah auf ihr Gesicht mit den zusammengepreßten Lippen. Behutsam öffnete sie die Augen. Sie waren klar und glänzten aus weitgeöffneten Pupillen.

Ob sie mich jetzt betrügt? dachte er für sich und versank in dem stahlblauen Glanz ihres reichen Haares.

»Ich betrüge Sie nicht!« antwortete sie auf seine Gedanken.

Sie verfolgte es nüchtern, wie er sie an sich riß. Das gab ihr einen stillen Triumph, der in ihr hochstieg wie ein brausendes Wetter.

»Versprechen Sie, daß Sie mich fliegen lehren! Versprechen Sie!«

Er hob sie empor und trug sie durchs Zimmer.

Warum küßt er mich nicht? Jetzt, jetzt will er mich küssen. Sie bog den Kopf zurück. Er wollte sie zwingen. Mit Gewalt.

»Versprechen Sie!«

»Meinetwegen!« stieß er hervor.

Geschmeidig wurde sie unter seinen Händen.

»Warten Sie, lassen Sie mich nur erst meinen Mantel . . .«

Er ließ sie los, da sprang sie zur Tür und löschte die weiße Deckenbeleuchtung. Tastend ging sie zum Tisch und knipste eine kunstvolle Lampe mit gelbem Seidenschirm an.

»Ich hasse das weiße Licht! Nun wird es erst warm im Zimmer.«

Hochaufgerichtet stand sie da. Erwartungsvoll. »Bitte!« sprach sie spitz und hob beide Arme. Er stand unbeweglich. Hatte sie ihn jetzt doch betrogen? Wollte sie nur das Versprechen?

»Na, bitte!« wiederholte sie. »Finden Sie das gelbe Licht nicht schön? Sie finden überhaupt nichts schön. Nun sind Sie wieder steif und hölzern. Wie ein Kind stehen Sie da, dem man das Spielzeug entrissen hat.«

In hastiger Erregung sprang er auf sie zu. Er schob die Zunge vor die Lippen und griff mit den Händen nach ihr. »Glauben Sie, wenn ich wollte, hätte ich nicht die Kraft . . .«

Sie langte nach der braunen Aktenmappe. »Die Unterschriften. Vergessen wir die Unterschriften nicht!«

Sie trat hinter den Tisch, kalt, abweisend. Ihr Gesicht war unbeweglich, als stände sie vor dem Objektiv eines Photographen. Die rechte Hand lag auf der Tischdecke.

»Sie werden morgen mit mir fliegen! Ich brauche diesen Sport! Sie werden mich lehren, sagen Sie es noch einmal! Ganz nüchtern will ich's hören, bitte!«

Er warf sich in den Klubsessel und fuhr mit beiden Händen über die glattgescheitelten Haare. »Sie wollten mir doch die Briefe geben!«

Sie schrak zurück. War er schon am Ende? »Wollen Sie mich fliegen lehren?«

»Ich denke im Traum nicht daran!«

»Sie haben mir's versprochen!«

»Ich habe das schon längst wieder bereut. Wenn ich das alles halten wollte, was ich verspreche! Ich verspreche Himmel und Seligkeit, wenn ich mir dadurch einen Vorteil sichern kann.«

Das sprach er mit Absicht, weil er wußte, daß sie damit verwundet würde. Es gehörte eine ungeschwächte Kraft dazu, um nicht mit ihr zu verspielen. Sie war gefährlich und scheute kein Mittel, und dazu war es fast unmöglich, ihre Gedanken zu erraten, weil sie äußerlich von einer steinernen Ruhe war.

Hans Welker grübelte in sich hinein. Er überlegte, wie er sie am besten fassen konnte. Ein sehnendes Verlangen nach ihr wurde in ihm wach, ein schwüler Drang, sie zu besitzen und zu demütigen. Nun, da sie vor ihm stand, mit kalter Berechnung und innerem Hader, nun übte sie eine quälende Kraft auf ihn aus, der er nur mit starkem Willen widerstehen konnte. Alle

Möglichkeiten ihrer Niederlage malte er sich aus, mit wohligem Eifer und höhnischer Befriedigung. Mit Gewalt zerrte er sie in den Unrat seiner Gedanken. Auslachen wollte er sie dann! Auslachen und vor die Türe setzen.

Er spann sich ein in die Wirrnis seiner verächtlichen Begierden. Den Kopf in die Hand gestützt, schaute er nach ihr hin. Sie wühlte in der Mappe und zog einen Stapel Papiere hervor. Jeden Brief nahm sie zur Hand, las ihn gedankenlos durch und legte ihn auf den Tisch.

Was saß er so still? Warum redete er keinen Ton? Ganz in seiner unnahbaren Dünkelhaftigkeit saß er dort. Mit eingezogenem Kopf. Wie ein Affe! Pfui, wie ein Affe!

Sie ergriff die Briefe und schleuderte sie vor seine Füße. »Da haben Sie die Fetzen! Ich gehe!« Sie griff nach dem Mantel.

Er blieb ruhig sitzen. Nun schien sie ihm gleichgültig. Fast war es ihm angenehm, daß sie ging. Da hatte er doch seine Ruhe. Wie konnte er überhaupt dieses Theater spielen.

»Ich bin doch kein Komödiant!« sprach er laut vor sich hin.

»Sie sind kein Komödiant? Sie?« Mit theatralischer Stimme kniete sie sich auf dieses: »Sie?«

»Sie sind kein Komödiant? Sie sind der größte Possenreißer, der mir begegnet ist. Wenn Sie mehr Geist hätten, wären Sie gefährlich, waghalsig wären Sie!«

Nun bleibe ich gerade, überlegte sie. Nun, da er mich draußen haben will, bleibe ich hier.

»Alles kommt mir lächerlich vor und trivial. Wir streiten uns über die unnötigsten Fragen. Komm, laß’ uns vernünftig sein. Warum sollen wir uns ewig in den Haaren liegen?«

Sie legte sich über den Schreibtisch und stützte das Kinn in beide Hände. »Erzählen Sie mir was! Sprechen Sie mir von Ihren Maschinen, von Ihren Motoren und Barogrammen! Wie stehen Ihre Papiere? Ich höre Sie so gerne plaudern.«

Hans Welker sah in das fahlgelbe Licht.

Ist sie verrückt geworden?

Er dachte an Scanzoni, der oben seinen Bruder Paul getroffen hatte. Eine eigenartige Begegnung. Die Barogramme mußte er unter allen Umständen haben. Robert Sanden fiel ihm ein, er sah sein fettglänzendes Gesicht. Es war Zeit, daß der Kerl sich wieder blicken ließ.

»Sie wissen nichts zu erzählen? Mir fällt etwas ein. Ich will Ihnen die Langeweile vertreiben. Hören Sie nur zu, das muß Sie interessieren, denn Sie lieben den Nervenkitzel. Hören Sie zu und sagen Sie mir, ob ich waghalsig bin. Sagen Sie, ob das Fliegen mir größere Gefahren bringen kann, Hans Welker, oder ob es verblaßt gegenüber den Schrecknissen, die ich durchkostet habe! Vom Wilden Freiger, von dieser wahnwitzigen Tour auf dem Wilden Freiger will ich Ihnen erzählen. Ich habe es Ihnen damals schon angedeutet. Aber . . . hören Sie zu, Hans Welker!«

Die Gestalt des Barons Felting tauchte vor ihr auf, und sie wußte, daß sie es war, die ihn dem Tod in die Arme geführt hatte. War nun ein anderer an der Reihe? Sie warf sich auf das Ledersofa und schaute nach der Decke. Und rief sich jenen Tag des Schreckens ins Gedächtnis zurück, und die Bilder kamen zu ihr wie graue Schleier.

Mit veränderter Stimme fing sie an zu erzählen. Wie Gesang kamen die Worte von ihren Lippen und geschmeidig, wie ein fließendes Wasser. Alles wurde so lebhaft in ihr, während sie erzählte. – – – – – –

Herta Land richtete sich auf. Ein namenloses Staunen in den Augen, kam sie auf Hans Welker zu.

Er schlief. Wahrhaftig, er schlief! Mit verschrumpftem Gesicht, den Kopf auf der Brust, lag er im Sessel und stieß die Luft durch die Nase.

Herta Land fühlte ihre Ohnmacht diesem Menschen gegenüber. Noch nie war ihr diese Ohnmacht so stark, so zwingend zum Bewußtsein gekommen wie jetzt, da sie ihn hier liegen sah, im trägen Schlaf.

Leise zog sie den schweren Mantel an, nahm die dunkle Pelzmütze und schlich sich aus dem Zimmer.

Der Diener öffnete das knarrende Tor.

Vom Turme schlug es Elf.

Mit elastischen Schritten ging sie über das glitzernde Schneepolster der Straßen zum großen
See. Weit und eintönig lag die riesige Eisdecke vor ihr. Der Nebel war zerstoben, und eine flimmernde Sternennacht stand kalt und fröstelnd am Himmel. Halb schlafend tauchte der Mond
über das jenseitige Ufer. Rot und mit schwachem Leuchten. Alles schlief, nur ein rauflustiger
Nordwind kam pfeifend über den Wald und riß den feingliedrigen Schnee zu wirbelndem Tanz.

Herta Land ging über das Eis und sprach mit ihrer suchenden Seele. Weiter traten die Ufer
zurück. Schwach blitzten die Lichter der Stadt zu ihr herüber. Welch eine friedvolle Einsamkeit
war hier, welch wärmende und köstliche Ruhe des Alleinseins.

Da kamen die Freunde über das diamantglitzernde Eis, die Gespielen und Weggenossen ver-
sunkener Jahre. Kamen zu ihr in die Einsamkeit der Nacht, mit offenen Armen und lächelnd
wie die christbeschenkten Kinder.

Ach, daß ihr mich nicht vergessen habt. Ach, daß ihr mich wiederfindet und euch um mich
drängt, die ihr wie ich um Liebe und Sehnsucht bettelt. Seid ihr denn Menschen, daß ihr so
hilfreich zu mir kommt und mit singendem Mund und schenkenden Armen? . . .

Ihr fühlt nicht die Kälte, die alles Leben erstarrt, denn sonnenschwer und voll tauender Wärme ist das Lied eures Lebens.

Wie, nun wollt ihr mich verlassen? So wenig Zeit nur habt ihr für meine einsamste, meine
freudvollste Stunde!

O! über euch, ihr Weggenossen meiner weinenden Kindheit! . . .

Herta Land hob den Kopf und suchte das Ufer. Es war verschwunden. Kein Lichtstrahl drang
zu ihr. Kein Stern flimmerte vom Himmel.

Graue Oede mit einem matten, rötlichen Schein. Lautlos war der Nebel über den See gekommen. Schleichend, wie ein Strauchdieb.

Unschlüssig blieb sie stehen. Wo war sie hergekommen? Wohin wollte sie gehen? Sie wußte
es nicht.

Stundenweit lag der See. Wo war das Ufer? Sie suchte nach ihrer Spur, aber sie verlor sie
bald auf dem rissigen Eis.

Ratlos blieb sie stehen. Die Kälte schnitt ihr in die Haut. Sollte sie hier warten, bis der Nebel
sich verzog? Oder geradeswegs in einer Richtung laufen, bis sie auf irgendein Ufer stieß? Dann
kam sie vielleicht in den Wald, vielleicht auf die schmale Insel, die mitten im See lag. Aber
die Nacht war lang.

»Ich habe Hunderte von Hochtouren gemacht,« sprach sie lächelnd vor sich hin. »Bei Nacht
und Eis, und habe mich nie verirrt; und nun stehe ich da im Nebel, der mich wie ein Feigling
von hinten überfiel, und habe jeglichen Sinn für Richtung verloren.«

Der frostige Wind drang durch die Kleider, und der Schnee stäubte ihr in das brennende
Gesicht.

Dumpf rollte das vor Kälte berstende Eis.

Sie nahm sich eine Richtung vor und stampfte eiligen Schrittes durch den Nebel. Da fiel
ihr der Wind ein. Am Ufer hatte sie den Wind von vorn gehabt. Wieder blieb sie stehen und
überlegte. Nun kam er von der Seite, aber er konnte sich ja längst gedreht haben. »Wenn er
sich nicht gedreht hat, müßte ich meine Richtung ändern.«

Die Pelzmütze über den Kopf gezogen und mit hochgestülptem Kragen lief sie weiter, den
Wind im Rücken.

In einer dumpfen Apathie sah sie vor sich hin. Das nagende Gefühl einer inneren Zweck-
losigkeit kam über sie und war ihr ein streitsüchtiger Begleiter auf ihrem trottenden Marsch
durch die schneidende Kälte.

Da kam die Begegnung. Sie wuchs aus der Nacht wie eine selbstverständliche Lösung.

Ein knisterndes Geräusch traf ihr Ohr.

In einem bestimmten Zwang schnellten ihre Gedanken auf Hans Welkers Bruder. Drei Wo-
chen war sie hier und hatte ihn noch nicht gesehen. Er verkroch sich wie eine Ratte.

Das Knistern wurde stärker. Sie blieb stehen und lauschte.

Ein riesiger Schatten tauchte aus dem Nebel. In jagender Fahrt kam er auf sie zu. Hart am Winde lief ein Segelschlitten. Sie sah eine Gestalt in dem schmalen Boot und rief mit schriller Stimme.

Hinterher dachte sie: Das ist Paul Welker. Ganz bestimmt, das ist Paul Welker.

Er hatte sie gesehen. In scharfer Kurve ging er knirschend über Stag und drehte rauschend in den Wind.

In dicke Pelze gehüllt, eine gefütterte Fliegerkappe über den Kopf gezogen, kam Paul Welker auf sie zu. Die Arme hingen schlaff nach unten, und ein fragendes Erstaunen sprang aus seinen tiefbeschatteten Augen.

»Welch ein seltsames Zusammentreffen! Ich glaubte zu träumen, dachte an eine Erscheinung. Eine Nebelgestalt.«

Herta Land forschte in seinem feingeschnittenen Gesicht und suchte nach einer Aehnlichkeit mit seinem Bruder. Aber da war nichts, kein Zug erinnerte daran, keine Bewegung, kein Tonfall in seiner Stimme.

»Ich habe mich verirrt auf dem See. Der Nebel hat mich überrascht.«

»Aber wie kommen Sie dazu, hier in Nacht und Kälte herumzuirren?«

»Ein wenig Laune, ein wenig Leidenschaft.«

»Aber mehr Laune, wie mir scheint. Sie hätten ohne mich wohl schwerlich aus diesem Chaos herausgefunden. Ich kenne den See genau, aber bei solcher Unsichtigkeit finde ich mich auch nur mit dem Kompaß zurecht. Kommen Sie, ich sehe, wie Sie frieren!«

»Nun lerne ich auf abenteuerliche Weise Paul Welker kennen.«

»Woher wissen Sie . . .«

»Sie können nur Paul Welker sein!«

Er ging mit ihr zum Schlitten. Willenlos ließ sie alles mit sich geschehen. Sorgsam setzte er sie zurecht, schlug eine schwere Decke um sie und setzte sich eng an ihre Seite. Ein Gefühl wohligen Geborgenseins kam über sie. Flutende Wärme durchdrang ihren Körper, und eine stille Erfüllung verworrener Träume schmeichelte sich durch ihre Gedanken. Zurückgelehnt, mit geschlossenen Augen, lag sie weichgebettet und dämmerte hinüber in eine Flut namenloser Seligkeit.

Nur jetzt nichts denken! Nichts denken! Nur empfinden! O, diese Ueberfülle berauschender Empfindungen.

Er beugte sich über sie, grübelnd, als wollte er lesen, was da geschrieben stand auf der steilen Stirn und um den festen Mund mit den leichtgeworfenen Lippen. Sie merkte durch ihr Inneres, wie er sie erforschte, wie er schwankte, zweifelte und vermutete.

Behutsam öffnete sie die Augen, da braßte er das Segel an und schoß spitz am Winde über das spröde Eis.

Wohin wollte er? Ins Endlose, Ewige, in ein gedankenloses Nichts? Was fragte sie nach Ziel und Ende!

»Der Wind wird stärker,« hörte sie ihn sagen. »Da wird der Nebel bald weichen. Wohin soll ich Sie bringen?«

Wohin sollte er sie bringen! Sie wußte es doch selbst nicht. Wohin? Sollte diese Seligkeit schon ein Ende nehmen! War es nicht wie eine halsbrecherische Jagd nach dem Glück, wie sie hier in stürmender Fahrt über das Eis brausten?

»Warum schon nach Hause?« antwortete sie mit bedauernder Stimme. »Es ist so namenlos schön hier. Ich glaube, Sie schleppen dauernd ein Stück Romantik mit sich herum.«

Angestrengt schaute er voraus. Mit sicher abschätzenden Blicken steuerte er scharfen Kurs. Nahe fühlte er die belebende Wärme ihres Körpers.

Aufpassen, Paul Welker! Er verjagte etwas in seinem Innern. Sollten sie hier den Hals brechen, wenn er mit seinen Gedanken spazierenging?

Einen kurzen Augenblick wandte er den Kopf nach ihr. Da sah er in zwei Augen mit weiten, leuchtenden Pupillen.

Aufpassen, Paul Welker!

»Aber es ist spät in der Nacht.« Mit eintöniger Stimme sprach er es in den Nebel und fiel in geschmeidigem Bogen nach Steuerbord ab.

Gierig stieß der Wind ins Großsegel, und mit wachsender Geschwindigkeit liefen sie nach Osten. Feiner Kristallschnee sprühte von den Kufen, und das Eis tönte unter dem Druck des Schlittens. Der Nebel schien sich zu lichten. In zerrissenen Fetzen flatterte er vorüber.

Herta Land sah in das unbewegliche Gesicht Paul Welkers, hing an den straff in Kurs stehenden Augen und dachte durch den Sturmwind ihrer Gefühle: Er ist, wie ich ihn mir gedacht habe. Ganz, wie er sein mußte. Er ist voll Wärme und Leidenschaft. O, Hans Welker, was hast du Teufel für einen göttlichen Bruder!

Kamen nicht die Sterne durch das fliehende Grau? Oder ist es der Glanz seiner Augen, ist es die Leuchte seines Herzens?

Ohne daß sie es wußte, legte sie den Kopf an seine Brust. »Warum ist das alles so qualvoll schön!«

Ganz mit Bewußtsein, ganz, als ob es etwas Letztes wäre, an das sie sich klammern konnte, ganz mit Glück und Furcht und Zittern trank sie seine Küsse.

Es waren Sekunden vollster Klarheit, Augenblicke der größten Selbstbestimmung.

Unter dem Rauschen des Segels schloß er sie in seine Arme.

Im Triumph!

Im Triumph nahm er sie!

Kapitel 13

Über dieses Erlebnis schwieg Herta Land. Sie verscharrte es bis in den verborgensten Winkel ihres Ich. Ein Gefühl von Schwäche und Scham verfolgte sie wie eine Krankheit. Dann wieder quoll sie über in Jubel und Hingabe wie ein Bergwasser in der Schneeschmelze, begeisterte und berauschte sich an der Leidenschaft, die sie beide zusammengerannt hatte, in blinder Gedankenlosigkeit. Ein süßer Schauer der Freude über den gelungenen Betrug an Hans Welker erstickte die selbstquälerischen Zweifel, die oft in ihr hochstiegen und ihr die Luft zum Atmen nehmen wollten. Aber niemand erfuhr davon. Sie verbarg es als ein Erlebnis von tragender Bedeutung, als einen köstlichen Trumpf, den sie ausspielen wollte gegen den Mann ohne Leidenschaft, mit der abgestorbenen Seele.

Sie rannte weiter an gegen Hans Welker, mit dem ganzen Uebermaß ihrer weiblichen Künste, die sie wie sprühende Raketen gegen ihn abschoß, wie überraschende, hinterhältige Pfeile auf ihn losschnellte. Aber Hans Welker lächelte über das Feuerwerk. Er schüttelte die Pfeile ab und zertrat sie mit den Füßen.

Sie fühlte immer deutlicher, daß sie diesem Menschen nicht gewachsen war, und dieses Gefühl der Erniedrigung stachelte sie zur Gewalt auf, zum Ungewöhnlichsten und Gefährlichsten. Zum Possenspiel mit all ihrer Sinnlichkeit.

Aber sie verspielte.

Sie verspielte ihre Ruhe, verspielte ihr empfindliches Ehrgefühl.

Verspielte ihren Körper.

Sie verspielte alles.

Er nahm es, gleichgültig und lächelnd. Nahm es wie etwas Selbstverständliches. Er sah sie als Spiel seiner Launen, ergötzte sich an ihrer geschmeidigen Schlagfertigkeit und genoß all die schmollenden, stöhnenden, kämpfenden Erscheinungen ihres Gemütes als interessante Abwechslungen, die gleich einem Regenwind den gleichmäßig grauen Strom seiner öden Langeweile kräuselten.

Hans Welker merkte nicht, daß Herta Land verspielte, denn dazu war er doch zu wenig Psychologe. Den Grundkern ihres Wesens hatte er nie gefaßt. Er hätte sie sonst bis ins Maßlose ausgenützt und ausgebeutet.

Hans Welker dachte, wie er flog. Hans Welker dachte und handelte, wie er flog. Rein im abgegrenzten Zeitraum eines plötzlichen Gefühls, ohne Vorausberechnung und Schlußfolgerung, ganz nur aus dem gegebenen Augenblick heraus.

Hans Welker merkte nicht, wie Herta Land an ihm zerschellte.

Er sah nicht, wie sie innerlich wankte und nach einer Stütze suchte. Nach einem Halt, um sich festzuklammern und aufzurichten.

Er saß abends zu Hause, von der Langeweile geplagt, schraubte Tintenfässer auseinander, zerlegte Taschenuhren und hämmerte Nägel gerade.

Herta Land aber wühlte den Kopf in die Kissen und stöhnte wie ein wundes Tier.

Kleidete sich an, mit komödiantenhaften Vorsätzen und voll seelischer Schminke und machte sich auf den Weg zu Hans Welker.

Ging wie in eine Spielhölle. **Va banque**, Hans Welker. **Va banque!**

Und verspielte.

Wo ist die Stütze? Wer hilft mir?

Wo ist Paul Welker? – –

Sie suchte nach Paul Welker wie nach einem Ausweg aus ihrer inneren Not. Wohin sollte sie ihre trivialen Niederlagen schleppen in dieser Welt der Explosionsmotoren und Stahlrohre, in diesem gierigen Rennen nach Kapital und Herrschaft? Wohin verkriechen vor dem unsauberen Handel mit Industriellen, Behörden, Piloten, Lieferanten und Hochstaplern, die ohne Unterlaß in schmutziger Flut gegen die Firma brandeten?

Hans Welker verstand es, im geeigneten Zeitpunkt die rechten Register zu ziehen. Er war ganz Kälte, Berechnung und Spekulation. Alle Einwände von außen schwatzte er über den Haufen, die Hände in den Hosentuschen, mit zusammengekniffenen Augen und hervorstehenden Zähnen. Herta Land war nur ein Spielzeug für ihn, eine mechanische Gliederpuppe. Konnte er nicht mit dem Schraubenzieher an ihr herumbasteln? Schade! Jammerschade!

Was? Die Firma sollte diskreditiert werden? Von außen her? Vielleicht von der Konkurrenz? Da setzte sich Hans Welker in eine Maschine und flog. Rauschte über die Köpfe der Intriganten und Flaumacher, warf sich wie eine Möwe in die Kurve, stieß wie ein Habicht auf einen Stapel von Offizieren und donnerte im Triumph durch das Brausen des stärksten Sturmes. Da duckten sich die Intriganten. Die Flaumacher rissen die Mäuler auf, und der gewohnte Beifallsorkan schallte aus hundert begeisterten Kehlen über den Flugplatz. Hans Welker stieg aus der Maschine. Wühlte die Hände in die Hosentaschen und trat mit seinen eckigen Schritten mitten unter seine Feinde. Alle sahen seine gelben Zähne. Was ist denn nun?

Natürlich war es jetzt Zeit, Reklame zu machen. In drei Monaten stieg das große Rennen. Hans Welker warf mit Geld um sich wie ein Gärtner mit Grassamen. Und es fiel auf fetten Ackerboden. Wann hat jemals Hans Welker unnötig Geld ausgegeben?

Kurt Seeberger lief in Berlin in den schreiendsten Farben herum. Er schillerte wie ein Papagei und hatte die Zigarette zwischen den Zähnen. Er war ein echter Kavalier. Seht doch nur seine manikürten Fingernägel und die baumelnden Ohrringe! Er war ein Gentleman. Was war er? Ein Gentleman!

Er log, daß sich die Sonne verdunkelte. »Meine Herren, darf ich Sie in die Königin-Bar einladen? Wollen einen Film drehen!« Jawohl, er sagte: »Film drehen.« Und Weiber! . . . na! Er trug einen zotteligen Zwergpudel mit rosa Augen unterm Arm. Der Zwergpudel schleckte mit der Zunge und schmatzte Schokolade. »Haben Sie schon gehört, Hans Welker fliegt unter der Kölner Rheinbrücke durch?«

Zwei Tage darauf erschien ein Bild in der Zeitung, mit einem schwungvollen Bericht. »Hans Welker fliegt unter der Kölner Rheinbrücke hindurch.« War das etwa gelogen? Weiß der Teufel!

»Guten Abend, Herr Kapellmeister.« Wer stieß ihn denn da in die Seite? »Pardon, Herr Musikdirektor! Wir wollten doch heute einen Abend schmeißen, hää?« Jawohl, er sprach »Abend schmeißen«, und er schmiß ihn, den Abend. »Wie ist die Geschichte mit dem Hans-Welker-Marsch? Dreitausend Mark? Kleinigkeit! Sehen Sie zu, daß die Kerle bald in ihre Blechtrichter blasen, daß ihnen die Backen knallen.«

Kurt Seeberger erfand neue Hutmoden, machte Hemden aus Welker-Flugzeugleinen und warf mit silbernen Feuerzeugen um sich. Verschenkte goldene Krawattennadeln mit Hans Welkers Fabrikmarke wie ein Warenhaus die Wandkalender. Aber keine zu viel, keine einzige zu viel.

Natürlich war es jetzt Zeit, Reklame zu machen.

Im Tagesbericht der Kinotheater flimmerten Hans Welkers Filme über die Leinwand. Man sah ihn, dürr, schmächtig und eckig wie ein Polygon. Stand er da nicht beim Reichspräsidenten? Natürlich! Er gab ihm sogar die Hand. Der Reichspräsident schreitet eine Front von Flugzeugen mit ihm ab. Wie eine Kompanie Soldaten stehen die Kisten da. Der Präsident interessiert sich, neigt den Kopf, nickt, staunt, lächelt, kratzt sich am Ohr. Potzdonner, und Hans Welker hat dabei die Hände in den Taschen der karrierten Breeches. Nun steigt er in die Maschine. Das ist es ja eben! Tausende fliegen, Abertausende, aber Hans Welker fliegt eben anders . . . fliegt . . . na, wie denn?

Im Glaspalast hängt ein Riesenölgemälde. Darunter steht: »Notlandung.« Ein Flugzeug landet am Rand eines schwarzen Tannenwaldes. Die Insassen haben es verlassen. Das linke Rad ist gebrochen. Nacht ist es, klarste Vollmondnacht. Da kommen die schlanken Elfen und Gnome aus dem Wald, die dickleibigen Wichtel und knochenfingrigen Heinzelmännchen, die langbärtigen Zwerge und hohläugigen Krähen. Sie schleichen um das Flugzeug, bestaunen es, gaffen, fürchten sich. Einer mit grünem Gesicht ist hineingeklettert und zieht am Höhensteuer. Voll glühender Phantasie und Romantik ist das Bild. Auf dem Flugzeug aber steht in großen schwarzen Buchstaben: »Welker D VII«. Wer hat nicht das Bild gesehen im Glaspalast.

Natürlich war es jetzt Zeit, Reklame zu machen.

Kurt Seeberger riß den Frack aus dem Kleiderschrank, stülpte ein brettsteifes Hemd über den Kopf, salbte den kantigen Schädel und erschien wie eine Programmnummer bei den vornehmen Fünfuhrtees. Mitten unter den Finanzgrößen saß er, unter Zeitungsschreibern, Delegierten, Offizieren und Würdenträgern. Hans Welker! tutete er und fand ein dissonanzloses Echo. Hans Welker! predigte er und lud zu einer Runde Benediktiner ein. Was konnte der Mann erzählen! Er war die Nährmutter der Fliegerei, der Gedankenschwangere, der Urgroßvater aller großen Ideen und das Wahrzeichen der Waghalsigkeit. Der Mann hatte ja mit dem Tode verkehrt wie ein pensionierter Oberrechnungsrat mit seinen Stammtischkollegen. Hört nur, wie er aus den früheren Zeiten der Fliegerei erzählt! Wie ein Märchen klingt das, oder nicht? Hatte er denn überhaupt Nerven? Nein, er hatte keine Nerven. Schiffstaue hatte er, Glockenseile! Und erst Hans Welker! Haben Sie schon gehört, Hans Welkers neue Jagdmaschine überbietet den amerikanischen Rekord! Wirft ihn glatt über den Haufen!

Kurt Seebergers Stimme klang wie ein Holzxylophon, und er goß den Sekt durch seine Kehle.

Der Graf Scanzoni tauchte aus der Versenkung. Wie ein Verschütteter, wie ein Urbild vergangener Glanzzeiten erschien er im Trubel der Gesellschaft. Kennt ihr ihn? Hans Welkers rechte Hand. Der Mann mit der interessantesten Vergangenheit. Der Kalte, Nüchterne, Programmlose! Der Mensch, der seine Gefühle abgelegt hat. Er sprach nur wenig, aber treffend. Beizend und weltverneinend. Die Schlaglichter der Hans Welkerschen Persönlichkeit zuckten über die Köpfe, und die Reklametrommel polterte.

Scanzoni ist zwölfmal abgestürzt, trompetete Kurt Seeberger, und das verschrumpfte Gesicht glänzte. Stimmt es nicht, oder war es gar dreizehnmal? Er ist der erste, der ohne Sauerstoff auf achttausend stieg, mitten im Schneegestöber. Er fliegt wendig wie ein Zaunkönig und fast so gut wie Hans Welker.

Der Zigarettenrauch wurde dichter, die Augen tränten. »Herr Kapellmeister! He! Den Hans-Welker-Marsch!«

Kurt Seeberger rückte die Hosen über den Knien zurecht und gab seinem schläfrigen Zwergpudel Sekt zu schlürfen. Er renommierte mit Scanzonis silberner Hirnschale und wettete auf den Sieg der Hans Welkerschen Jagdmaschine. Der Säbelschmiß schwoll dunkelrot über das Gesicht, und er bewegte die Ohren wie ein stutziges Pferd.

Scanzoni schwieg. Er wirkte durch seine Person. Durch seine ledergelbe Haut und die etwas verschwollenen Augen. Er zog die Oberlippe hoch und spöttelte über lüsterne Frauen.

Potz Donner! Hans Melker!! Er erschien wie eine dickunterstrichene Glanznummer. Wie eine vignettenumrahmte Varieté-Attraktion.

Er setzte sich, drehte den Kopf wie eine Schleiereule, lächelte und redete wenig. Und was er redete, war auf den Kopf gestellt, verkehrt, verzerrt. Er bruddelte an einer Selters, schob Marzipanstücke in den Mund, machte Aufsehen durch sein groteskungehobeltes Wesen, wirkte durch seinen verblüffenden Mangel an Taktgefühl und saß hingegossen im Ledersessel, mit dem langweiligsten Gesicht von der Welt.

Nachts »drehte« er mit wenigen Auserwählten einen pompösen Film.

Und verschwand. Ohne sich zu verabschieden.

Am andern Abend saß er schon in Frankfurt. In München oder Leipzig.

Dort ging er unter seine Konkurrenten wie ein Bändiger in den Löwenkäfig. Freundlich war er, mit Arbeit überhäuft, und lächelnd. Schimpfte auf alle Einrichtungen und jammerte über sein Pech.

Er verschloß den Mund und öffnete die Ohren.

Wenn er Gefahr witterte, flog er. Absolvierte seine Akrobatennummer und hatte Oberwasser. Die ganzen übrigen Flugzeugfirmen konnten nicht mit. Wie denn auch? Sie hatten fette Prokuristen und asthmatische Direktoren. Menschen, die nie in der Luft waren, ohne Vergangenheit, ohne Nimbus und Tradition.

Da waren wohl einige, die noch einen Schimmer von der alten Tradition herüberschleppten, einen Fetzen Urzustand, der an ihnen hing wie ein letztes vergilbtes Flittergold an einem verdorrten Weihnachtsbaum. Aber sie trugen Plattfußeinlagen in den Stiefeln, verbrauchten kohlensaures Natron und mußten jedes Jahr nach Marienbad oder Nauheim. Herzverfettung. Konnten mit Müh' und Not einen »Stand« vom »Umlauf« unterscheiden und hockten mehr im Börsenkaffee als am Flugplatz.

Wer hatte solche Tropengewächse wie den Grafen Scanzoni, den Mann mit dem Fischblut? Das weltmännische Genie mit der silbernen Hirnschale? Er war im Gotthardtunnel auf die Welt gekommen, als Sohn eines italienischen Grafen, der gerade im Begriff war, zwei Millionen zu verpulvern, was ihm auch in kurzer Zeit gelang.

Der junge Scanzoni kam als Gipsfigurenhändler nach Deutschland, ließ seine »Stimme« entdecken und wurde Bühnentenor. Heiratete eine Ballettmeisterin und trat getreu in die Fußstapfen seines Vaters. Genoß die äußersten und pikantesten Extravaganzen des Schicksals und studierte Lebenssattheit. Dann lernte er fliegen und kam zu Hans Welker. Na also!

Wer hatte solche Tropengewächse wie Kurt Seeberger, den Homespun, den von Gott geschaffenen Impresario? Der Mann hatte etwas mitgemacht, weiß der Kuckuck! Er log sich bis in den Mond hinauf, brachte Filmschriftsteller zum Staunen und Hochstapler zum Kopfschütteln. Er schleifte Hans Welkers Namen ins Ausland und trommelte wie ein Kavallerietambour. Er gab Geld aus, schuf eine Welker-Zigarette und hatte die größten Zeitungen an der Hand.

Kurt Seeberger »schmiß« alles.

Hans Welker brauchte solche Leute, und er hatte sie. Er selbst kam hinterher, schritt gelassen die Pfade, die man ihm geebnet hatte, und dampfte hoheitsvoll im Kielwasser seiner Trabanten wie ein Linienschiff im Schutze der Torpedoboote.

Er kam zu Geldschiebern und Hochstaplern, die ihn stets umfluteten wie ein stinkendes Wasser. Mit hängendem Kopf saß er im Sessel und hörte ihnen zu, sah, wie ihnen der Schwindel und die Gaunerei aus Mund und Augen lief, und blinzelte wie ein Affe, der Zwiebeln schält. Aber er fiel nicht darauf herein, sein sechster Sinn warnte ihn vor Torheiten, und seine rasche Entschlußkraft traf stets das Richtige.

Er spionierte ins Ausland, roch neue Maschinen und wußte zur rechten Zeit, wo etwas zu holen war. Erschien in Paris zum Vergleichsfliegen, stand unter den Zuschauern, harmlos und die Mütze in die Stirn gezogen. Aber er sah alles, er fraß alles Neue auf und war ein Meister der Bestechungskunst. Wen konnte Hans Welker nicht bestechen?

Mit seinem achtzigpferdigen Wagen brauste er durch die engen Straßen der Kleinstadt nach seiner Fabrik. Seine Hupe dröhnte wie ein Nebelhorn. Er lag am Steuer, hingelümmelt, mit geneigtem Kopf und vorgeschobener Zunge. Die Leute blieben stehen und drehten die Köpfe. Hans Welker kommt! Sie schauten ihm nach, bis er um die nächste Ecke verschwand, und schlurften weiter in ihrem Kleinstadtschritt.

Vor dem Direktionsgebäude sprang er aus dem Wagen, knöpfte die Lederkappe auf und stürzte ins Privatkontor. Telefonierte, rief, schrie, stampfte, rechnete und schlug die Türen zu.

Wie ein Föhn fließ er durch die lärmenden Hallen, brüllte durch das Donnern der Niethämmer und kontrollierte die Prüfstände. In der Versuchsabteilung blieb er kleben. Dort wurde er sanft, gefügig und wohlwollend. Erkundigte sich eingehend nach allen Fortschritten und prüfte jede Einzelheit, die während seiner Abwesenheit entstanden war. Dort, bei seinem Privatkonstrukteur, kramte er seine Zeichnungen und Bilder aus, die er aus allen Gegenden zusammengeschleppt hatte. Besprach alles Gute und Nachahmenswerte. Hatte augenblickliche, geistreiche Verbesserungsvorschläge und setzte Nachtschichten ein. Die Schleicher kamen, die Intriganten und Speichellecker. Sie hinterbrachten, verrieten, logen hinzu und hielten die Hände auf.

Was war mit Paul Welker? Seine neue Maschine war gut? Konkurrenzmaschine! Was wollte der Mensch eigentlich? Saß der nicht da hinten irgendwo im Walde wie ein Bettelmönch und rechnete?

Ein beklemmendes Gefühl schlich Hans Welker in den Magen. Er dachte an die Verbesserungen, die Paul Welker für seinen Motor erfunden hatte. Wo war Robert Sanden? In Drei-Teufels-Namen, warum brachte ihm denn der nicht endlich den ganzen Schwindel?

Er ging zurück ins Privatkontor und traf Herta Land. Bei ihrem Anblick freute er sich. Freute sich ehrlich und ohne Gefühl. Hatte sie ihm nicht die ganze Zeit gefehlt? Sie richtete die dunklen Augen auf ihn, und er war unsicher über ihre Gedanken.

Abends kam sie zu ihm, sie wußte selbst nicht, warum. Ein Verlangen nach Genugtuung und Rache trieb sie. Aber er war hart wie Granit. Alles war augenblicklich Berechnung an ihm.

Er schauspielerte mehr als sie.

Er quälte sie bis zur Raserei.

Kapitel 14

Paul Welker saß an seinem Schreibtisch und rechnete. Er führte einen erbitterten Kampf mit den größten Formeln, raufte sich mit Differentialen und Integralen, haderte mit Naturgesetzen und sann auf Erfolge. Stundenlang, bis in die tiefste Mitternacht hinein krümmte er den Rücken und suchte Lösungen. Schuf Gesetze, Formeln und Umwertungen. Schlug sich mit Zahlen wie mit Seeräubern.

Zahlen! Zahlen! Paul Welker erstickte in Zahlen.

In dicken Zigarrenqualm gehüllt, saß er steif wie eine Wachsfigur, wie ein Schatten im schweren, flutenden Nebel und verbiß sich in seine Rechnungen. Und er stand oft vor Lösungen wie vor einem mächtigen Tor, das mit den schwersten Riegeln verschlossen war. Er rüttelte, pochte, trat mit Füßen und rollte Felsen dagegen, aber es blieb verschlossen. Da plötzlich, als hätte er auf einen unsichtbaren Knopf gedrückt, öffneten sich rauschend die riesenhaften Flügel, federleicht, von unbekannter Hand geführt, und er stand im strahlenden Licht der Lösung. Wunderte sich über die Einfachheit der geistigen Riegel und schüttelte den Kopf.

Aber er war zufrieden und lehnte sich im Sessel zurück. Eine feine Falte kroch aus dem Mundwinkel. So saß er und dachte an seine Jagdmaschine. Sie war fertig, er hatte sie bereits geflogen, aber es mußten noch Verbesserungen vorgenommen werden. Allerhand Feinheiten waren noch auszugleichen.

Paul Welker dachte und grübelte bis in die geheimsten Fäden der Naturgesetze. Er konnte durch den Wald laufen, planlos und ohne Richtung. Schlotternd, mit vorgedrückten Knien stolperte er über Steine und Baumwurzeln und jagte hinter einem Gedanken her, den er nicht einholen konnte. Der wie ein Irrlicht vor ihm hertanzte in krausen Zickzacksprüngen.

Er stieg nachts aus dem Bett, stolperte durch die Dunkelheit in die eiskalte Halle und zündete eine Petroleumlampe an. Stellte sich vor seine Maschine und schimpfte auf das tote Material. Riß an den Kabeln und drehte ohne Grund den Motor durch. Frierend stieg er hinein und handhabte die Steuer. Verstellte die Benzinhähne und pumpte Druck in die Tanks. Das geschah alles mechanisch, ohne inneren Befehl, gleichsam nur als äußere Verkleidung für seine Gedanken, die ihm durch den Kopf stürzten wie die Bergwässer. Unbestimmt fühlte er, daß alles falsch war, was er angenommen hatte. Es war zu krampfhaft, zu gesucht, zu unnatürlich ausgeklügelt. Es konnte so gar nicht gehen, es mußten andere Wege gefunden werden, denn hier lag ein Zwiespalt zwischen Theorie und Praxis, eine gähnende Kluft. Schwarz und voll brodelnder Nebel.

Die Verzweiflung packte ihn und die krankhafte Sucht nach großer Wahrheit und Außergewöhnlichem.

Mit hängenden Armen schlürfte er durch die Halle und trat unter die verschneiten Bäume.

Der See glitzerte, als ob er mit Diamantsplittern übersät wäre. Strahlte er nicht wie ein Kindermärchen, wie ein hoffnungsreicher Traum? Aber über den See rauschten die Prüfstände. Zum Ekeln war es. Tag und Nacht der widerwärtige Klang. Zum Ekeln.

Paul Welker ging auf den See und dachte an Herta Land. Er hatte sie nicht wiedergesehen. Eine Nacht des Rausches war es gewesen, und sie war verklungen wie eine Sinfonie mit kraftgeschwellten Akkorden und farbengeschmückten Modulationen.

Das Rätsel dieser Nacht war noch nicht gelöst. Wann geht der Vorhang hoch? Wann beginnt das Spiel?

O, ich warte darauf! Ich warte darauf, Herta Land!

Sein Bruder hatte sie festgeschmiedet, das wußte er. Paul Welker kannte seinen Bruder und ahnte Herta Land.

Er ging nach Haus und suchte. Suchte nach Unbekanntem und Formlosem. An den Schritten zählte er sein Schicksal ab.

Müde und abgespannt ging er zu Bett und wälzte sich in ein wüstes Chaos von Träumen. Da ging ihm alles durcheinander. Er probierte seine Neuerungen am Motor, eine genaue Regulierung der Sauerstoffzufuhr mit wachsender Höhe. Sah seinen Bruder und rächte sich an ihm, weil er ihm alles, aber alles genommen hatte.

Ertrank in Zahlen und Gleichungen und schoß am kläffenden Nordost über das glasige Eis. Herta Land in den Armen. – –

Paul Welkers Flugplatz war nahe seiner Fabrik. Es war das alte Gebäude der ehemaligen Flugplatzgesellschaft, das auch früher von Hans Welker benutzt wurde. Aber der hatte längst einen eigenen Flugplatz in der Nähe seiner Fabrik, und die alte Grasnarbe war halb und halb verwildert. Nur Paul Welkers Maschinen gingen hier zum Start.

Die erste fahle Dämmerung des Dezembermorgens schlich über den grauen Schnee, da wurde seine Maschine zum Platz gerollt. Paul Welker flog jeden Morgen. In aller Herrgottsfrühe, wenn die anderen noch schliefen, kam er im dicken Pelz durch den Wald gelaufen, die Zigarre hing im Mundwinkel, und die Arme baumelten nach unten. Schweigend ging er um die Maschine, prüfte jeden kleinsten Teil, schob die Mütze über den Kopf und kletterte in den Führersitz. Peinlich untersuchte er die Steuer, zog und drückte, legte das Seitensteuer hart nach beiden Seiten und schaute nach der Verwindung. Keinen Hahn vergaß er, kein Manometer und keinen Zündapparat. Alles stimmte.

Er hob den Kopf und durchforschte das trübe Grau des erwachenden Morgens. Ein bitteres Gefühl, als ob das alles zwecklos wäre, überkam ihn. So ärmlich, so hundsjämmerlich verlassen hockte er hier, und die beiden Monteure gähnten und pusteten in die rotgefrorenen Hände.

Paul Welker schüttelte den Kopf wie ein Schlittenpferd und kurbelte den Motor an.

Mit kurzem Start donnerte er in den schläfrigen Morgen. Er flog ruhig und sicher, aber nicht wie sein Bruder. Er flog mit Berechnung, gleichsam nach mathematischen Formeln. Jede Bewegung war bei ihm die Tatumsetzung einer vorausgegangenen Schlußfolgerung, die buchstäbliche Verkörperung eines Gedankens. Er war ein ausgezeichneter Flieger, der das normale Maximum an Leistung aus der Maschine herauspreßte, weil er das Ergebnis einer Steuerbewegung als unbedingt folgerichtige Erscheinung einer vorausgegangenen Ueberlegung erwartete.

Aber es fehlte ihm das fliegerische Individualempfinden, die Vogelähnlichkeit seines Bruders. Das rein gefühlsmäßige Fliegen blieb ihm verschlossen, und so konnte er auch seinem Bruder nie gleichkommen. Denn Hans Welker tyrannisierte die Maschine. Er peitschte sie wie ein Jockei sein Pferd. Er verlangte das Uebernormale und weckte schlummernde Kräfte und latente Leitungen.

Das war Paul Welker nicht möglich. So wie er dachte und überlegte, so flog er auch.

Wie leblos saß er in dem engen Sitz und stierte auf den Barographen. Verfolgte den Lauf des Schreibstiftes, der langsam und schwach zitternd nach oben schlich, interpolierte im voraus die Kurven und rechnete die Zeiten aus. Bis siebentausend stieg er ohne Sauerstoff. Dort merkte er einen Druck auf der Brust, der ihn zusammenschnürte, ein Klopfen in den Schläfen und Pochen in den Fingerspitzen.

Mechanisch griff er nach dem Mundstück. Er stieg in den grauen Nebel und verlor die Erde. Sein Orientierungssinn war meisterhaft ausgebildet. Stunden flog er über geschlossener Wolkendecke und fand immer zum Platz zurück.

Paul Welker hat sich nie »verfranzt«.

In wachsender Höhe kam eine matte Ruhe über ihn. Die Gedanken, die ihn unten quälten wie Ungeziefer, wichen von ihm, starben ab wie vertrocknete Pflanzen, flüchteten vor den riesenhaften Höhen, die er einsam erklomm.

Eine kindliche Fröhlichkeit kam über ihn, wenn er in die Glut der aufgehenden Sonne strebte und die Erde vergaß, die endlos unter ihm lag, hinter ballenförmigen Schneewolken und schleichenden Nebelfetzen.

Da kam die Zuversicht, die menschenscheue, und schwebte lächelnd an seiner Seite. Nahm den Schleier vom Gesicht und zeigte Augen klar wie Quellwasser und ein Lächeln, heiter wie ein Sommertag. Er aber stärkte sich an ihr und griff mit hastigem Zittern nach ihrer Hand.

Der Motor sang, warm und weich wie eine Frauenstimme hinter Vorhängen.

Paul Welker war oben.

Er nahm das Gas fort und ging in einen sanften Gleitflug. Lautlos und nur für kurze Augenblicke Gas gebend, sank er in das endlose Meer der schlafenden Wolken, zertrümmerte ihre getürmten Formen, tauchte in das feuchte Grau und sah den See blitzen durch die webenden Schleier des sterbenden Morgennebels.

Schwerfällig stieg er aus der Maschine, nahm die Barographen und trottete wie ein Tier zwischen den Bäumen hindurch nach Hause.

Es war noch früh und der Wald wie ausgestorben. Aus der Halle drang das Klingen der Hämmer und das Kreischen der Sägen.

Er ging ins Wohnzimmer und setzte sich an den Frühstückstisch.

Die alte Stine Steffen schlürfte durch die Tür und zog den vertrockneten Kopf ins Genick. Sie lächelte um den schlaffen Mund und brachte den Kaffee.

Paul Welker pfiff und öffnete die Barographen.

In der Halle ließ jemand einen Motor anspringen.

Der Tag war aufgewacht. – –

Hans Welker wühlte sich um diese Zeit noch unter seiner seidenen Steppdecke und zog die Knie an den Leib. Am Kopfende des Bettes war ein Telephon angebracht.

Ein dringendes Ferngespräch rüttelte ihn aus dem Schlaf. Vielleicht mußte er heute noch nach Berlin. Oder nach München. Weiß der Teufel!. . . .

Es kam Wind auf in der Fliegerei.

Man munkelte.

Man wurde nervös und ängstlich.

In Speyer fand ein internes Probefliegen statt. Welche Maschinen flogen, wußte man nicht. Eine Abordnung des Luftministeriums sollte dort sein.

Hans Welker zog die neue Luft durch die Nase wie ein Spürhund. Baute man dort Jagdmaschinen? Natürlich! Was war denn das für eine verfluchte Geheimniskrämerei?

Kurt Seeberger ließ die Hosen aufbügeln, zog ein Paar neue Lackstiefel an und fuhr nach Süddeutschland. Im Speisewagen lernte er eine Dame kennen. Selbstverständlich! Er nahm sie mit. Warum denn so kleinlich sein! Sie hatte gefärbtes Haar und ihre dritten Zähne. Aber was man doch für ein Schwein hat! Kannte die doch tatsächlich den Chefpiloten von den Rheinischen Flugzeugwerken. Du kriegst die Motten! Kurt Seeberger schmunzelte und ging in Frankfurt mit ihr in die »Blaue Grotte«. Der Chefpilot hatte geplaudert und renommiert. Der Esel! Kurt Seeberger machte sich Notizen. Er wälzte den Mund, daß die Ohren abstanden und die grauen Augen sich wie Schnecken in die Gesichtsfalten verkrochen.

In Speyer erschien er. Nebensächlich, aber rein zufällig. Wie man doch in dieses gottverlassene Speyer kommt! Harmlos schlenderte er durch die Straßen, den Mützenschirm über die Augen gezogen, mit schlenkernden Schritten und schlotternden Hosenschläuchen. Ging ins Kaffee, aus reiner Langeweile, nur um die gottverdammte Zeit totzuschlagen.

Saß da nicht sein Freund, der Hauptmann Berger? Was sagt man doch! Wahrhaftig, da saß der Hauptmann Berger. »Elendes Nest hier, was, Herr Hauptmann? Bin nur auf der Durchfahrt hier und mache, daß ich schleunigst wieder an die frische Luft komme. Was, dienstlich sind Sie hier, Herr Hauptmann? Ach nee! So, so! Sagen Sie mal, können wir hier nicht den Abend zusammen umbringen, auf irgendeine anständige Weise? Man versauert hier ja buchstäblich in diesem Nest.« Es wurde ein recht fideler Abend.

Kurt Seeberger nahm den Nachtzug nach Frankfurt und startete mit dem Frühpostgroßflugzeug nach Berlin. Dort traf er Hans Welker. Er empfing ihn mit den gelben Zähnen.

Es kam Wind auf in der Fliegerei.

Die ausgesetzten Riesenpreise trieben zu einem hitzigen Endsport. Man kam schon bald ins neue Jahr. Die Zeit rückte bedenklich näher. Die Versuchsmaschinen wuchsen wie Pilze aus der Erde. Die Firmen versiegelten ihre Fabriken, schlossen die Zeichnungen in die Kassenschränke und stellten Doppelwachen vor die Versuchsabteilung.

Es wurde von Albatros gemunkelt. Märchen wurden erzählt von sagenhaften Leistungen. Das war alles gelogen, alles Bluff und Reklame.

Hans Welker reiste mit der Internationalen Europäischen Luftlinie nach London und setzte sich unter die englischen Flugzeugindustriellen wie eine Trichine ins Fleisch. Er brachte mehr mit, als er gehofft hatte. Aus Amerika erhielt er Zeichnungen und Stöße von Versuchsergebnissen aus den Massachusetts Institutes of Technology. Pläne, Zeichnungen, Photographien, Neuerungen und Erfindungen schwirrten zu ihm.

Hans Welker aber holte zum großen Schlag aus und baute seine große Jagdmaschine. Mit zwölf Konkurrenzfirmen trat er zum Turnier an.

Unter den zwölfen war auch sein Bruder. – –

Das war Paul Welkers Schicksal. Er war für seinen Beruf nicht lebensfähig. Wie ein Bergmann war er eingeschlossen, fern vom Getriebe der Welt, und fraß sich in das ordnungslose Labyrinth seiner überspannten Pläne. Lebte mehr in der Nacht als am Tage, eingehüllt in eine nebelhafte Daseinsferne und überzeugt von der Romantik seines Berufes, dem die Jagd nach Kapital doch schon längst den stimmungsvollen Schleier vom Gesicht gerissen hatte.

Was sein Bruder in überreichem Maße besaß, das fehlte ihm vollständig: die Erkenntnis der wichtigen Nebensächlichkeiten, der rechte Entschluß im rechten Augenblick, das spekulative Gefühl und die große Kunst, von sich reden zu machen.

Seine Entschlußfähigkeit war träge wie ein schwerer Lastzug und zu philosophisch, zu sehr von Gedanken gebannt. Er hatte zuviel Zweifel totzuschlagen, tappte fortgesetzt in einem schwankenden Dunkel. So waren bei ihm positive Erfolge eine Seltenheit, obwohl er geistig seinem Bruder bei weitem überlegen war.

Er war eine Natur, die sich selbst innerlich zerstörte.

Das war Paul Welkers Schicksal.

Er arbeitete, wenn andere Leute schliefen oder »Reklame tranken«. Er quälte sich mit unnötigen Lösungen, wenn er besser mit einigen, die was zu reden hatten, in eine Weiber-Bar gegangen wäre, und verzweifelte an einem Problem, das die Außenwelt schon längst als überflüssig erkannt und zu den Akten gelegt hatte.

Nur wenige Stunden hatte er für sich.

Da öffnete er feierlich die Tore der Vergangenheit und ließ die Festzüge aus verwelkten Zeiten bei sich einziehen. Empfing sie schweigend und mit einem herben Lächeln . . .

Anneliese hatte den Fischmeister geheiratet. Den Fischmeister drüben am See.

War das ein Märchen? Wer war Anneliese?

Da kam der Hochzeitszug. Bunte Bänder flatterten im Wind. Zwei tannengeschmückte Pferde mit haarigen Beinen und klobigen Schenkeln zogen den grün herausgeputzten Wagen. Hinterher polterte die Jugend. Sie schwangen die Mützen, klapperten mit den Holzpantoffeln und jauchzten wie die Lerchen. Heißa, der Jochen knallt mit der Peitsche, und die Glocken läuten. Paul Welker aber war es, als müßte ihm das Herz springen.

Anneliese, ich hatte dich so sehr geliebt.

Ja, natürlich! Ich habe ja dann keine Zeit mehr gehabt für dich. Ich habe dich ja verkümmern lassen. Verdorren wie ein Blumentöpflein, das auf dem Kachelofen steht.

Anneliese hatte den Fischmeister geheiratet. Den Fischmeister drüben am See.

War das ein Märchen?

Anneliese, willst du eine Stunde mit mir kommen? Nur eine einzige, kleine, jämmerliche Stunde! Ich will zum Grab meiner Eltern. Du sollst mich dabei nicht allein lassen. Du sollst mich stützen. Ich falle. Bei Gott, ich falle!

In solchen Augenblicken war er wie ein kerzenstrahlender Weihnachtsbaum. Wie ein gottbegnadeter Schauspieler trat er auf die Bühne der Vergangenheit. Vom Rampenlicht beleuchtet, spielte er vor einer unbekannten Menge und wuchs zu riesenhafter Größe im Drange seines Herzens . . .

Oft hörte er eine geheime Stimme, der er nicht widerstehen konnte. Er hüllte sich in Pelze und trat vors Haus. Die Bäume bogen die Aeste unter der Schneelast, und der Wind strich um die Mauern.

Er takelte den Schlitten auf und raste über das Eis. Eine tolle Waghalsigkeit faßte ihn, eine Begierde nach Gefahrvollem.

Die Holzplanken stöhnten, und der Mast knirschte unter dem Druck des Segels. In wenigen Minuten jagten er über den See. Er suchte das Licht.

Und fand es.

Es blinzelte wie ein schläfriges Auge durch den Dunst.

Paul Welker drehte in den Wind, kletterte aus dem Schlitten und starrte in das Licht.

Lange stand er in der Kälte und dachte an seine Liebe. Formte sich all das Schöne zurecht, wie es hätte sein können, wenn er nur gewollt hätte. Es war ein buntgeschmücktes Glück, das er durchlebte und zurückholte aus verrauschten Zeiten, ein weites Glück, reich und verschwenderisch, wie Kinderträume.

Aber dann versank alles.

Er suchte das flimmernde Licht, und fand es nicht.

Langsam ging er zum Schlitten und fuhr nach Hause. Setzte sich an den Tisch und rechnete. Ließ ein Armeekorps von Zahlen aufmarschieren und zog trompetenschmetternd ins Gefecht.

Oder er ging in die Halle und ließ mitten in der Nacht einen Motor anspringen, daß die alte Stine Steffen in den Kissen hochfuhr und den zahnlosen Mund aufsperrte.

Plötzlich fiel ihm ein, die Breite seiner Halle abzuschätzen. »Ich sage, sie ist vierzehn Meter lang. Wenn sie nicht mehr als vierzehn Meter ist, fliege ich morgen früh eine gute Höhe.«

Mit dem Zollstab prüfte er es gewissenhaft nach.

Wenn er recht hatte, freute er sich und war innerlich befriedigt und davon überzeugt, daß er morgen eine gute Leistung erzielen würde.

Wenn es nicht stimmte, lächelte er bitter, löschte die Lichter und polterte ins Schlafzimmer.

Das war Paul Welkers Schicksal.

Er paßte nicht in seine Zeit.

Er war steuerlos.

Kapitel 15

In dem verqualmten Nebenzimmer des »Nassen Handtuchs« waren sie schon stark angetrunken. Kurt Seeberger erzählte eine Geschichte von der Fürstentochter Iris, die er einmal geliebt hatte, und die sich später, als er sie sitzen ließ, mit ihrer goldenen Hutnadel in die Pulsader stach. Es hatte sich damals nachweisen lassen, daß sie zwölf Stunden lang gestorben war; weil das Blut nur in einem ganz dünnen Springbrunnenstrahl herausspritzte.

Der dicke Doktor Kugler, Irrenarzt an der Psychiatrischen Klinik, lachte darüber nicht sonderlich, denn er war solche Geschichten von seinen Patienten her gewöhnt. Er hob das Sektglas, legte die Augäpfel nach unten und trank Scanzoni zu, der mit hochgezogenen Knien in der Ecke saß.

»Mensch!« sprach Doktor Kugler und schlug Seeberger mit seiner fleischigen Hand auf den Hinterkopf. »Mensch, wenn du mal das Schnauben vergissest, dann gibst du mir dein Gehirn! Das mußt du mir testamentarisch vermachen! Ich zahle dafür eine Flasche Slibowitz.« Er nahm einen Aschenbecher und fuhr damit über den Tisch. »Gehirnschnitte, Mensch! Gehirnschnitte möchte ich bei dir machen. Dein Hirn ist ein Vermögen wert.«

Seeberger zog den einen Lackstiefel aus und hängte ihn an die große Kuhglocke, die überm Tisch baumelte. »Ich wette, daß ich mit den Zehen das Sektglas fasse und leertrinke. Eine Runde Chartreuse gewettet, und ich starte.« Er schickte sich an, den blauen Seidenstrumpf auszuziehen.

Scanzoni schlug lärmend an die Kuhglocke. »Herr Wirt, eine Runde Grünen!«

Seeberger verlor. Er trank das Glas wirklich leer, aber dann ließ er es auf die Erde fallen.

Doktor Kugler lachte, daß er blau im Gesicht wurde. »Mensch! Dein Gehirn muß ich haben! Dein Gehirn!«

»Nimm's ihm doch raus!« fiel Scanzoni ein. »Das merkt er gar nicht.«

Seeberger zerschlug noch ein Sektglas. Dann zog er umständlich seinen Strumpf an und verzog sein Gesicht wie eine Gummipuppe. Der Lackstiefel hing immer noch an der Kuhglocke.

Das niedere Zimmer schwamm in einem Nebel von Rauch. Ueber dem runden Tisch schwebte ein großer 260-PS-Propeller, an dem die Kuhglocke befestigt war. An den holzgetäfelten Wänden hingen Photographien, phantastische Bruchstücke abgestürzter Maschinen und allerlei humoristische Verse in schwarzen Holzrähmchen.

»Ich habe eine neue Wolkendroschke erfunden,« erklärte Seeberger mit ernstem Gesicht.

»Die hat Kulmbacher Bier in den Tanks, was?« Scanzoni klemmte sein Fensterglasmonokel ins Auge.

»Red' keinen Quatsch! Paß lieber auf!« Er zog seine Krawatte fest. »Du hockst dich nur hinein. Bums! Vor dir hängt ein mächtiges Schild: ›Bitte nichts anfassen!‹ Zwei Druckknöpfe: ›Starten‹, ›Landen‹. Schluß! Damit kann jeder Bezirksschulinspektor fliegen.«

Scanzoni goß ein Glas Sekt in den Stiefel, der an der Kuhglocke hing. Dann sangen sie:

»Kathrinchen! Kathrinchen!

Ein Doppeldecker heißt.

Der möcht' wohl, der möcht' wohl,

Daß einer ihn zerschmeißt!

Kathrinchen, sei nicht bang,

Das dauert gar nicht lang!

Juchhe! Huchheirassa!

Das dauert gar nicht lang.«

Scanzoni, der einen klaren, durchgebildeten Tenor hatte, hielt sich mit der Hand absichtlich die Nase zu und knödelte. Als sie zu Ende waren, zog Seeberger den nassen Stiefel an.

»Da kommen vier Kunstbanausen,« rief Scanzoni und ließ sein Monokel fallen.

Herta Land erschien mit zwei Schauspielern und einer Sängerin. Sie kamen vom Theater. Herta Land mit hochstehender, steiler Frisur und in dunkelgrüner Seide.

»Pom – – pom – – pompös!« schluckte Doktor Kugler.

Für einen Komiker schien der eine Schauspieler mächtig ernst. Sein Gesicht lag in weltschmerzlichen Falten, und eine schwarze Haarsträhne hing ihm wie eine Sechs in die Stirn. Die kleine, gedrungene Gestalt war in sich zusammengeschoben, und der Kopf saß ohne Halsansatz wie aus Modellierton auf dem Rumpf.

Der zweite sprach durch die Nase, war zu sehr hochgeschossen und sah unterernährt aus. Er freute sich über den Sektkübel. »Was wurde denn heute gemimt? Der ›Kranke Floh‹, was?«

Seeberger schielte.

»Der ›Hamster im Nachthemd‹,« sprach abgrundtief der Komiker.

Darüber lachten sie, weil man über einen Komiker lacht.

Herta Land sah, daß die drei angetrunken waren, und wollte schon wieder gehen. Aber sie empfand mit einem Male die Begierde, Sekt zu trinken. Sie setzten sich alle an den Tisch, und es wurden neue Flaschen aufgefahren.

Die Sängerin war jung, hübsch und sang schlecht. Das reizende Stulpnäschen stieß unternehmungslustig in den Raum, und die runden Aeuglein flackerten vor Lustigkeit.

Sie pirschte sich an den Grafen Scanzoni heran. Der goß ihr eifrig Sekt ein und rollte die Augen wie Glaskugeln. Sie wurde warm, weich und melancholisch. Scanzoni sah das, aber er blieb so kalt wie die Sektkübel, die auf dem Tisch standen.

Seeberger suchte nach einer Geschichte. »Herr Wirt, bringen Sie Betriebsstoff! – Mensch!« sprach er zu dem unterernährten Schauspieler, »Sie müssen mehr essen! Sie sehen ja aus wie eine Leiche. Wie eine Reparaturmaschine! Prost!«

Sie leerten die Gläser.

»Ich glaube, Sie haben vergessen, sich beerdigen zu lassen.«

»Wie kommt es, Herta, daß Sie hier sitzen? Wo ist Hans Welker?« Scanzoni grinste schalkhaft.

»Was kümmert mich Hans Welker! Bin ich denn mit ihm verheiratet? Ich schätze, daß er zu Hause sitzt und an den Nägeln kaut.«

Sie ekelte sich vor all diesen Menschen.

»Seeberger, erzähl' eine Geschichte!« grunzte Doktor Kugler und zündete sich eine verschrumpfte Virginia an. »Erzähl'! Los! Aber dein Gehirn muß ich unbedingt haben!«

Die junge Schauspielerin wurde immer melancholischer und zärtlicher. Sie seufzte unter einem inneren Ueberdruck. Herta verfolgte, wie der Sekt sie berauschte. Sie sah über den Tisch. Eine Kolonne von Flaschen stand vor ihr. Der Rauch beizte ihr die Augen.

Der Doktor Kugler sah doch aus wie ein Mastschwein.

Herta führte das Glas an die Lippen. Die feinen Bläschen stiegen ihr prickelnd in die Nase. Langsam trank sie, stellte ganz genau den Uebergang fest, wie ihre Gedanken anfingen, durcheinander zu fluten.

Sie bekam unsinnige Einfälle.

Es gefiel ihr, als Seeberger ein Kunststück vorführte. Er stellte das gefüllte Glas vor sich, ergriff es mit den Zähnen und leerte es mit einem gierigen Zug. Beide Arme hielt er hinter dem Rücken.

War das nicht ein famoses Kunststück? Sie probierte es und goß sich dabei den Sekt übers Gesicht.

»Ich glaube, sie betrinkt sich mit Absicht,« sprach Scanzoni leise zu Doktor Kugler. Der schmatzte an der Virginia und bestätigte das.

»Bei Frauen ist alles Berechnung. Ich glaube, selbst beim Sterben gehen sie noch durch ein raffiniertes Hintertürchen.«

»Wie meinten Sie?« Herta Land beugte sich über den Tisch.

Warum machte denn der Homespun kein Kunststück mehr? Sie schob ihm die Zündhölzer hin. Eine nervöse Lustigkeit saß ihr im Nacken.

»Können Sie auch Feuer fressen?«

»Wenn Sie es wünschen, springe ich mit dem Kopf durch die Fensterscheibe. Feuer fressen ist eine Kleinigkeit. Aber Frauen verdauen ist eine Kunst.«

»Los, Seeberger! Friß die brennenden Zündhölzer!« Der Komiker intonierte mit dem Mund den »Feuerzauber«. Er blies die Backen auf und spielte die Zugposaune.

Die Sängerin reckte den Hals und dramatisierte **mezza voce:**

»War es so schmählich,

Was ich verbraaach!«

Das letzte »a« hielt sie so lange aus, daß sie dabei, ohne zu wollen, ins Gähnen überging.

Scanzoni ließ das Monokel in die Westentasche fallen, nahm eine neue Flasche aus dem Kühler und schoß mit dem Sektpfropfen nach der Bacchusfigur, die in der Ecke stand.

Herta Land griff sich an die Schläfen. Sie sah alles verschwommen. Der unterernährte Liebhaber schien ihr nun wie ein Totenkopf mit zwei roten Flecken auf den Backenknochen. Ein brennendes Durstgefühl saß ihr in der Kehle. Sie trank den Sekt wie Wasser und verwechselte die Namen.

Ich berausche mich, sprach sie noch zu sich. Es ist ja eine unendliche Seligkeit, sich zu berauschen. Ist es gemein? Ich kann mir doch nicht helfen. Es ist ja so herrlich auf der Welt, so rosig! So rosig!

Kurt Seeberger bekam noch einen neuen Einfall, der viel zur Erheiterung beitrug. Er bestellte zwei Dutzend Gläser und stellte sie gegenüber auf den Tisch. Aus der Westentasche zog er einen kleinen, zierlichen Revolver, nicht größer als ein Taschenfeuerzeug. Er setzte sich umgekehrt auf den Stuhl, stützte den Arm auf und schoß nach den Sektgläsern.

Alle wollten schießen. Herta Land zerschoß siebzehn Gläser. Jedesmal ein Knall und ein sprödes Klirren. Ueber vierzig Gläser lagen auf der Wahlstatt. Dann wurde die Bacchusfigur zertrümmert.

Die Gefühle der Sängerin gingen durch wie ein scheues Pferd. Sie floß dem Grafen Scanzoni mehr und mehr in die Arme. Der richtete sich auf und gab ihr das gefüllte Glas in die Hand: »Sie sind an der falschen Adresse, Gnädigste! Sie meinen einen andern!«

Sie schürzte die Lippen und schmollte mit glasigen Augen.

Doktor Kugler bekam Lust, einzuschlafen. Die lange Virginia hing sterbensmatt vom linken Mundwinkel nach unten und die Augen glänzten trüb zwischen den halbgeschlossenen, fleischigen Lidern hindurch. Herta Land sah stier in sein stumpfes Gesicht und ekelte sich. Sie hatte Lust am Ekel, Freude am Widerwillen.

Man sollte ihm das kalte Eiswasser über den Kopf gießen.

Der Komiker, der kostenlos trank und sich verpflichtet fühlte, dafür etwas zu bieten, führte seine Gesichtstechnik vor. Er zog die lächerlichsten Fratzen. Zu gleicher Zeit konnte er auf der linken Gesichtshälfte lachen und auf der rechten weinen. Das gab einen spontanen Heiterkeitserfolg.

»Großartig, Herr Kollege! Ganz phänomenal!« Scanzoni schmiß das Einglas ins Gesicht.

»Warum sagen Sie Kollege?«

»Na, Mensch, wissen Sie nicht, daß ich über ein Jahr Bühnentenor war? Aber bitte, soll ich Ihnen das dreigestrichene C singen? Lieber Freund!« Er schlug ihm dabei wohlwollend auf die Schulter. »Alter Spezel, mein Leben ist bunter als eure gesamte Kostümgarderobe. Ich habe manches mitgemacht, bevor ich meine Knochen den fliegenden Pferdestärken verschrieb.«

»Erzählen Sie! Bitte, erzähle, du, du Süßer!« Die Sängerin schmolz wie Frühjahrsschnee.

Scanzoni wandte sich nach ihr. Er lächelte um die breiten Lippen. »Warum denn nur so verliebt? Muß das sein, und noch dazu hier?«

»Fühlen Sie denn nicht, daß . . . daß . . .« – sie verdrehte die Augen wie ein Huhn – »ich meine, Ihr Gefühl muß Ihnen doch sagen . . .«

»Was, Gefühl! Nehmen Sie ein Veronal, meine Gnädigste, und Ihre Gefühle sterben ab wie Schimmelpilze ohne Nährboden.«

»Köstlich! Köstlich!« deklamierte der Komiker, der sich auf der Bühne wähnte und mit der geballten Faust vor der Brust herumfuhrwerkte. »Köstlich! Ein Kollege!«

»Jawoll! Mir ist nichts erspart geblieben. Ich war sogar verheiratet.«

»Abscheulich!« tirilierte die Sängerin und verzog den Mund.

»Hans Welker kommt,« sprach Herta ohne Ueberleitung.

»Wer sagt das?«

»Ihre innere Stimme,« spöttelte Scanzoni.

Herta fuhr mit der Hand durch den Zigarrenqualm, als wollte sie einen Vorhang beiseite schieben. »Mir wird so eng hier! So dumpf!«

Sie zog die stickige Luft in die Lunge und fuhr sich über die feuchte Stirn. Als sie Hans Welkers Auto hörte, schrak sie zusammen. Alles schwamm vor ihren Augen. Sie sah, wie er die Tür aufriß.

»Wir, die wir hier im ›Nassen Handtuch‹ versammelt sind . . .« Seeberger wollte gerade eine Rede halten.

Alle verstummten.

Hans Welker trat an den Tisch.

»Servus!« Mit der Hand griff er an die Mütze.

Herta Land sah ihn doppelt. Sie raffte sich zusammen und lächelte ihn an. Mit den Armen schlug sie wie mit Vogelflügeln.

»Ich dachte mir, daß du hier bist. Du mußt mitkommen!«

»Du! Duuu! Er sagt ›du‹!« Doktor Kugler zwinkerte.

»Richtig ›du‹! Na, na!« Der Komiker verzog das Gummigesicht.

Herta straffte ihre Gestalt. »Ich denke nicht daran, mit dir zu kommen! Bin ich dein Hausbursche?«

»Du sollst kommen, ich habe Arbeit für dich.«

»Arbeit! Arbeit!« höhnte die Sängerin.

»Rede keinen Unsinn!« lachte Herta im verhaltenen Sarkasmus. »Ich bin hier viel zu beschäftigt, als daß ich noch Zeit für dich hätte.« Und sie dachte für sich: Welch eine geschmacklose Situation, in der ich mich befinde. Wie in einer Räuberhöhle komme ich mir vor.

Die Gesellschaft grölte.

»Welker!« rief Scanzoni und reichte ihm ein Glas – »tritt mal deinen Grundsätzen ins Kreuz und trinke.«

»Du bist verrückt, Scanzoni.« Er ging auf Herta zu und ergriff sie am Arm.

»Na also! Draußen steht der Wagen.«

Sie riß sich los und sprang hinter den Tisch. Ein drohender Groll gegen diesen Menschen stieg wie ein Unwetter in ihr hoch. Aufgerichtet stand sie, und ihre Augen stachen nach Hans Welker. Etwas Lauerndes war in ihrem ganzen Wesen.

Sie nahm sich vor, ihn hier zu ohrfeigen für seine Frechheit. Jawohl, sie wollte ihn ohrfeigen. Eine namenlose Wollust lag in diesem Vorsatz.

»Was nimmst du dir heraus, du Grobian, du Flegel!«

Er drehte sich in den Hüften und rief hart: »Ich sage dir doch, du sollst mitkommen! Du bist meine Angestellte. Bezahle ich dir nicht monatlich . . .«

Da warf sie mit einem Sektglas nach ihm. Er duckte sich. Hart an seinem Kopf flog es vorüber und zerschellte an der Wand.

Langsam kam er näher, grub die Hände in die Hosentaschen und sprach gleichgültig: »Ich sehe schon, du bist betrunken. In diesem Zustand kann ich dich auch gar nicht brauchen. Betrunken! Wie eine Straßendirne!«

Wieder griff er mit der Hand an die Mütze. »Servus!«

Auf den Hacken drehte er sich um und ging.

War das möglich? Herta Land pochte das Blut in den Schläfen. Rote Kreise drehten sich. Sie fuhr vom Tisch auf. Das Feuer schlug ihr aus den Augen.

Vor ihr lag noch der kleine Revolver. Sie schoß nach ihm.

Er verschwand durch die Tür. Da stürzte sie ihm nach. Scanzoni wollte sie halten, aber sie riß sich mit Gewalt los.

»Das . . . ist . . . zu viel! Ich erschieße . . .«

»Menschenskind,« rief ihr Scanzoni nach, »mit dem Ding können Sie kaum 'n Spatzen totschießen!«

Draußen auf der Straße kam sie zur Besinnung. Sie sah, wie Hans Welker um die Ecke fuhr. Die Hupe dröhnte.

Sie stand wie betäubt und schaute auf das vernickelte Spielzeug in ihrer Hand. Man konnte kaum einen Spatzen damit totschießen, haha!

Erschöpft lehnte sie sich an den Türpfosten. »Er richtet mich zugrunde!«

Sie hörte drinnen die Tür gehen.

Da floh sie.

Mit aufgepeitschten Nerven.

In jener Nacht noch ging sie durch den Wald zu Paul Welker.

Kapitel 16

Am andern Morgen stieg sie mit Paul Welker auf siebentausend Meter. Es war ihr erster Flug. Sie empfand ihn als das größte Ereignis ihres Lebens.

Die Nacht war einem durchsichtigen Dämmern gewichen. Die ersten Vorboten der Sonne flossen in prangendem Rot über den Osthimmel, und tief unten segelten einige weiße Wolkenfetzen, vereinzelt, formlos und feurig beleuchtet durch das erwachende Licht des Tages.

War es denn ein Traum?

Ein vielstimmiger Orgelchor brauste ihr entgegen.

Die Glut im Osten wurde stärker, überwältigender. Ein Ozean von blendenden Farben wälzte sich über den Horizont, und sie flogen mitten hinein in dieses gewaltige Auferstehungsfest der Sonne.

Wo war die Erde? Verweht wie ein flüchtiger Schatten. Wo war all das Jämmerliche, Kleinliche, das Sinnbetörende?

Wo war Hans Welker?

Herta Land bekam eine ungewisse Furcht. Er schwebte vielleicht hier oben. War ihm das auch vergönnt?

War er über ihnen, noch einige tausend Meter höher im Uferlosen? Kreiste wie ein Adler im Funkeln der Sonne?

Hier geschah der Umschwung in Herta Land. Er vollzog sich rasch und kaleidoskopartig. Sie lernte Hans Welker hassen.

Ihre Augen tranken die roten Feuermassen, die der Himmel vergeudete. Ein Dunstschwaden kam angesegelt, fortwährend die Form wechselnd, und strich wie eine schmeichelnde Hand über das Flugzeug.

Nun kamen die ersten, stechenden Strahlen der Sonne. Weißglühend stürzten sie über den Himmel und fraßen gierig den letzten Nebeldunst, der noch in einzelnen, zerrissenen Schleiern herumirrte.

Herta Land aber warf den Kopf auf die Brust und schluchzte fassungslos. Zusammengekrümmt saß sie im Sitz und weinte sich das aufbäumende Elend von der Seele.

Und durch das jubelnde Rauschen des Achtzehnzylinders stieß sie die Worte: »Ich hasse dich, Hans Welker! Ich schwöre es, daß ich dich hasse!« Sie erhob die Hand.

Aus siebentausend Metern stieß Paul Welker in steilem Sturzflug zur Erde. Herta Land verlor fast die Besinnung. Sie fühlte nur einen wahnsinnig stechenden Schmerz in den Ohren. Mit beiden Händen klammerte sie sich fest und redete wie irr in sich hinein:

»Ich schwöre es, daß ich dich hasse! Ich schwöre es!« . . .

Als sie zusammen durch den Wald gingen, sprach Herta Land: »Ich will dir beistehen, Paul! Ich will alles für dich tun! Aber laß mich fliegen lernen!« – –

Mit einer unnatürlichen Sprödigkeit ging sie an diesem Morgen in die Fabrik Hans Welkers. Ein gesuchtes Lächeln tummelte sich um ihre Lippen, als sie in das Privatkontor trat. Hans Welker schrie in das Telephon und lud sie mit einer spöttischen Handbewegung ein, Platz zu nehmen. Er warf den Hörer in den Bügel und rieb sich vergnügt die Hände.

»Darf ich dir ein Katerfrühstück bestellen? Du wirst doch jedenfalls einen sogenannten Brummschädel haben. Gott sei Dank kenne ich diesen Genuß nicht.«

Sie sagte: »Pah!« und blätterte in den neuen Zeitschriften, die auf dem Schreibtisch lagen. Alle meine Handlungen werde ich darauf einstellen, ihn zu schädigen, nahm sie sich vor. Das gab ihr eine solche Befriedigung, daß sie vor sich hinträllerte.

»Gib mir eine von deinen Zigaretten!«

Er nahm eine Schachtel aus der Schublade und warf sie ihr über den Schreibtisch. »Als Belohnung für die dramatische Szene von gestern nacht. Auf mich hat sie allerdings nur erheiternd gewirkt.«

Sie drehte den Kopf nach der Seite. Da fuhr er fort: »Ich meine, ich habe eben keinen Sinn für das Dramatische.«

Sie schluckte den Rauch und gab ihm keine Antwort.

Es fiel ihm ein, mit ihr zu spielen. »Du hast mir noch keinen Gutenmorgenkuß gegeben.«

Sie wollte etwas Verächtliches antworten, aber da kam ihr ein anderer Gedanke. Mit einem glücklichen Lächeln sprang sie auf, lief wie in seliger Verliebtheit auf ihn zu und küßte ihn.

Das war ganz logisch, daß ich ihn geküßt habe, überlegte sie. Es war der Judaskuß.

Er wunderte sich über sie und ging auf die Suche nach ihren Gedanken.

»Weißt du, daß heute meine Konkurrenzmaschine in die Montage geht?«

Sie spitzte die Ohren. »Welche Konkurrenzmaschine?«

»Für das Frühjahrsmeeting.« Er schaute mit halbgeöffnetem Mund nach der Decke.

»Du staunst,« sprach er weiter, als sie schwieg. »Die Vorläuferin dieser Maschine habe ich heute früh auf zehntausend Meter gejagt, und ich kann dir verraten, daß ich an die geforderte Zeit nahe herangekommen bin.«

Also doch, dachte sie verbissen. Er war wirklich über uns, ich habe es geahnt.

»Bitte, du machst ein solch verzweifeltes Gesicht. Hier liegt das Barogramm!«

Er wies auf einen Barographenstreifen, der auf dem Tisch lag. Dann stellte er sich breitspurig vor sie hin. »In neuerer Zeit gibt man den Maschinen Namen, wie Rennpferden. Ich habe für derlei Späße keinen Erfindergeist. Weißt du vielleicht einen pikanten Namen, den ich meiner Konkurrenzmaschine geben könnte?«

Herta Land dachte über etwas nach. Gedanken verbanden sich wie Spinnwebe. Ein feiner, kaum merklicher Hohn spielte um ihre Lippen. »Ich wüßte wohl einen Namen!«

Sie blickte ihn scharf an, und er wandte den Kopf nach der Seite: »Also bitte!«

In Herta Land stieg die Erinnerung hoch, schwül und atemraubend. »Nenne sie ›Der Wilde Freiger‹!«

Hans Welker lächelte verschlagen. »Einverstanden! Mit dem Wilden Freiger muß und werde ich mir den Preis holen!«

Sie verscheuchte die Vergangenheit und antwortete überlegen: »Muß! Wie kannst du von ›muß‹ reden. Glaube nicht, daß die Konkurrenz auf der faulen Haut lag.«

Hans Welker stampfte mit dem Fuß. »Ich sage dir, ich muß ihn holen! Und ich werde ihn holen!«

Im Augenblick trug sie die Gewißheit in sich, daß er recht hatte.

Es klopfte an die Tür. Sanden kam schlurfend ins Zimmer.

Herta Land stand aufrecht und kämpfte die Brandung der Gefühle nieder, die in ihr hochschlug.

Sanden verzog das freundliche Gesicht und kramte eine kleine Zeichnung aus der Tasche.

Hans Welker riß ihm das Blatt aus der Hand. »Was bringen Sie Neues?« herrschte er ihn an.

»Je . . . je . . . Herr Direktor . . . es ist . . . Herr Direktor wissen ja von der Neuerung Ihres Bruders am Umlaufmotor. Da ist eine Zeichnung, die Ihr Bruder . . . .«

Herta Land kam auf ihn zu. Ein düsterer Verdacht wurde in ihr wach. »Was ist das? Was sagten Sie?«

Sanden wich scheu zurück und machte eine Verbeugung. Welker zog einen Schein aus der Tasche und reichte ihn dem Spion.

»Was kümmerst du dich um diese Angelegenheit!« Er studierte die Zeichnung.

»Sie sind bei Paul Welker beschäftigt?« fragte sie scheinbar harmlos und mit geheuchelter Gleichgültigkeit.

»Je . . . je . . . ich bin Meister bei Paul Welker, jawohl!«

»So, so! Und dafür, daß er Sie bezahlt und Ihnen vertraut, dafür stehlen Sie ihm wohl sein Eigentum und bringen es für eine schmutzige Belohnung hier zu seinem Bruder?«

Hans Welker schob sich zwischen beide. »So führe mir doch hier nicht schon wieder Komödie auf! Das sind geschäftliche Angelegenheiten, um die du dich blutwenig zu kümmern hast!«

Herta Land aber schoß der Zorn in die Adern. Mit heiserer Stimme schrie sie den Schleicher an: »Wissen Sie denn auch, daß Sie ein bodenlos gemeiner Mensch sind?« Sie wollte ihn an der Brust packen, aber Welker drängte sie beiseite. »He! Ob Sie das wissen?«

Mit einem Satz sprang sie auf Hans Welker zu, riß ihm die Zeichnung aus der Hand und zerfetzte sie.

Hans Welker war sprachlos. Er bückte sich nach den Papierfetzen. »Bist du denn verrückt geworden? Seit wann verdirbst du mir die Geschäfte? Sanden! Bringen Sie mir bis morgen die Zeichnung wieder! Haben Sie mich verstanden?«

Er versuchte. die einzelnen Stücke zusammenzusetzen. Aber es war nicht mehr möglich. In verbissenem Zorn packte er Herta an beiden Schultern und schüttelte sie.

»Du sollst mir sagen, ob du verrückt geworden bist?«

»Ich glaube, ich war nie so normal wie heute,« antwortete sie mit unglaubhafter Ruhe und stieß ihn zurück.

Sanden war fahl im Gesicht geworden. Die feige Angst schwoll ihm aus den dicken Augäpfeln, und die Knie sanken ein. Er drehte den Hut in den zitternden Händen und schlotterte durch die Tür.

Hans Welker hatte seine Fassung längst wiedergefunden. »Ich muß dich ernstlich bitten, mir mit deinen verfluchten Launen nicht ins Geschäft zu pfuschen, hörst du?«

Herta Land erkannte, daß sie eben einen großen Fehler begangen hatte. Er war stutzig geworden. Das mußte wiedergutgemacht werden. Freundlich lächelnd trat sie auf ihn zu.

»Entschuldige, Hans, ich weiß selbst nicht, wie ich dazu kam. Aber mich fassen manchmal solch verrückte Ideen, daß ich mich kaum dagegen wehren kann. Es wird ja nicht gar so schlimm sein, was ich hier angerichtet habe.«

Sie setzte sich zu ihm und fuhr ihm mit der Hand über den glatten Scheitel. »Nun sei bitte nicht böse und erzähle mir was von deinem neuen Jagdflugzeug.«

Ich ekle mich vor ihm, sprach sie zu sich und würgte an dem Gedanken. Ich ekle mich so wahnsinnig vor ihm. Aber wie konnte ich mich nur eben so verraten!

Das Telephon klingelte.

Hans Welker wurde in die Versuchsabteilung gerufen.

Als er die Tür geschlossen hatte, schaute sich Herta Land im Zimmer um. Sie reckte ihre Gestalt und stellte die Spitzen der Finger gegeneinander.

Was will ich eigentlich? Warum hat mich dieser Schleicher so in Erregung gebracht? Spiele ich von nun an nicht die gleiche Rolle wie er? Bin ich nicht viel schlechter als er? Er tut es für Geld, und ich?

Und ich?

Ihr Blick fiel unwillkürlich auf das Barogramm, das auf dem Schreibtisch lag.

Bin ich nicht viel schlechter als er?

Für Paul will ich alles tun! Alles! Auch wenn es schlecht ist!

Und wenn es ein Verbrechen ist!

Hastig griff sie nach dem Barogramm und schob es in die Tasche.

Kapitel 17

Spät in der Nacht machte sie sich auf den Weg zu Paul Welker. Der kalte Frost schlug ihr entgegen. Aber sie lief wie ein spielseliges Kind und berauschte sich an ihrem Haß und an ihrer Liebe.

Durch die vereisten Tannen mit den müden, herabhängenden Aesten floß ein gelbes Licht. Ein beleuchtetes Fenster mit dem Schatten des Fensterkreuzes.

Vorm Hause blieb sie stehen und zog das gestohlene Barogramm aus der Manteltasche. 10 000 in 22¼ stand in der Kurve eingetragen.

Sie verbarg es und trat an das erleuchtete Fenster. Paul Welker saß am Schreibtisch. Gebückt und mit aufgestütztem Kopf. Lange blieb sie stehen und beobachtete seine Bewegungen.

Er tauchte den Federhalter ein. Nun schien er über etwas nachzudenken. Ganz starr saß er, wie eingeschlafen. Die Lampe zuckte, und ein Schwarm flüchtiger Schatten zerstob. Langsam stieß er die Fingerspitzen auf den Tisch. Sie dachte: Jetzt wird er sich nach mir umdrehen. Da wandte Paul Welker den Kopf und richtete die Augen nach dem Fenster. Er sah sie nicht.

»Nüchtern betrachtet, ist es ein gefährliches Spiel, wenn zwei Leidenschaften aufeinanderplatzen!« sprach er, und in diesem Augenblick öffnete Herta Land die Tür.

Im Stuhl drehte er sich um und schaute sie verschwommen an. »Was sagtest du eben?«

Sie kam auf ihn zu und reichte ihm die Hand. Er griff mechanisch danach und wußte nichts zu antworten.

Es kam aber, daß sie mit einem Male sein Schicksal vor Augen sah, daß die Tragik seines Lebens wie ein Schatten vor ihr hochstieg und sich an ihre Seite stellte.

Sie schlang beide Arme um ihn und beugte sich zu ihm nieder. »Sie betrügen dich alle, Paul! Alle betrügen dich!«

Er hob erstaunt den Kopf, und ein müdes Flackern kam aus seinen Augen. Er wußte es, daß sie recht hatte, und verstand es doch nicht, konnte sich nicht zurechtfinden in der Wildnis seiner Gedanken.

»Wie meinst du das? Wer? Wer betrügt mich?«

Sie dachte an Sanden, aber sie konnte es ihm jetzt nicht sagen. Sie fürchtete sich vor der Mutlosigkeit, die über ihn kommen würde. Einen kurzen Kampf führte sie mit sich selbst. Und verschwieg es.

Aber sie wollte ihm das Barogramm geben. Sie griff in die Tasche. Da zog er sie zu sich nieder und preßte den Kopf an ihre Brust.

Er richtete sich hoch und sah, daß sie die Augen geschlossen hatte. Lange forschte er in ihren Zügen, und stieß auf den zähen Willen, der um ihre Mundwinkel lag, und den Trotz auf der hohen Stirn. Sie zog die Lider von den Augen wie Vorhänge, und Paul Welker stieg durch die weitgeöffneten Pupillen in ihr Innerstes und schritt hastig durch alle Kammern ihrer Seele, die im Halbdunkel lagen, wie hinter geschlossenen Fenstern.

Er wußte um ihre Not. Was Hans Welker nicht erkannt hatte, das kam ihm klar zum Bewußtsein. Sie war stark, aber haltlos und unvollständig. Er sah auch, daß sie bei Hans Welker Schiffbruch gelitten hatte. Das war etwas, das sie nicht leicht überwand, denn ihr Stolz und ihre Kraft bäumten sich gegen jede Niederlage.

Paul Welker erkannte ihren Wert. Sie war eine gefährliche Waffe, die er gegen seinen Bruder ins Feld stellen konnte. Denn sie haßte ihn.

Sie haßte Hans Welker, weil sie ihn geliebt hatte.

Nun lächelte sie, als er das dachte, und er erschrak vor ihren Worten.

»Ich will mich an ihm messen! Entweder er oder ich!«

Langsam richtete sie sich auf und sah ein Barogramm auf dem Schreibtisch liegen. Ueberrascht griff sie nach dem dünnen Streifen.

»Es ist mein letzter Höhenflug mit der Konkurrenzmaschine. Die Kurve ist diesmal außerordentlich gut. Ich glaube, diese Zeit ist in Deutschland noch nie erreicht worden!«

Herta Land schaute verwundert auf den Streifen. War das richtig, was hier stand?

10 000 in 22¼.

Sie zog ihr Barogramm hervor und legte es neben das andere auf den Tisch. Da stand auch:
10 000 in 22¼.

Paul Welker griff gierig nach dem Papier. »Wo hast du das her? Wie kommst du zu dem
Barogramm?«

Sie bog den Kopf zurück und sprach bedeutungsvoll: »Ich habe es deinem Bruder gestohlen.
Es ist der letzte Höhenflug mit seiner neuen Maschine.«

Paul Welker stieß die Luft durch die Nase. Das Blut wich aus seinem Gesicht, und er wurde
grau. Scheinbar ruhig beugte er sich über den Barographenstreifen und rechnete die Steigzeiten
nach. Dann erhob er sich, wie geistesabwesend, ging schlurfend durchs Zimmer mit vorgedrückten Knien und ließ die erschlafften Arme hängen.

»Er hat genau . . . die . . . gleiche Zeit − − wie − − ich!!«

Herta nickte und sah das erfüllt, was sie geahnt hatte. Paul Welker legte die Barogramme
auseinander und hielt sie gegen das Licht.

Da war es einwandfrei zu erkennen. Es war kein Zweifel mehr möglich.

»Seine Maschine steigt besser!«

Dumpf sprach er es vor sich hin und wies auf die beiden Kurven, die er zur Deckung gebracht hatte.

Im durchfallenden Licht ließ sich das genau feststellen.

»Das ist das Seltsamste, was mir begegnet ist. Unsere Kurven treffen sich genau in 10 000
Metern. Aber hier, sieh! Seine Kurve ist im Anfang steiler. Er ist mir überlegen. In 6800 wird
sie flach. Siehst du das hier? Hier wird sie flach! Warum? Weil oben der Motor nachläßt. Meine
Kurve steigt gleichmäßig an. Er ist mir voraus, in 10 000 Meter treffen wir uns und die Kurven
schneiden sich. Bei 10 100 habe ich ihn schon geschlagen.«

Er warf die Barogramme auf den Tisch und ließ sich in den Sessel fallen. »Wenn er also einen
Motor mit meiner Verbesserung in seiner Maschine hat, ist er mir fraglos überlegen. Weißt du,
was das heißt?«

Herta Land wußte es. Sie wußte auch, daß sein eigener Meister ihm diese Verbesserung schon
gestohlen und die Zeichnungen zu seinem Bruder gebracht hatte. Sie hatte die Zeichnung wohl
zerrissen, aber Hans Welker würde sie wiederbekommen. Er bekam alles, was er wollte.

Alles!

Er ließ den Himmel einstürzen, wenn es für seine Pläne erforderlich war.

Sie setzte sich auf das breite, alte Ledersofa. »Ich will dir einen Rat geben, Paul! Du mußt
von deinem Bruder lernen! Es ist nicht immer die Arbeit, die den Erfolg bringt.«

Er aber fing an, seine stolze Hoffnung zu begraben. »Ich komme nicht ans Licht. Er nimmt
mir alles fort. Er ist dafür geschaffen, mir die Sonne zu stehlen. Diese Maschine ist der letzte
Trumpf, den ich ausspielen kann. Wenn ich verspiele, bin ich endgültig ruiniert.«

Für Herta Land war es an der Zeit, zu reden. »Komm, hier setze dich zu mir, ich will dir
etwas sagen.«

Teilnahmlos und abgespannt war er.

»Du mußt die Augen offen halten! Man betrügt dich, deine eigenen Leute betrügen dich!
Versprich mir das: Morgen früh wirfst du zuerst diesen Sanden hinaus! Hörst du mich?«

Sie hielt einen Augenblick inne. »Er ist ein Judas!«

»Sanden?«

»Er brachte heute morgen deinem Bruder die Zeichnung deiner Verbesserung am . . .«

Paul Welker wollte aufspringen. Sie hielt ihn gewaltsam zurück.

»Er hat es schon? Ist es schon so weit?« Mit der Hand griff er sich an den Kopf und stöhnte.
Er sank förmlich in sich zusammen. »Es ist alles vergebens, was ich unternehme!«

Da kam wieder diese unheimliche, gefräßige Ruhe über ihn. Wie ein Träumender stand er
auf und ging zum Fenster. Und durch alle mühsam unterdrückten Regungen zwängte sich ge-
walttätig der Haß, wie ein Hochwasser, das durch die Dämme bricht und alles zerstört.

Er wühlte sich durch ein Chaos von Gedanken, schwül, hungrig und unbefriedigt. Tausende sind schon abgestürzt, und es waren nicht die Schlechtesten. Aber . . . er . . . er!!

Ich will ihm beistehen, dachte Herta Land. Alles will ich für ihn tun. Sie führte die ersten vergifteten Waffen ins Gefecht, schmeichlerisch und voll logischer Ueberzeugungsgabe. Sie impfte ihm die neue Methode ein, mit diplomatischer Schlauheit und verblüffender Folgerichtigkeit. Langsam und werbend fing sie an, sein Gewissen zu töten, und spornte seine Eifersucht.

Ein Gedanke wurde von ihr aus all den zertrümmerten Regungen der Vernunft herausgeschält:

Hans Welker muß niedergerungen werden!

Das war nicht leicht. Paul Welker sträubte sich gegen das Gift. Er wollte rein bleiben und makellos. Er wollte der Alte bleiben, der Schöpfer aus eigener Kraft und eigenem Willen. Aber er fühlte es selbst, er war schon zu schwach dazu, zu mürbe und gedemütigt. Sein Beruf und sein Schaffen waren sauber und blank, aber es schien fast so, daß der Erfolg nur im Betruge lebensfähig und im Schmutz zu Hause ist.

So geschah es.

Paul Welker hörte auf die fremde Stimme, und sie wurde ihm mehr und mehr ein werbender Gesang, den er in sich hineinsaugte wie eine Pflanze die ersten Sonnenstrahlen. Herta Land zerrte ihn durch die Pforte des Unrechts. Und er trat geblendet und hilflos in die winkelzügige Zukunft mit einer Heerschar gleißnerischer Prophezeiungen.

Herta Land schürte das Feuer. Die Flammen der Leidenschaft schlugen flackernd zusammen, und Paul Welker verbrannte in der Glut.

Er nahm alles, was sie ihm gab, in wilder, hungriger Gier, als wäre es eine letzte Entschädigung, die ihm das Schicksal bot für sein verpfuschtes Leben . . .

Im Segelschlitten brachte er sie nach der Stadt.

Der Morgen graute. In Decken gehüllt, ruhte sie in seinem Arm.

Und während er hart am Winde lag, sprach sie ihm von Hans Welkers neuer Maschine, die er »Wilder Freiger« nannte.

Dieses war ihr Plan, den er in sich aufnahm wie ein Evangelium:

Paul Welker sollte die gleiche Maschine bauen, die sein Bruder ins Haupttreffen führte. Mit allen Mitteln mußte versucht werden, die Verbesserung am Motor geheimzuhalten. Dann erschienen am Start zwei Maschinen gleichen Typs. Paul Welker mußte siegen, da die Ueberlegenheit seines Motors selbst durch das geschicktere Fliegen Hans Welkers nicht wettgemacht werden konnte. Herta Land aber mußte die Zeichnungen stehlen.

Paul Welker führte einen letzten Kampf. Der Rest seines verzweifelnden Gewissens wollte ihn zurückhalten. Aber alles wurde erstickt und begraben unter dem stampfenden Triumphzug, der durch die weitgeöffneten Pforten seines Inneren brandete. Alle Lichter brannten in seiner Seele, und schon qualmte der mächtige Fackelzug seines Erfolgs.

In der schneidenden Kälte des hereinbrechenden Morgens feierte er eine ruhmbekränzte Auferstehung.

Und sein Bruder lag am Boden.

Endlich! Endlich also!

Aber ein Gedanke zwängte sich fratzenhaft durch den Strudel der Begeisterung:

Herta Land mußte die Zeichnungen stehlen!

Was war das für ein bitterer Beigeschmack? — —

Um zehn Uhr ging Paul Welker in seine Halle. Mitten aus der Schar der Arbeiter holte er Sanden heraus. Mit stahlharter Faust packte er ihn an der Kehle.

»Seht euch diesen an!« schrie er den Arbeitern zu, »betrachtet euch diesen genau! Dieser Kerl frißt mein Brot und stiehlt mir wie ein Pirat mein mühsam erworbenes Eigentum!«

Er würgte ihn in maßloser Wut. Sanden war blau im Gesicht. Die feige Angst kroch aus den hervorgequollenen Augen.

Die Arbeiter liefen durcheinander. Einige kamen herbei. »Wat hett hei makt?« »Hei heit stahlen!«

Paul Welker hatte ihn in die Ecke einer Hobelbank gedrückt.

»Was er gemacht hat? Meine Zeichnungen, meine Pläne und meine Geheimnisse hat er mir geraubt und sie meinem Bruder gegeben. Verkauft hat er mich!«

Wie eine Katze schüttelte er ihn und schleifte ihn durch die Werkstatt.

Die Arbeiter pfiffen und johlten.

»Hei is'n Lump!«

»Slagt em dot, den Swinegel!«

»Hei hett uns ok all ümmer mit'n Lohn beschummelt.«

Sie kamen mit Prügeln und Stahlrohren bewaffnet.

»Laßt ihn!« rief Paul Welker, »ich will schon allein mit ihm fertig werden.«

»In't Water mit dat Luder!«

Sanden war das Entsetzen in alle Glieder gefahren. Schlapp wand er sich unter den Griffen Paul Welkers. Der Schweiß stand auf den fetten Backen, und die Augäpfel wurden glasig und glotzten blöde.

Schreiend und pfeifend gingen die Arbeiter hinterher, als Paul Welker ihn durch die Tür ins Freie stieß. Einer rannte ihm ein Stahlrohr in die Seite.

»Hei hett uns all ümmer mit de Lohntüten bedragen!«

»Un bi min Fru wull dat Aas dat versöken!«

Sanden stöhnte und schnappte nach Luft. Flockiger Schaum trat vor den Mund. Mit den Armen schlug er um sich wie ein Ertrinkender.

Paul Welker faßte ihn mit zorngepeitschter Kraft, hob ihn hoch und schleuderte ihn wie ein ekles Vieh in die verschneiten Hecken.

Krachend schlug er durch die Aeste.

Paul Welker aber ging über den Steg auf das Eis.

Taumelnd, wie ein Kranker, mit eingedrückten Knien und müde hängendem Kopf lief er der Sonne entgegen.

Kapitel 18

Es gibt zwei Methoden des Schulfliegens. Bei der ersten Art wird der Schüler in eine Maschine gesetzt und vor allem mit der Bedienung des Motors und der Handhabung der Steuer vertraut gemacht. Hier muß zu Anfang förmlich exerziert werden, alle Handlungen sollen individuell und ohne Ueberlegung vor sich gehen. Beim Fliegen kommt es auf Bruchteile von Sekunden an, Zeit zu Schlußfolgerungen ist nie oder nur selten vorhanden. Das nächste ist, daß der Schüler auf der Erde mit wenig Gas rollt und dadurch mit Bewegung und Geschwindigkeit vertraut wird. Schon das Rollen ist eine Kunst und läßt die persönliche Veranlagung deutlich erkennen. Wer nicht gut rollt, wird nie zuverlässig starten können. Die dritte Stufe bilden kurze Sprünge über den Platz. Der Schüler gibt Gas, versucht zu starten und nimmt gleich, wenn er den Boden verloren hat, das Gas fort zum Landen. Diese Sprünge steigern sich und werden schließlich zum ersten Platzflug.

Bei dieser Lehrmethode sitzt der Schüler von Anfang an allein in seiner Maschine, rollt, hüpft und fliegt, ohne Lehrer. Lernt also das Fliegen ganz individuell und aus sich selbst heraus. Dieses System ist das ältere, hat große Vorteile, aber auch manchen Nachteil. Ein Hauptfehler ist die große Gefahr der Brüche. Schon beim Rollen und dann vor allem bei den ersten Sprüngen werden häufig Maschinen mehr oder weniger stark beschädigt werden.

Aus diesem Grunde ist man auch schon bald allgemein zur zweiten Methode übergegangen. Lehrer und Schüler fliegen zusammen in der Schulmaschine. Der Lehrer sitzt hinter dem Schüler und betätigt die Hilfssteuer, die mit den Hauptsteuern, die der Schüler handhabt, festgekuppelt sind. Durch diese Anordnung ist jedes Steuer doppelt vorhanden, so daß Schüler und Lehrer imstande sind, jede Steuerbewegung der Maschine und auch die Regulierung des Motors zwangläufig auszuführen.

Bei den ersten Flügen wird der Lehrer steuern und der Schüler an seinem gekuppelten Steuer die Bewegungen vorerst nur mitfühlen und dadurch lernen, wie die Maschine von den Steuerausschlägen beeinflußt wird. Bei den nächsten Flügen wird der Schüler selbst versuchen, zu steuern, und die falschen Bewegungen, die er ausführt, können vom Lehrer verbessert werden. Hat dieser keine Korrekturen mehr vorzunehmen, dann ist der Schüler reif zum Alleinflug. Der Eintritt dieses Zeitpunktes ist verschieden. Er kommt bei manchen schon nach fünfzehn, bei andern erst nach hundert und mehr Schulflügen und bildet kein Ausmaß für die Befähigung zum Fliegen.

Der erste Alleinflug ist ein Nervenkitzel, wie er im Leben nicht oft einem Menschen widerfährt. – –

Herta Land lernte fliegen. Die Zeit war nicht günstig, denn der Winter hatte scharfen Frost gebracht. Paul Welker ließ in einer seiner Jagdmaschinen ein Hilfssteuer einbauen, und an einem klaren Morgen fingen sie an, zu schulen. Herta war voll seliger Vorfreude, als sie zusammen durch den erstarrten Wald zum Flugplatz schritten. Die Maschine stand schon startbereit, und der Motor lief sich mit zweihundertfünfzig Touren gemächlich warm. Die Startmannschaften lächelten und machten ihre Scherze, als Herta Land, dick verpackt, in den Sitz kletterte. Paul Welker untersuchte die Maschine, kontrollierte jede Kleinigkeit aufs peinlichste und stieg langsam und gleichgültig in den zweiten Sitz. Bedächtig prüfte er die Steuer, gab volle Verbindung und hartes Seiten- und Höhensteuer. Er sah die Kupplungen des Hilfssteuers, der Gasdrossel und des Zündhebels nach und ließ den Motor versuchsweise auf den einzelnen Magneten laufen. Die Benzinhähne wurden geschaltet, und nun ließ er mit Vorzündung laufen.

»Klötze vor!«

Zwei Klötze wurden vor die Räder geschoben, und drei Monteure hielten den Schwanz fest. Paul Welker gab langsam Gas, der Motor stieg auf seine volle Leistung mit zwölfhundertvierzig Touren am Stand.

Langsam nahm er die Drossel zurück. »Ist alles fertig?« Er beugte sich zu Herta. Sie war festgeschnallt und nickte mit dem Kopf. Da wurden die Klötze von den Rädern genommen, Paul Welker rief: »Frei,« gab Vollgas, und die Maschine lag im Start.

Genau paßte Herta Land auf. Noch war das Steuer weit vorgedrückt, und sie hatten den Boden nicht verlassen. Der Motor kam mehr und mehr auf Touren. Nun fühlte sie, wie Paul Welker das Höhensteuer schwach anzog und gleich darauf kurz vordrückte. Sie schwebten. Noch einen kurzen Augenblick sammelte er Fahrt, dann zog er an, und sie rauschten aufschwebend über die Pappeln. Ein Stück flogen sie geradezu. Dann kündigte Paul Welker eine Linkskurve an. Herta hatte beide Füße lose auf dem Seitensteuer und die Hände am Steuerknüppel. Jetzt fühlte sie genau, wie er links ins Seitensteuer trat und mit der Verwindung leicht nachfolgte. Die Maschine schien sich hochzubäumen und legte sich geschmeidig in eine Linkskurve. Paul Welker ging schärfer in die Kurve, gab hartes Seitensteuer und volle Quersteuerung. Einen kurzen Augenblick überkam Herta ein Schwindelgefühl, als die Maschine mit dem rechten Flügel hochstand und sie über Backbord frei hinunter auf die Erde schaute. Alles wollte sich drehen, da ging Paul Welker aus der Kurve, gab zweimal Gegensteuer, und sie waren im normalen Geradeausflug. Herta atmete auf, und das Herz schlug ihr hoch. Welch ein wundervoller, kühner Sport!

Paul Welker schloß eine Rechtskurve an und nahm das Gas fort. Gleichzeitig drückte er das Steuer vor und ging im flachen Gleitflug nieder. In Häuserhöhe fing er elastisch ab, zog mählich an und landete auf dem Platz.

Er stellte den Motor ab und riß die Mütze vom Kopf. Herta Land machte sich frei und schaute ihn glückstrahlend an. Ein dünnes Lächeln schlich sich über sein Gesicht. »Hast du alles verstanden und mir folgen können?«

»Ich habe alles gesehen und auch verstanden. Nur die Rechtskurve war mir noch ein bißchen schleierhaft. Das Gefühl schien mir viel unangenehmer als bei der Linkskurve.«

»Das geht den meisten Fliegern so. Die Linkskurve liegt mehr im Gefühl. Man hat das schon zu erklären versucht. Es hängt wohl in der Hauptsache mit dem Drehsinn des Motors zusammen. Man sagt auch, die Linkskurve fliegt sich leichter, weil das Herz als Gefühlszentrum auf der linken Seite liegt. Das ist vielleicht möglich, denn es ist auch Tatsache, daß die meisten Radfahrer und Automobilisten lieber und besser Links- als Rechtskurven fahren.«

Herta war das begreiflich, da es ihr beim Schneeschuhlaufen ähnlich ging.

»Daran habe ich noch gar nicht gedacht. Aber es ist wahr, ich mache viel lieber einen Telemarkschwung nach links als nach rechts. Merkwürdig!«

Paul Welker rollte die Maschine zum Start.

»Wir wollen jetzt gleich mehrere Schulflüge machen. Ich werde starten, und du versuchst dann oben, vorerst mal geradeaus zu steuern. Du kannst ruhig einige Steuerbewegungen machen, ich werde im rechten Zeitpunkte schon eingreifen.«

Sie starteten, und Herta faßte oben kräftiger in die Steuer. Sie machte alle die Fehler von Anfängern. Die Steuerbewegungen waren zu hart und ruckartig, es fehlte die Geschmeidigkeit und das Schmiegsame. Beim Ziehen überzog sie, namentlich auch, da es eine Maschine ohne Dämpfungsflächen war. Wenn sie etwas falsch machte, stieß ihr Paul Welker kräftig in den Rücken und korrigierte sie.

Sie flogen mehrere Platzrunden, und beim fünften Start versuchte Herta Land, in die Kurven zu gehen. Es zeigte sich schon bald, daß sie Fliegergefühl besaß. Sie fing schnell an, weiche Steuerungen zu geben, und fühlte es selbst, wenn sie überzogen hatte. Eigentlich machte ihr nur das Landen größere Schwierigkeiten.

Als sie an diesem Morgen vom Flugplatz nach Hause gingen, sprach Paul Welker: »Du wirst es rasch lernen. Wenn du so weiter machst, lasse ich dich in acht Tagen allein los.«

Sie schulten jeden Morgen und jeden Abend. Nach zwanzig Flügen flog Herta schon so, daß Paul Welker hinter ihr auf seinem schmalen Sitz saß und nichts mehr zu verbessern hatte. Er erkannte, daß sie besser fliegen würde als er. Sie fühlte mit der Maschine, gab jede Steuerbewegung aus sich selbst heraus und flog meisterhaft abgetastete Kurven. Die Landungen waren mit wenigen Ausnahmen gut, wenn auch zu kühn und mit zu viel Fahrt. Dies war der einzige Grund, warum er noch nicht den Mut hatte, sie allein fliegen zu lassen.

Aber das kam anders.

Herta Land trug in ihrem Innern die feste Gewißheit, daß sie fliegen konnte. Daß er immer noch hinter ihr saß und auf sie aufpaßte, war ihr nun lästig, und sie hatte die Empfindung von Unfreiheit. Sie konnte fliegen, davon war sie überzeugt. Und diese Ueberzeugung ließ ihr keine Ruhe mehr.

Eines Nachts wachte sie auf, und ihr kam der Gedanke: Heute morgen werde ich allein davonfliegen. Ohne daß er es weiß. Ganz einfach losfliegen werde ich!

Sie sah nach der Zeit. Es war fünf Uhr morgens.

Da kleidete sie sich eilig an, hüllte sich in ihren Pelz und lief den weiten Weg am See entlang und durch den Wald nach Paul Welkers Flugplatz. Der Mond stand weiß über den Bäumen, und im Südosthimmel verblaßten die Sterne.

Sie ging zum Schuppen und öffnete. Ein Monteur war da und füllte Benzin in eine Maschine. Sie ging auf ihn zu und sagte: »Helfen Sie mir doch einen Augenblick die Schulmaschine zum Start bringen.«

Er schaute sie groß und fragend an. »Wat wull'n Se jetzt mit de Scholmaschin'? Herr Welker kümmt nich vor Klock söben.«

Herta Land lachte und antwortete seelenruhig: »Ich will versuchen, allein zu fliegen!«

»Wat wüll'n Se dau'n?«

»Ich will allein fliegen!«

Das schien ihm unbegreiflich. Er glaubte, sie wäre übergeschnappt. »Minsch, paß man upp, dat's di nich de Knaken breckst!«

»Ich sage Ihnen, daß ich nicht die geringste Lust habe, mir die Knochen zu brechen. Aber wir wollen uns beeilen, sonst kommt Herr Welker, und der ganze Spaß ist verdorben.«

Der Monteur kletterte kopfschüttelnd von der Maschine. »Wenn dat man keen Quatsch ward,« sprach er immer wieder, während er schob.

Von den Türmen der Stadt schlug es sieben Uhr.

Herta hatte sich in dichte Pelze gehüllt, einen wollenen Schal um den Hals geschlungen und eine gefütterte Ledermütze über den Kopf gezogen. Sie kletterte in den Führersitz und prüfte Steuerungen und Hähne. Der Monteur pustete sich in die verfrorenen Hände und schob zwei Klötze vor die Räder. Dann drehte er den Motor durch.

»Aus?« – – »Aus!«

»Frei?« – – »Frei!«

Herta drehte an der Anlaßkurbel. Der Motor sprang nicht an.

»Hei is to kolt. Hüt freert dat Steen und Been tausamen,« brummte der Monteur. Er spritzte Benzin in die Zylinder und drehte nochmals durch.

Jetzt sprang er an.

»Lat se man irst good wormlopen. Wenn Se alleen abhaun wullt, dann möt wi irst föftig Kilo Ballast achtern rinsmiten.«

Er lief nach der Halle und brachte zwei Säcke Ballast, die er hinten beim zweiten Sitz in die Maschine warf. –

Der Tag graute. Herta war ruhig und voll Erwartung. Sie hatte nur einen Gedanken: Heute muß ich fliegen. Heute oder gar nicht. Dann schlich für kurze Zeit das unbehagliche Gefühl über sie, das alle Anfänger kurz vor dem Start haben. Aber sie erstickte es.

Alles war bereit.

Der Monteur legte sich mit seinem ganzen Körpergewicht auf den Schwanz der Maschine, und Herta gab langsam Vollgas. Der Tourenzähler stieg auf zwölfhundertvierzig.

Der Monteur kam bei und wischte sich die Nase. Umständlich kletterte er am Sitz hoch und schnallte Herta fest. »Allens in Ordnung?«

»Alles!«

»Nu kann't losgahn. Oewers fleig'n Se nich von'n Platz furt! Denn man tau!«

Nun war es so weit. Der Monteur zog die Klötze fort. Herta fühlte, wie eine eiserne Ruhe über sie kam.

Sie gab Vollgas und zog mit kurzem Start die Maschine von der Erde. Rauschend schwebte sie in die Morgendämmerung. Sie spürte nicht die eisige Kälte, die ihr das Gesicht peitschte. Sie wußte nur, daß sie flog. Allein flog.

Im Augenblick, als sie schwebte, überkam sie die Gewißheit, daß ihr überhaupt nichts passieren konnte. Es war ja alles so einfach, so selbstverständlich. Am Ende des Platzes ging sie in die Linkskurve. Die Maschine tat, was Herta wollte, war gehorsam wie ein treuer Hund. Die Maschine lebte ja mit ihr. War ihr einverleibt. Ein Stück ihres eigenen Selbst schien sie zu sein.

Sie flog zwei Platzrunden und ging in den Gleitflug. Mit etwas zu hoher Fahrt landete sie glatt vor dem Schuppen.

Der Monteur kam herbeigesprungen und grinste über das ganze Gesicht: »Na, denn gratuliere ick Se man, Fräulein. Dat dörp Se glöwen, ick heff mihr Angst utstahn as Se. Dat dörp Se mi, wahrhaftigen Gott. glöwen.«

In Herta Land jubelte es.

»Ich werde gleich probieren, ein Stück weiterzufliegen!«

Ihr zweiter Start war formvollendet. Sie blieb im Kurs liegen und zog die Maschine. In wenigen Minuten war sie tausend Meter – –

Im Osten färbte sich der Himmel.

Sie stieg in das Fest der aufgehenden Sonne.

Ruhig saß sie am Steuer und schaute mit trunkenen Blicken vor sich ins Unendliche. Höher und höher stieg sie, und es war, als hätte sie die Erde vergessen. Sie schien ihr so fern und vernebelt.

Eine namenlose Wärme faßte ihr bis ans Herz und rüttelte an der verschlossenen Gruft ihrer Seele wie ein heißer Frühjahrswind.

Sie schien auferweckt, auferstanden und emporgehoben in dieser seligsten Einsamkeit, in die kein Laut drang als der donnernde Hymnus ihres Achtzehnzylinders. Das starre Material schien ihr lebendig zu werden in dieser Höhe, ein bester und einziger Freund.

Rot schoß es auf, und mächtige Feuer schienen zu lodern.

Zwei schleierdünne Wolken schwammen durch das blendende Rot in eine traumferne Unendlichkeit.

Herta Land stieg höher.

Glühende Feuerballen stürzten ihr in die Augen.

Wieder kamen zwei feine Wolken. Fast körperlos waren sie und zart. Rechte Gaukler! Sie verwehten wie die Bilder einer Dämmerstunde.

Sieghaft stieg das Licht. Alles Schlafende, alles Träumende, alles Tote erwachte.

Herta Land sah nach dem Barographen. Sie war viertausendachthundert Meter. Es ist Zeit, dachte sie, und legte die Maschine in Gleitflug. Sie versank in ein Meer, schwebend und schweigsam.

Eine Harfe hörte sie klingen.

Da schrak sie hoch. Nun hieß es aufpassen! Dort war der See. Wie flüssiges Gold lag er im Morgenlicht.

Ein Schleier kam und zerstob vor ihren Augen.

Unter ihr lag der Flugplatz. In einer steilen Linksspirale kam sie über dem Platz herunter und landete mit kurzem Auslauf.

Der Traum war verrauscht.

Sie sah, wie Paul Welker über den Platz eilte.

Da sprang sie aus der Maschine und lief ihm entgegen. Die Leuchte des Tages stand am Himmel mit abertausend schenkenden Armen.

Kapitel 19

Hans Welker baute den »Wilden Freiger«. Es war die Maschine, auf die er alle Hoffnungen warf. Sein feines Gefühl hatte die Vorteile fremder Versuche zusammengeschachert. Mit sicherem Blick, ohne Theorie und Rechnung, hatte er das Brauchbare aus Bergen von Material heraussondiert. Die lebensfähigen Nerven einer Reihe von Versuchsmaschinen waren benutzt und hier zu einem harmonischen Ganzen zusammengefügt worden.

Diese Maschine war der vollkommene Typ, den die Reichsbehörden forderten, mit modernster Leistung und elegantester Bauart.

Hans Welker fürchtete keine Konkurrenz. Er war nicht imstande, sich zu fürchten, denn sein fabelhaftes Selbstbewußtsein gab ihm ein eisernes Rückgrat und einen starren Willen, den nichts zu beugen vermochte. Er kannte seine Ueberlegenheit, und darin wurzelte seine Größe. Felsenfest stand er auf dem gewichtigen Fundament seines Selbstvertrauens, und es wäre eine Herkulesarbeit gewesen, diesen schmächtigen, hageren Menschen mit den unruhigen Augen und dem sprungbereiten Wesen zu stürzen.

Hans Welker baute den »Wilden Freiger«!

Dieser Name war Trotz, Draufgängertum, Stirnbieten, Waghalsigkeit und Triumph.

Dieser Name paßte ihm.

Die Versuchsabteilung arbeitete Tag und Nacht. Sie war sein Steckenpferd, sein Heiligtum. Sie verschlang Unsummen, aber er freute sich, wenn sie Tausende schluckte und Millionen ausspie.

Zweihundert Arbeiter waren hier beschäftigt. Es waren seine besten Kräfte, Leute mit langjähriger Erfahrung, eingearbeitet und mit allen Finessen seiner Herstellungsmethoden vertraut. Sie gehörten zu ihm, zu seinem Namen, zu seiner Firma. Ohne sie wäre der Betrieb nicht möglich gewesen, denn sie waren ein Stück Tradition, das sich nicht ohne weiteres ersetzen ließ. Sie arbeiteten wie die Künstler, aber sie mußten auch danach behandelt werden. Und das wußte Hans Welker.

Kurt Seeberger verstand das. Er »schmiß« alles. Mit jovialem Lächeln schlenderte er zwischen den Schraubstöcken hindurch. Die Arbeiter kannten ihn, und er war für sie halb Hanswurst und halb Respektsperson. Mit rasselnder Stimme erzählte er einen gemeinen Witz, den er mit viel Geschick und Zynismus vordeklamierte, so daß er eine ganze Kolonne zur Heiterkeit zwang. Sie lachten, daß die Bäuche wackelten und die dicken, vernarbten Finger unter die Nasen fuhren. Er wußte immer solche Witze, an jedem Schraubstock verzapfte er einen neuen, endlos flossen die schlüpfrigen Reden aus dem mahlenden Mund, und dazu rollte er die verschmitzten Augen und schlug den Leuten auf die schmierigen Arbeitskittel. Wenn es darauf ankam, duzte er sich mit ihnen.

Er nahm ihnen die Feile oder den Hobel aus der Hand, probierte ihre Handhabe und stellte sich ungelenk und unbeholfen wie ein kleiner Junge. Aber die Arbeiter freuten sich darüber und bekamen eine gewisse Hochachtung vor ihrem Handwerk, die ihnen eigentlich im Laufe der Zeit ganz abhanden gekommen war. Eine Kunst war es, was hier ihre Arme und Hände leisteten, das konnte ihnen selbst Kurt Seeberger nicht nachmachen.

In der Vesperpause »warf« er eine Runde Flaschenbier. Das kostete einige armselige Markstücke und war Gold wert. Er machte das unauffällig, kameradschaftlich ohne sichtbare Herablassung. Glucksend trank er mit, hing die Flasche an den Hals und ließ das Bier über sein frischgestärktes Hemd laufen. »Wir sind eine große Gemeinde,« flunkerte er, und die meisten glaubten es, denn er war ein zu guter Schauspieler, als daß man aus seinen Handlungen einen diplomatischen Hintergedanken hätte herauswittern können. Er setzte sich auf einen schmutzigen Messingtank und las »Kiesewetter-Verse«, von brüllendem Gelächter umtobt. Den Rock zog er aus, schürzte die Aermel hoch und führte Athletenakrobatik vor, stemmte Oelbehälter und Stahlhauben, balancierte ein nahtloses Rohr auf dem Kinn und machte einen dilettantenhaften Kopfstand, daß die Nähte krachten. Beide Ohren hatte er offen dabei. Wie ein Polizeihund schlich er durch die Reihen und schnappte alles Wissenswerte auf, was die Arbeiter unter sich sprachen und beratschlagten. Mit Spürsinn lauschte er auf ihre Wünsche, richtete an sie verfängliche Fragen, um verfängliche Antworten zu erhalten. Er prüfte Herz und Nieren jedes einzelnen und machte seine Diagnose.

Die Arbeiter in der Versuchsabteilung waren zu wertvoll, als daß man sie hätte vernachlässigen dürfen. Sie waren nicht zu ersetzen, jeder einzelne war auf den Hans Welkerschen Betrieb abgestimmt wie eine Harfensaite, und er durfte die Stimmung nicht verlieren; sonst gab es Dissonanzen.

Hans Welker vertrug keine Dissonanzen.

Also, wozu hatte man den Kurt Seeberger, den Homespun?!

Eines Tages sprach er einmal wieder: »Es wird Zeit, Herr Welker, wir müssen eine Rakete losschießen. Die neuen Bestrebungen des Metallarbeiterverbandes greifen auch auf unsere Versuchsabteilung über. Der Bazillus ist schon in sie eingedrungen. Die Leute werden sonst unzufrieden. Mißmutig. Sie wollen keine Nachtschichten machen. Es ist nicht ganz in der Ordnung, Herr Welker, wir brauchen ein Feuerwerk! Jetzt ist es noch Zeit. Puffen wir es ab!«

Hans Welker ließ es abpuffen. Es wurde ein Festgelage veranstaltet. Er ging selbst in die Versuchsabteilung, ganz wie von ungefähr, und es klang geradezu lächerlich, wie er den Leuten eine phrasenhafte Freundlichkeit und erheucheltes Gönnertum hinwarf, wie verdächtigen Hunden einen Brocken vergiftetes Fleisch.

»Meine Herren Arbeiter,« sprach er und kam sich dabei in der Tat fast ernst vor, »ein besonderer Anlaß, den ich Ihnen hier nicht näher auseinandersetzen kann, gibt mir Veranlassung, Sie zu einem kleinen festlichen Zusammensein einzuladen, und es sollte mir eine freudige Genugtuung sein . . .« – und so weiter. Er kam dabei ins Stocken, weil ihm seine eigene Größe und sein Wohlwollen mit einem Male selbst so riesengroß erschienen, daß eine psychologisch rätselhafte Rührung in ihm hochstieg. Unerwartet und überraschend wie ein Gewitter im Winter.

Kurt Seeberger warf noch ein paar Witze hinterher wie einen pikanten Nachtisch.

Die Arbeiter freuten sich. Sie strahlten über die von Oelruß schwarzen Gesichter, und die gutmütige, vierschrötige Freude schlug ihnen aus den veräderten Augen. Die Feilen kreischten, die Hobel zischten, die schwieligen Hände faßten Hammer und Säge. Sie nickten sich mit den Köpfen zu und wischten sich den salzigen Schweiß aus der Stirn. Das war doch mal wieder eine Abwechslung, wie man sie sich wünschte. So ganz nach dem Herzen dieser anspruchslosen Menschen, die in ihrer bescheidenen, kleinstädtischen Lebensweise bei kostenlosem Essen und Trinken, bei wohlfeilem Entgegenkommen und schlechten Zigarren wieder und wieder die ihnen eingeimpfte Gesinnung verkauften um ein Linsengericht. Sie alle fühlten schwach diesen Unterton der Bauernfängerei, aber ihre wüstenöde Bedürfnislosigkeit lieferte sie rettungslos aus.

Hans Welker stiftete noch einige tausend Mark in die Arbeiterkasse, und damit wurde jede Möglichkeit eines sich aufrichtenden Stolzes niedergedrückt . . .

Abends »stieg« das Arbeiterfest.

Der kleine Saal im Ratskeller war gemietet. Mehrere große Tafeln mit zweihundert Gedecken strahlten in blendender Frische, und Oberkellner mit Servietten unterm Arm liefen zwischen den Stühlen hindurch.

Sie kamen pünktlich, verlegen und mit unsicheren, schweren Schritten. Es waren meist ältere, verheiratete Leute mit frischgewaschenen Gesichtern und rotgescheuerten Händen, die nassen Haare in Scheitel gekämmt und die genähten Schlipse um den Stehkragen gebunden. Sie fühlten sich beengt in den schwarzgewichsten Rindlederstiefeln und den Konfektionsanzügen. Die runden Röllchen rutschten ihnen über die Hände. Sie setzten sich umständlich und mit einer feierlichen Unbeholfenheit, zogen an den Westen und rückten die Krawatten zurecht. Die Schnauzbärte waren hochgekämmt, die steifgeplätteten Vorhemdchen bogen sich nach vorn.

Die Jüngeren waren stillos herausgeputzt, mit farbigen, dicken Krawatten und ungezügelten Anzügen. Sie trugen phantastische Krawattennadeln, gesprungene Lackstiefel mit Einsätzen; sie rochen nach gemotteten Sonntagsanzügen und hatten sich pompöse Ringe über die verarbeiteten Hände geschoben. Alle aber waren in einer gehobenen, feierlichen Stimmung und versuchten, sich in dem etwas unbehaglichen Glanz dieses festlich geschmückten Raumes mit Anstand zurechtzufinden.

Als sie versammelt waren, erschien Kurt Seeberger. Er hatte sich in den Smoking geworfen und trug ein Paar mausgraue Glacéhandschuhe in der linken Hand. Wie ein Volksredner trat er unter die Arbeiter, die schon an den blitzblank gedeckten Tischen Platz genommen hatten. Einige wollten aufstehen, aber er winkte ihnen freundlich-lächelnd zu und ging zum Kopfende der Tafel.

Während die Kellner mit dem Essen kamen, salbaderte er eine alberne Rede, pries die Arbeiterschaft, lobte Hans Welker, schimpfte auf Uneinigkeit und Streitsucht, wurde gemütlich und kollegial, warf einen uralten Witz dazwischen und trank auf das weitere Gedeihen der Versuchsabteilung. Die meisten wußten gar nicht, was er eigentlich wollte, sie hatten auch ihre Aufmerksamkeit mehr dem Essen zugewandt.

Schmatzend und mit Wohlbehagen löffelten sie die Spargelsuppe und waren höchst zufrieden, daß man keine großen Ansprüche an ihre Rhetorik und Unterhaltungsgabe stellte. Vorgebeugt saßen sie, die Ellbogen nach den Seiten gestemmt und die Servietten in den Stehkragen gestopft und fühlten eine unerklärliche Beklemmung, wenn die Kellner an sie herantraten und die Gläser vollgossen.

Seeberger ließ eifrig Wein einschenken und trank allen ermunternd zu. Nach dem gekochten Hecht fing die Stimmung schon an, gemütlicher zu werden, und der Panzer der ungewohnten Situation lockerte sich. Einige legten sich behaglich in den Stuhl zurück, wischten den Mund ab oder fuhren sich heimlich mit den Taschenmessern in die Zähne. Andere gossen sich selbst den Weißwein in die Rotweingläser, riefen nach dem Kellner und warteten mit gespannter Miene auf die nächsten Schüsseln.

Es gab Rinderfilet mit Gemüseplatten. Sie luden sich die Teller voll, ohne Berechnung des noch Kommenden, und lockerten die Hosenschnallen. Der Schweiß sickerte aus den Poren, der schwere Wein feuchtete die Augen und heizte die Köpfe. Einer trank Seeberger zu, und andere folgten seinem Beispiel. Stimmengewirr wurde laut, wuchs, schwoll und erfüllte den Saal wie ein stetig steigendes Wasser.

Während junge Hühner mit Salat und Kompott gereicht wurden, hielt der alte Hinnerk Klausen tatsächlich eine Rede. Der Bedauernswerte war wirklich in keiner rosigen Lage. Während des ganzen schönen Essens lag ihm diese verfluchte Rede wie ein schwerer Stein im Magen, saß in den Schluckmuskeln und verdarb ihm den Appetit. Er rutschte mit dem Stuhl, schaute nach der Uhr, trank sich noch einmal Mut an und erhob sich zögernd und schwerfällig. Mit der Hand fuhr er durch den Bart und hustete.

Endlich fing er an, und es ging ganz gut. Viel besser, als er eben noch gedacht hatte. Er sprach langsam und mit einer Betonung, die so scharf und eckig war wie sein Meißel, aber es hatte Hand und Fuß, was er in mühselig verkleidetem Dialekt in den Saal schmetterte. Es klang unbeholfen und kantig, aber genau genommen hatte es viel mehr Sinn als Kurt Seebergers Gefasel.

Nun er alles glücklich zu Ende gebracht hatte und über einige Klippen mit Anstand hinweggeklettert war, setzte er zu einem Hoch auf Hans Welker an, und die fetten Stimmen gaben seiner Rede einen gewissen apotheosenhaften Höhepunkt, über den er sich, nach überstandener Qual, so ehrlich freute, daß ihm Tränen der Rührseligkeit aus den wasserhellen Augen tropften. Jetzt erst bekam er Hunger. Er füllte beide Lungenflügel mit Luft und holte alles nach, was versäumt war. Er aß für zwei und trank den Burgunder wie Quellwasser. Immer neue Platten wurden herbeigeschafft, und ganze Kompagnien Weinflaschen traten ins Gefecht.

Wie ein Pfau im Hühnerhof thronte Seeberger oben, drehte den Kopf, redete unaufhörlich und freute sich über seine Umgebung.

Neben ihm saß Jochen Witt, ein Künstler, ein Virtuos mit der Feile. Er feilte die feinsten Arbeiten aus dem Handgelenk, komplizierte Teile und Beschläge. Er konnte Gewinde feilen, eine der mühseligsten und erstaunlichsten Künste. Jochen Witt hatte einen breiten Mund und zerkaute spielend mit seinen gelben Zähnen die Hühnerknochen. Seine plumpe Hand faßte das Glas, und er goß mit leuchtenden Augen den Wein durch die Kehle. Er zählte sich zu den

Auserwählten, die nicht unter den Tisch zu trinken waren, und bekam erst Durst, wenn die anderen schon genug hatten.

Nach dem Käse war die Stimmung so weit vorgeschritten, daß einige ein Lied sangen. Das Lied war der untrügliche Beweis, daß die Leute satt waren und zur Verdauung schritten. Die Stimmen klangen breit, zufrieden und faul, das Zeitmaß schleppend wie ein schwerer Güterzug, der eine Steigung nimmt. Sie steckten sich die dicken Zigarren in den Mund, und da man es doch ausnutzen mußte, qualmten sie wie die Fabrikschlote darauf los. Erstaunlich war es, was diese Menschen im Trinken leisteten.

Seeberger ließ Sekt anfahren und erntete gerechten Beifall.

Sie zogen bewundernd die Augenbrauen hoch, wenn ihnen die prickelnden Bläschen in die Nase stiegen, und gossen das verlockende Getränk hinunter, als wollten sie sich damit einen letzten Rest von Seligkeit erkaufen. Und taten doch weiter nichts als sich betrinken.

Johann Klickermann hatte dem Kellner eine Flasche abgenommen und sie vor sich auf den Tisch gestellt. Sein Kopf war rot wie eine Tomate, und er fraß buchstäblich den Zigarrenrauch. Er war der beste Schweißer der Versuchsabteilung und nicht mit Gold aufzuwiegen.

»Nu will wi man 'n dägten Sluck nähm'n,« rief er vergnügt und griff mit wahrer Andacht zur Sektflasche.

»De ward glik de ganz Buddel mitsupen!« lachte der verkrümmte Luden Swank über den Tisch. Gesicht und Hände waren dicht behaart und die Arme unnatürlich lang. Der Bart war bei ihm so dick und spröde, daß er sich nicht mehr in zivilisierte Formen bringen ließ und die narbige Haut wie halbverdorrtes Seegras überwucherte. Aber wenn man Luden Swank die schwierigste Zeichnung gab, mit Unmengen von Verbesserungen und Umänderungen, dann las er sie deutlich und zuverlässig, als ob es lauter fettgedruckte Buchstaben wären. Luden Swank las die größte Zeichnung mit der gleichen Leichtigkeit, mit der er sein Abendblättchen las. Und wie sich in das Abendblättchen hin und wieder Druckfehler einschlichen, so geschah es auch dann und wann in den Zeichnungen, daß sich kleine Fehler einnisteten, die auf dem Papier unbedeutend erschienen, in der Praxis aber zu Katastrophen führten. Diese Fehlerteufelchen fand Luden Swank mit fabelhafter Schnelligkeit heraus. Er hatte dem Konstruktionsbüro schon manche Blamage beigebracht, und das tat er gern und mit schadenfroher Befriedigung.

Der Alkohol sorgte für die Stimmung. Die Gesichter verschwammen in dem Zigarrennebel, der in dicken Wolken nach der Decke stieg.

Kurt Seeberger hielt noch eine zweite Ansprache, die aber in der Brandung der Stimmen halb unterging. Er sprach von der zukünftigen Arbeit, von den Hoffnungen, die Hans Welker gerade auf die Versuchsabteilung . . . Aber die meisten hörten nicht mehr auf ihn.

»I moan allewei, der is scho b'suffa,« sprach Toni Bretthuber, der klobige Niederbayer aus Passau.

»Schscht! Wi möten woll ruhig wesen, hei will uns wat seggen!«

Fritz Krause aus Brieg schlug seinem Nebenmann auf den Hinterkopf. »Nu hall bluß a Fresse, wenn a asu labert!«

»Wat seggt hei blot vun dat grote Fleigen?«

Seeberger merkte, daß die meisten schon betrunken waren, und trompetete mit absichtlich gesteigertem Pathos in den Zigarrendunst, daß die Stimme sich überschlug.

»Wi will'n bloß seggen, dat wi dat all nich verstah'n, wat hei dor bölkt.«

». . . grade darin zeigt sich der wahre Stolz und die Ehre des Arbeiters, daß er auch in den schweren Stunden nicht vergißt, welche moralische Verantwortung auf seinen Schultern liegt, und sich bewußt wird der Pflicht, die rein menschlich . . . was von uns verlangt?«

Johann Klickermann stieß es auf. Mitten in einer rhetorischen Pause, die Kurt Seeberger einschaltete, um zu einer Steigerung auszuholen. »Hinrik, giv mi dor mal een von de dicken Glimmstengels!«

»Minsch, dat 's n' famoses Krut, dat müg ick woll ümmer smöken!«

»Nu pack di bloß nich wek bisit!«

Seeberger brachte nochmal ein Hoch aus, keiner wußte, auf wen, aber sie schrien, daß der Stuck von den Wänden fiel und die Kellner sich die Servietten in die Ohren stopften.

Hinnerk Klausen hatte sich solchen Mut angetrunken, daß er zu einer richtigen Stegreifrede ansetzte. Er litt jämmerlich Schiffbruch, da ihn der Schluckauf buchstäblich überwältigte. Sie tranken ihm zu, und Hinrik Sahlmann, der Modellkünstler, drückte ihn sanft auf seinen Stuhl nieder. »Mak du man blot din Mul tau un verkäuhl di nich 'n Magen!«

»Aber erlauben Sie . . .« Hinnerk Klausen sprach Hochdeutsch, und das wirkte so erheiternd, daß seine Nachbarschaft in ein rauhes Gelächter ausbrach.

Kurt Seeberger aber sah, daß seine Rolle hier zu Ende gespielt war. Er verließ die Bühne. Mit Schwung und einer letzten Pointe. Er klopfte kräftig ans Glas und verkündete sein Evangelium. »Meine Herren! Ich muß Sie leider verlassen, denn ich muß . . .« Na, was denn? Es fiel ihm gar nicht ein, was er mußte . . . »Na, ich muß noch zu einer Sitzung, aber bleiben Sie hier beim fröhlichen Gelage versammelt, und alles, was Sie noch trinken und essen und rauchen, dazu sind Sie herzlichst eingeladen. Prosit!« Er leerte mit Widerwillen sein Glas.

Der Sturm des Beifalls schlug über ihm zusammen. Sie johlten und jauchzten, erhoben sich von den Stühlen und warfen die Gläser um. Einige taumelten auf ihn zu und reichten ihm gerührt die Hand.

»Hei sall läben, hoch!«

»Dat's uns Mann, hei is son 'n dägten Dunnerslagskirl!«

Seeberger trat ab. Bis zum letzten Augenblick wahrte er die Pose.

Lächelnd, nickend, gerührt, jovial, bescheiden abwehrend und ermunternd zuprostend stieg er durch die Reihen der Arbeiter und steuerte wie ein Vollschiff durch die Brandung der Begeisterung dem Ausgang zu. Alle fühlten sich froh erleichtert, als er verschwunden war. Nun waren sie endlich ganz unter sich.

»Wi wull'n em 'ne gesolt'ne Recknung ansupen.«

»Aewer wi möten wull noch wat tau fräten hebben!«

Neue Flaschen kamen. Gewaltige Platten mit belegten Broten wurden aufgetragen. Mit den Händen krabschten sie nach den Schinkenbrötchen, fuhren mit den Fingern in die Majonnaise und zerdrückten die Käsestücke. Jochen Witt schleuderte die Radieschen nach den Köpfen seiner Genossen und lachte unbändig, wenn er einen traf. Einer zog sich Kragen und Krawatte aus und steckte beides in die Tasche.

»Dat Düwelstüg snarrt mi de Kehl' tau!«

»Korl Jakob, Korl Jakob,

Din Büx is so bunt,

Du sast mi doch heirat'n,

Du schleifbeinte Hund!«

Einer setzte ein, und die Umgebung folgte. Die Zigarren in den Zähnen, grölten sie mit heiseren Stimmen.

»Holt dat Mul! De oll Kunkel seggt een plattdütsch Gedicht up.«

Oll Kunkel war es eingefallen, daß er deklamieren konnte. Es war, als wollte er gegen einen Orkan sprechen. Kein Wort drang durch das Wogen der ungeglätteten Stimmen. Aber er sprach immer weiter, feierlich, mit vorstehenden Augen und das Glas in der Hand. Es schien, als wollte ihn die Rührung übermannen. Das Gedicht war ernst, aber sie lachten ihn aus, warfen ihn mit Sektkorken, und ein Stichelhaariger mit Warzen im Gesicht steckte ihm eine Zigarre in den breitgeöffneten Mund. Da sank oll Kunkel in sich zusammen wie ein baufälliges Haus.

Sie betranken sich bis zur Unkenntlichkeit.

Krischan Jörns mit seinem kantigen Schädel hing mit schlapphängenden Armen auf dem Stuhl und stieß fortwährend mit dem Kinn nach unten, als müßte er etwas Uebles hinunterschlucken. Er war Teilschlosser, hatte kurze Beine mit Plattfüßen und einen Schnauzbart wie ein Seehund, dessen widerborstige Haare sich bis in den Mund krümmten.

»Jörns, paß man up und verget dat Supen nicht!«

»Ick glöw, hei slöpt in!«

In der Tat hatte er die Augen halb geschlossen. Da goß ihm Klaus Dierks, der Klempnermeister, einen Schuß Sekt in den Halskragen. Krischan Jörns schaute sich dösig um, fühlte das Nasse, das ihm über den Rücken lief, und glotzte den lachenden Attentäter an. Mit einem Male fuhr ihm der Zorn in die Glieder. Er sprang auf und wollte sich auf Klaus Dierks stürzen.

Einige hielten ihn. Er riß sich los.

»Du versapener Swinegel, du! Dor paß man up, ick war di glik dat Ledder versahlen!«

Sie balgten sich, warfen die Stühle um und wälzten sich unter dem Gejohle der Zuschauer am Boden.

»Wullt ji woll ruhig wäsen! Dat giwt dat nich, det ji juch hier dat Fell äwer de Ohren stöpt!«

Die Kampfhähne wurden auseinandergezerrt.

Klaus Dierks stand ganz sprachlos da. Er wußte nicht, sollte er lachen oder schimpfen. Sein schöner platter Scheitel war ganz aus der Form gebracht, und die schwarzen Haare standen ihm vom Kopf wie verwildertes Gras. Der fleckige Schlips war über den Kragen gerutscht und das gestärkte Vorhemd zum Westenausschnitt hervorgekommen.

Krischan Jörns nahm eine gefüllte Sektflasche, torkelte damit in eine Ecke und ließ sich in einen Sessel fallen.

»Lott is dod, Lott is dod,

Jule ligt in Keller,

Kriegt 'n Kind, kriegt 'n Kind

Von 'n versapen Möller!«

Er schlief dann ein.

Die Betrunkenheit stieg. Flaschen lagen auf der Erde, Platten mit Speiseresten und zerbrochene Teller. Ganze Kisten mit Zigarren wurden förmlich ausgeraubt und dann in den Taschen zerdrückt.

»Nu möt'n wi noch 'n por Frunslüd dormang hebben!« krähte August Plückhahn. Er stand auf einem Stuhl und spreizte die Finger. Das Fleisch wuchs in dicken Knoten bis über die Fingernägel, und die Gelenke waren gekrümmt und unbeweglich.

Otten Ruhkiek, der Grobschmied, lag halb bewußtlos unterm Tisch. Ihm war es zum Erbarmen elend. Mit den Händen schlug er um sich und wälzte sich im Schmutz. Sie zogen ihn hervor und setzten ihn auf einen Stuhle wo er sofort kopfüber auf den Tisch schlug.

Sie sangen, grölten, pfiffen und tanzten mit ihren schweren Stiefeln um die Tische herum. Sie umarmten sich, wurden rührselig, grob, gutmütig und zuletzt gewaltsam.

Es war der gefährlichste Zeitpunkt.

Kapitel 20

Es war der gefährlichste Zeitpunkt.

Die Grenze der Zurechnungsfähigkeit und jene vollständige Gehirnlosigkeit, bei der das Unwahrscheinlichste möglich wird. Jeder nüchterne Sinn war ausgelöscht, jegliche Urteilskraft betäubt.

In diesem gefährlichen Zeitpunkt erschien Paul Welker.

Er war plötzlich mitten unter ihnen. Keiner wußte, woher er kam. Es war das zweite Werk Herta Lands.

Der stickige Qualm schlug ihm in die Augen. Durch die Schar der Angetrunkenen arbeitete er sich zum vorderen Tisch.

Sie hoben die Köpfe. Das Erstaunen trat in die verblödeten Augen. Die wirren Haare strichen sie aus der Stirn, rückten sich zurecht und stierten erwartungsvoll nach Paul Welker.

Es wurde fast ruhig im Saal.

»Wat will hei blot hier machen?«

»Hei will ok woll mitsupen, weil dat hüt nix kost.«

»Hei will wat von uns!«

Jochen Witt hielt ihm ein gefülltes Glas hin. »Minsch, hier sup man irst, ihrer du anfängst, tau snaken!«

»Pst! Töw blot man, 'n lüttjen Oogenblick!«

Paul Welker wehrte mit der Hand ab. Die glänzenden Augen hielt er geradeaus gerichtet. »Ich will euch sagen, Arbeiter, daß ihr Toren seid! Ich will . . .«

Einige schrien durcheinander. »Wat seggt hei? Will hei Strit maken?«

»Smiet em rut, den Kirl!«

»Was man blot still!«

»Hei is'n Upspeeler!«

»Hört mich an! Hört mich zu Ende, und dann entscheidet, ob ich recht habe oder ihr. Dann entscheidet, ob ihr mich hier herauswerfen wollt! Ich will euch sagen, daß ihr euch allesamt hier verkauft, verschachert, für den zweifelhaften Genuß eines kostenlosen Zechgelages. Ihr betrügt euch selbst, ihr besudelt euch, denn alles, was ihr hier vergeudet, das müßt ihr selbst, aber nur ihr allein zahlen! Ist euch euer Stolz, eure Arbeiterehre nicht mehr wert als diese paar lumpigen Flaschen Alkohol und diese paar Kisten armseliger Zigarren? Gebt ihr eure Arbeitskraft, euer Selbstbewußtsein um ein paar jämmerliche Hundertmarkscheine, die Hans Welker dieser Abend kostet? Und die ihr, nur ihr ihm tausendfach, zehntausendfach wieder einbringen müßt, wenn ihr Tag und Nacht an Hobelbänken und Schraubstöcken schuftet, die Rücken krümmt und euch die Lungen verpestet? Ja, ich will euch sagen, daß ihr Toren seid! Habe ich recht oder nicht? He?«

Stimmen wurden laut. Einige murmelten und neigten die Köpfe zusammen. Sie waren noch zu sehr betrunken, als daß sie den Gedanken Paul Welkers hätten folgen können. Aber etwas dämmerte in den erhitzten Köpfen.

»Wat will hei mit dat Bedreigen?«

»Dat hett hei grad drapen!«

Sie waren alle ganz stutzig geworden. Das erschien ihnen wie ein Gaukelspiel. Mit einem Male war es ganz unheimlich ruhig.

Paul Welker fühlte, wie er Oberwasser bekam. Aber es fiel ihm verdammt schwer, seine Rolle zu spielen.

»Was ihr hier als Geschenk Hans Welkers anseht, das ist weiter nichts als ein schnöder Versuch, euch das Blut abzuzapfen. Merkt ihr denn in Drei-Teufels-Namen nicht, woher der Wind bläst?«

Paul Welker hob drohend die Arme. »Schämt ihr euch nicht?«

»Wie weiten dat nich, wie könn'n dat nich seggen!«

»Ick müch em nich ganz unrecht gäben!«

»Merkt ihr nicht, daß Hans Welker euch braucht, daß ihr Gold seid für ihn, unersetzlich für seinen Betrieb, und daß er ohne euch nichts machen kann? Ihr müßt ihm seine Millionen schaffen. Reißt doch die Augen, die Ohren auf und hört! Merkt ihr denn immer noch nicht, wie er Schindluder mit euch treibt?«

Paul Welker stand aufgerichtet. Wie ein Strafprediger ballte er die Fäuste, und seine sonst so zurückhaltende Stimme dröhnte durch den Saal. Alle Möglichkeiten schossen ihm durch den Kopf. Er spielte eine gewagte Rolle hier. Aber ein Streik der Versuchsabteilung war für ihn ungeheuer viel wert und legte den Hans Welkerschen Betrieb lahm, wenn auch nur für vorübergehende Zeit. Die Stunden und Minuten waren jetzt kostbar.

Eine Bewegung entstand im Saal. Sie nickten mit den Köpfen, beugten sich tuschelnd über die Tische, stritten, schlugen mit den Fäusten auf den Tisch und fingen an zu begreifen. »Dat is recht, wat hei seggt. Dat väle Geld hebben wi em all verdeint!«

»Dat söker!« schrie nun Heini Sahlmann und blies die roten Backen auf. »Hei hett vor poor Johren noch nix hatt, un hei hett jetzt völe Millionen!«

»Un dat's all von uns!«

»Richtig betrachtet, is dat ne janz klare Geschichte. Daran jibt et nichts zu tippen,« brüllte ein Berliner Schweißer in den entstehenden Lärm.

Paul Welker wußte, wo er sie zu packen hatte. »Habt ihr es nötig, Arbeiter, euch von einem, dem ihr hier das Geld verdient, in schäbiger Absicht freihalten zu lassen, könnt ihr nicht so viel fordern von ihm, daß ihr das selbst bezahlen könnt?«

»Säker! Hei is'n Düwel! Wat soll'n wi dor väl tau seggen! Hei spält'n grot'n Kirl un wi sünd dei Düsigen!«

»Wi hebben dat Nahkieken!«

»Hahaha! Er steckt uns alle in die Tasche!«

Ein Tumult entstand. Einige sprangen auf und ergriffen die Sektflaschen. Toni Bretthuber pfiff schrill durch die Finger.

Paul Welker nützte die Lage aus. »Wollt ihr euch das gefallen lassen? Habt ihr das nötig? Du!« – er wies auf einen, der vor ihm stand – »du, hast du das nötig? He! Hast du es nötig? Und du! Und du! Schmeißt ihm doch seinen Bettel vor die Füße! Zeigt doch endlich, daß euch der Verstand nicht eingefroren ist!« Mit haßerfüllter Stimme schrie er es in den lärmenden Trubel.

»Wi wull em dat all wiesen!«

»Hei ward dat all gewohr warden, dat wi uns nich bedreigen luten!«

»Sind wi am End, Jungs? Betahlen soll hei uns better!«

»Dat hew'k all ümmer seggt.«

Alle kamen in eine ziellose, blinde Erregung hinein. Klaus Dirks schwang drohend eine Flasche. Sektgläser zerschellten an der Wand.

»Hei is'n Swinhund!«

»A so a vafluchtes Luder, a so a vafluchte Lerche!«

Jans Kliekermann sprach das gefährliche Wort aus. »Wie will'n so nich wieder arbeiten. Wi will tau em gahn, up de Stell!«

»Wi möten em dat Finster inslagen, den'n Hannekack!«

Paul Welker sprach noch weiter, aber seine Worte ertranken in dem tobenden Lärm. Sie schrien und rumorten wie die Wilden. Ein großer Teil wollte sofort aufbrechen. Die andern schlossen sich an. Drohungen wurden ausgestoßen. Flüche durchschwirrten den Saal. Mit Flaschen bewaffnet drängten sie nach dem Ausgang.

»Wi müten glik tau sin Hus gahn!«

»Hei sall seihn, dat wi uns dat nich beiden laten!«

Paul Welker sah, daß er gesiegt hatte. Der Triumph leuchtete aus seinen Augen.

In wüstem Durcheinander, schreiend, betrunken bis zur Besinnungslosigkeit, zogen sie durch die Straßen.

Die meisten wußten gar nicht, was sie eigentlich wollten. Eine unbestimmte Gier nach Zerstörung, nach Auflehnung und Rache trieb sie vorwärts. Es war, als hätte man ihnen ein Gift eingeimpft, das nun mit elementarer Gewalt zu wirken begann und jede Vernunft und Ueberlegung ausschaltete, das sie nicht zur Besinnung kommen ließ.

Wie eine Horde Indianer zogen sie vor die Villa Hans Welkers. Sie sammelten Steine und rissen Holzlatten von den Zäunen. Eine Schar, die vorausmarschierte, fing an, die Internationale zu grölen.

Alles blind, ordnungslos, sinnlos.

Vor dem Hause sammelte sich die betrunkene Schar und brüllte nach den erleuchteten Fenstern. Sie schwangen die Holzlatten und schüttelten die Fäuste.

»Hei is'n groten Halsafsnider. Hei bild't sick in, dat hei uns an de Nas rümführen kann. Aber wi wull'n em all seggen, dat wi mihr verdeinen wullen!«

Jans Dierks schrie es in das gelbe Licht, das ihm entgegenflimmerte. Als die andern das Wort »verdienen« hörten, dämmerte ihnen erst eigentlich ganz schwach, was sie von Hans Welker wollten.

»Jawoll! Jawoll! Mihr Geld wull'n wi hebben.«

»Geld wull'n wi hebben. Geld! Geld!!«

»Hei träckt uns blot ut.«

»Smit em die Finster in.«

Ein junger, halbwüchsiger Bengel warf den ersten Stein in das Fenster. Die Scheiben klirrten. Tumult entstand. Schrill pfiffen sie durch die Finger.

Heini Sahlmann wollte über den Zaun klettern, aber er fiel wie ein Sack wieder herunter. Hinnerk Klausen, der die schöne Rede gehalten hatte, stand schweigend und überlegte etwas. Aus blöden Augen stierte er über die schwankenden Gestalten. Ihm kam das Unsinnige, was sie hier trieben, halb und halb zum Bewußtsein, er konnte sich nur nicht zurechtfinden. Die Gedanken entschlüpften ihm und stoben davon wie Mückenschwärme.

Die Polizei war längst benachrichtigt.

Hans Welker hörte den Aufruhr und ging an ein unbeleuchtetes Fenster. Er beobachtete, wie sich der Lärm steigerte. Die Hände hatte er in den Hosentaschen und lächelte. Er sah, wie der Halbwüchsige den Stein ins Fenster warf. Nun ist es Zeit, dachte er, und griff nach seiner Mütze. Langsam ging er nach unten und öffnete das schwere Tor.

Da geschah das Wunderbare! Das Lächerliche! Hans Welker trat mitten unter sie. Und es wurde grabesstill.

Sie duckten sich, sie schoben sich nach hinten, verkrochen sich hinter ihren Vordermännern, zogen die Hüte in die Gesichter und bekamen das Zittern in die Beine.

»Was wollt ihr?« schrie Hans Welker mit drohender Stimme. »Seid ihr alle zusammen verrückt geworden, was? Wollt ihr mehr Geld? Wollt ihr weniger Arbeit? Ist das der Weg, den ein anständiger Mensch geht? So machen's die Wilden, die Kaffern, die Hottentotten.«

Aus dem Hintergrund kam die Stimme des Halbwüchsigen, der den Stein geworfen hatte. »Süll'n wi uns dat gefallen laten?«

Hans Welker warf den Kopf nach der Seite, zwängte sich durch die vor ihm Stehenden und stieß geradenwegs auf den Sprecher los. Dicht vor ihm stand er.

»Was willst du? Rede! Junger Dachs! Hast du überhaupt schon etwas geleistet? Auf dich bin ich nicht angewiesen. Du kannst gehen! Hast du mich verstanden?!«

Er streckte den Arm aus. »Du sollst gehen!«

Er ging.

Hans Welker wandte sich um und rief in das Gedränge: »Wer von euch noch solchen Banditenton riskiert, der hat es mit mir zu tun! Ich habe nicht Lust, hier weiter zu reden. Mit rauflustigen Strauchdieben kann ich nicht verhandeln. Wenn ihr Forderungen habt, dann erwarte ich morgen elf Uhr den Arbeiterausschuß.«

Keiner wagte, ein Wort zu reden. Sie standen und ließen die Köpfe hängen. Eine Anzahl hatte sich schon davongeschlichen. Hans Welker ging durch das schwere Eisentor und drehte sich noch einmal um.

Er lachte ihnen allen ins Gesicht. Höhnisch, fratzenhaft. »Ihr sollt euch nach Hause scheren. Ich freue mich ehrlich über den Dank für meine Einladung, den ihr mir in dieser originellen Weise dargebracht habt.« Mit theatralischer, heiserer Stimme brüllte er ihnen entgegen. »Ich fühle mich geehrt! Sehr geehrt! Ich habe nie gedacht, daß ihr so viel Stolz im Leib habt. Aber ich habe genug für heute. Geht nach Hause! Wer in fünf Minuten noch hier steht, mit dem werde ich persönlich verhandeln.«

Gleichgültig, mit seinen spitzen Bewegungen, ohne sich umzuschaun, sprang er über die Freitreppe und verschwand im Haus.

Unten aber löste sich der Bann. Scheu, flüsternd und das böse Gewissen in den faltigen Gesichtern, schlichen sie auseinander.

Rasselnd kam die Feuerwehr mit der Dampfspritze angefahren. Kaltes Wasser ist das Beste für erhitzte Köpfe. Aber es war nicht mehr nötig. Der Platz vor dem Haus war leer.

Nur Paul Welker stand an der nächsten Straßenecke. Er biß die Zähne in die Unterlippe und trottete sich davon. Während er ging, packte ihn die Ohnmacht. Der Grimm. Grenzenlos!

Er weinte in seiner Hilflosigkeit.

Kapitel 21

Als Herta Land zu Hans Welker ins Zimmer trat, saß er am Schreibtisch und las. Hans Welker las! Sie ging auf ihn zu und schaute ihm über die Schulter. Es waren die Bedingungen des großen Vergleichsfliegens.

»Ach so!« lachte sie, »ich dachte schon, du würdest hier einen Roman lesen!«

Er schielte. »Na, und dann?«

»O nichts! Ich sage ja, es ist alles möglich auf der Welt!«

»Hör' mal,« leierte Hans Welker, »ich finde es komisch, daß du jetzt immer bei meinem Bruder draußen hockst.«

»Ich habe bei ihm fliegen gelernt. Das ist alles!«

Er schlug die Beine übereinander. »Du hast fliegen gelernt? Na, was ist da weiter dabei?«

»Ich war heute zum erstenmal auf 10 000.«

Sie wartete auf sein Ueberraschtsein, auf sein Erstaunen. »Da bist du wohl ganz stolz? Brav, mein Kind, brav!« Er lachte spöttisch und schlug ihr auf die Achsel. »Brav, recht brav!«

»Du bist albern!«

»Na aber erlaube mal!«

»Du bist gefühlloser als ein Tier.«

»Na aber erlaube mal.« Er stand auf und stellte sich vor sie hin. Lange war sie nicht bei ihm gewesen. Wie er sie so stehen sah, schlank, gradlinig und edel, wurde wieder der Wunsch in ihm wach, sie zu besitzen. Er maß sie vom Kopf bis zu den Füßen. Er taxierte sie. Wie bei einem Pferdehandel. Das fühlte sie, und es gab ihr eine gewisse Ueberlegenheit.

Er sprach etwas Unglaubliches. »Ich weiß nicht, aber ich habe heute fast Lust, eine Flasche Sekt zu trinken.«

Das kam ihr so überraschend, daß sie um eine Antwort verlegen war. Er will mich betrunken machen, dachte sie. Gewiß will er mich betrunken machen. Schamlos fand sie das. Feige.

»Ich habe es noch nie erlebt, daß du Sekt trinkst. Das ist etwas ganz Besonderes. Bin ich so im Wert gestiegen?«

Genau wie er. Gemessen trat sie zur Türe und löschte die Deckenbeleuchtung. Die Lampe mit dem gelben Seidenschirm sollte brennen.

Der Diener brachte den Sekt. Sie war so fröhlich. Sie war so voll Lustigkeit. Das grelle Licht fing sich in ihren Augen.

Hans Welker lag im Ledersessel und rauchte eine Zigarette.

»Dieser Abend ist mir unendlich viel wert,« sprach sie leise und trank in hastigen Zügen.

Das innere Feuer fing an zu brennen, zu glühen.

Heiliger Himmel, gib mir die Kraft, daß ich mit ihm spielen kann! Ja, ich will mit ihm spielen!

Er faßte nach ihrer Hand, und sie preßte seine langen, knochigen Finger. »Man könnte es so schön haben,« redete er ihr ein, »wenn du nicht so töricht wärst. Wenn du mein vernünftiges Kätzchen sein wolltest!«

Brrr! Wie sie sich ekelte vor diesem Wort. Wie er das aussprach! Ganz angefüllt mit Gier und Lüsternheit.

»Warum trinkst du nicht?« Sie schob ihm das Glas hin. Er trank mit Widerwillen und verzog das Gesicht. Rauchen konnte er nicht. Er paffte. Wie ein kleiner Junge paffte er.

Sie sah ihn an, und es war ihr, als sähe sie ihr Schicksal da gegenüber in dem Ledersessel. Das fühlte sie erschreckend deutlich. Ihr schien es, als würden sie hier feilschen, um etwas, das sich nicht ausdrücken ließ. Feindselig lag es zwischen ihnen. Eine Spannung, die nach einem Ausgleich suchte.

Es war aber so: Sie fühlte etwas von ihrer alten Kraft, und er ließ es hochkommen in ihr. Er unterstützte sie. Schenkte ihr von den alten Waffen, ohne es klar zu wissen. So war das.

Das gelbe Licht schwamm durchs Zimmer. Die Rauchwolken griffen mit abgezehrten Armen nach ihnen. Wie die Polypen.

Sie tranken.

Die Bronzebüste auf dem Bücherschrank verzog das Gesicht. Herta Land schaute nach der Bronzebüste. Leben war in dem Metall. Ganz langsam drehte sich der Kopf. Ein Sektkork schoß nach der Decke. Hans Welker pfiff durch die Zähne. Sie lag auf der Chaiselongue. Es flimmerte. Es war nur das gelbe Licht, das flimmerte.

»Ich darf nicht trinken,« sprach sie mit zitternder Stimme. »Ich würde mich immer berauschen. Ich habe eine solche Lust, mich zu berauschen.«

Er dachte für sich, daß es nun bald Zeit wäre.

Ihr Blick fiel auf den Schreibtisch. Da stand ein Totenkopf.

Sie schrie auf. »Nimm den Totenkopf vom Schreibtisch! Nimm ihn fort!«

»Aber da steht ja gar kein Kopf,« lachte er gezwungen.

Nein, da stand kein Kopf.

Sie fühlte seine Küsse. Und es geschah, was so oft geschehen war. Im letzten Augenblick verlor sie die Kraft.

Mitten zwischen seinen knochigen Umarmungen suchte sie nach etwas, das vor ihr stand. So deutlich.

Sie zermarterte sich den Kopf. Grübelte, grübelte.

Wer hatte denn das gesagt?

»Höre doch!« stöhnte sie, »so höre doch! Ist das nicht spaßig? Jemand hat gesagt . . . was hat er denn gesagt?! Jemand hat gesagt: Mein Verhängnis steht auf deiner Stirn! Mein Verhängnis . . . auf deiner Stirn!«

Wer war das gewesen? Das ließ ihr keine Ruhe.

Wie Schattenbilder zuckten die Erinnerungen.

Nun war es dunkel um sie her. Der Feige hatte das Licht gelöscht.

Eh, diese Niedertracht! . . .

Sie floh aus seinem Hause.

Nichts regte sich in ihr. Kein Gefühl wurde wach. Alles wie abgestorben. Verdorrt. Es saß zu tief. Dort fraß es. Nichts blieb zurück als eine namenlose Leere und ein Ekel vor allem.

Aber es war an der Zeit. Heute war die Gelegenheit günstig.

Eine tierische Lust sprang sie wie ein Raubtier an. Eine Lust am Diebstahl. Am Verbrechen.

Der Frost hatte neu eingesetzt. Er ächzte in den Bäumen, und die Erde war steif. Der trockene Nebel setzte sich an die Aeste, warf sich über die Dächer und Straßen, kroch kristallglitzernd an den Mauern hinauf und überzog in feingliedrigen Formen Hecken und Gartenzäune.

Der Mond hing am Himmel, glasig und verfroren.

Herta Land eilte durch die Straßen. Die Kälte brannte ihr auf der Haut. Unten am See johlte der Nordost um die Bäume und stieß ihr ins Gesicht. Sie stemmte sich dagegen und hielt den Kopf nach unten. Ein Stück ging sie auf den See.

Da fiel es ihr ein und es kam wie eine Verklärung über sie. Ich will mir das Leben nehmen, sprach sie. Ich will mir das Leben nehmen!

Auf das Eis wollte sie gehen. Und dort in der Kälte einschlafen. Man erzählte sich doch, daß Erfrieren der schönste und wärmste Tod sei. War es nicht so?

Einschlafen, ja einschlafen hier in der Kälte und nicht mehr aufwachen.

Ich will mir das Leben nehmen, sprach sie. Einschlafen. Ich habe es ehrlich verdient. Ich bin ja so müde, ach, so müde! Aber es fiel ihr ein, daß das alles zwecklos war. Warum denn dem Schicksal ins Handwerk pfuschen?

Sie hatte mit einem Male ganz vergessen, was sie eigentlich wollte. Sie wollte doch . . . aber das war ihr ja ganz aus dem Gedächtnis entschwunden.

Sie wollte doch . . . natürlich wollte sie das!

Eilig lief sie den See entlang und kam nach Hans Welkers Fabrik. Die Nachtwache ließ sie durch. Man kannte Herta Land.

Sie ging ins Direktionsgebäude und öffnete die Tür zu Hans Welkers Privatkontor. Vorsichtig knipste sie die grüne Schreibtischlampe an. Die schweren Vorhänge waren geschlossen.

Mit unruhigem Atem setzte sie sich in einen Sessel. Es war so unheimlich still hier. Nur die dunkle Standuhr tickte.

Entsetzlich! Jetzt schlug sie. Elf schwere, dunkle, bebende Töne.

Noch lag der Klang im Zimmer. Immerfort schwebte er nach.

Nun wurde Herta Land ganz ruhig. Sie öffnete den Rollschrank und holte einen Stoß Zeichnungen hervor. Sie wußte genau, wo sie lagen. Drei Satz Zeichnungen der DV 67 lagen vor ihr.

Das war der »Wilde Freiger«.

Einen Satz faltete sie zusammen und steckte ihn in eine Aktenmappe, die auf dem Schreibtisch lag. Die übrigen schob sie in den Schrank zurück. Mit einer nüchternen Selbstverständlichkeit nahm sie die Mappe, löschte das Licht und schloß die Tür ab.

»Das wäre getan!« sprach sie halblaut vor sich hin, »nun zünde ich Hans Welkers Fabrik an!«

Sie ging durch die Teilschlosserei.

»Nun zünde ich Hans Welkers Fabrik an!«

In der großen Halle der Tischlerei blieb sie stehen. Hier war alles Holz, trockenes Holz. Das brannte. Sie hörte die Flammen krachen, vom Wind gepeitscht. Sechs große Holzhallen standen hier. Das gab ein lustiges Feuer.

»Nun zünde ich Hans Welkers Fabrik an!«

In einer Ecke kauerte sie nieder und schichtete ein Häuflein Hobelspäne.

Gleich darauf züngelte ein Flämmchen. Es rauchte, zuckte und leuchtete auf, mit gelbem Licht.

Herta Land hörte ein Geräusch. Sie stahl sich eilig davon. Rannte am See entlang bis in die Stadt. Hei heissa! jubelte es in ihr, nun muß ich zu Hans Welker. Hei heissa! Ich muß ihm doch das erzählen!

Durch die reifbedeckten Straßen eilte sie. Wie lange dauerte das noch!

Der Triumph wuchs in ihr, riesengroß. Er zog an ihrer Seite, dröhnend und jauchzend. Wie eine schmetternde Marschmusik. Wie Orgelklang mit vollen Registern.

Vor seinem Hause blieb sie stehen und drückte auf die Klingel. Oben war sein Fenster erleuchtet.

Hans Welker! Hei heissa!

»Hans Welker! Holla!« schrie sie.

»Holla, Hans Welker!«

Endlich. Er öffnete das Fenster und beugte sich heraus.

»Bist du toll geworden?« rief er herunter.

»Toll geworden?« Sie lachte. »Toll geworden! Ich will dir doch nur sagen, daß deine Fabrik brennt. Ich habe deine Fabrik angezündet! Komm' doch, bitte, bitte! Sieh dir doch das Feuerchen an! Ist das nicht genial von mir? Ist das nicht großzügig?«

Er sprach trocken wie der Nachtfrost:

»Du bist betrunken! Oder du bist irrsinnig! Das brauchst du mir nicht mehr zu erzählen, denn ich habe es eben schon durchs Telephon gehört. Das Feuer ist längst gelöscht. Als du es anzündetest, stand der Nachtposten hinter dir. Ich habe ihm befohlen, zu schweigen. Aber es hätte ein Unheil werden können. Man muß dir von heute ab besser auf die Finger sehen, denn du wirst gemeingefährlich, wenn du Alkohol gerochen hast. Bitte, geh' jetzt nach Hause und schlafe dich wieder vernünftig. Meine Fabrik hast du heute zum letzten Male betreten. Gute Nacht!«

Er schloß das Fenster.

Unten, die Hände um das bereifte Eisengitter gekrallt, kämpfte Herta Land mit einer Ohnmacht. Die Zeichnungen, die sie in der Mappe trug, gaben ihr Kraft.

Paul Welker mußte die Zeichnungen habend

Es war das Letzte! – –

Kapitel 22

Ueberm See sah Paul Welker das rote Licht.

Da hing immer noch ein Fetzen Jugend, der sich nicht von ihm lösen wollte. Da drang immer noch ein verirrter Strahl sonnenschwerer Wärme in sein Herz.

Dem Licht ging er nach auf das Eis.

Immer weiter. Wie ein Leitstern war ihm dieses Flimmern. Schon zwängte sich der Frühling durch den Frost mit unaufhaltsamer Gewalt. Die neue Kälte, die eingesetzt hatte, schien ihm wie eine letzte, gewalttätige Anstrengung des altersschwachen Winters, der sich noch einmal aufbäumte vor dem Zusammenbruch.

Schon sangen die Vögel.

Paul Welker hörte die Vögel singen. Aber es war der Sang seiner Seele. Es war das müde Plaudern mit seiner Liebe, die in ihm saß wie echtes Gold, das sich nicht fortwischen läßt.

Diese Liebe war sein schönster Traum, und er wärmte sich an ihr wie am knisternden Feuer. Und sie sprach zu ihm. Paul Welker hörte und dachte an das Werk seines Lebens.

Auf dem Eise blieb er stehen und sah in das Licht.

War nicht alles zwecklos, was er trieb? Warum fraß er sich in diese Pläne fest, die er doch nie verwirklichen konnte, und die ihm ferner schienen und unerreichbarer denn je? Er war untauglich für das Leben, denn in ihm saß ein Stück Romantik, die den Tag scheute und an maßlos ehrgeizigen Plänen haftete.

Nein, Fliegerei und Romantik vertrugen sich nicht mehr. Daß er das nicht schon längst eingesehen hatte.

Nun war es zu spät.

Paul Welker richtete sich auf. Straff und unter einem harten Zwang. War es zu spät?

Er wollte alles abschütteln und nur auf das eine Ziel losgehen. Fort mit allen Gefühlen, fort! Wer plappert da von Gewissen!?

Was wollte das Licht überm See?

Fort mit dem Licht!

Alles Nachtwandlerische will ich hassen! Der große Tag! Das große Leben!

Paul Welker ging zurück nach seinem Hause. Er war voll grausamen Willens zur Wirklichkeit. So plötzlich hatte es ihn gepackt.

Aber es saß etwas in ihm, das wollte ihm das Herz abdrücken. Das verstand er nicht. Es war wie ein großes Abschiednehmen.

Noch einmal sah er zurück. Kein Licht brannte überm See. Es hatte nie gebrannt, denn Mitternacht war längst vorüber. Im Weihnachtszimmer seines Innern hatte es gebrannt. Bis in den grauenden Morgen. Nun war es ausgelöscht. Denn der Tag graute. Da brannten keine verträumten Lichter mit rotverkappten Strahlen.

Denn der Tag kam! Aber Paul Welker hatte solch kalte Angst vor diesem Tag. – –

Vor der Tür saß Herta Land. Sie hatte sich an die Ecke gedrückt. Er führte sie ins Zimmer und zündete die Petroleumlampe an. Mit einem kaum merklichen Lächeln gab sie ihm die Zeichnungen. Der Frost saß ihr bis in die Knochen.

»Ich habe sie deinem Bruder gestohlen!«

Er hielt die Mappe in der Hand und blieb mit geneigtem Kopf im Zimmer stehen. Ein aufschäumender Widerspruch wollte ihn überwältigen. War es so zählebig, das Gewissen! Da sah er sie lächeln, mit einer solchen wollüstigen Verschlagenheit und mit solcher Verderbnis in den Augen, daß ihn ein ungewisses Grauen faßte.

Ein Gedanke nistete sich bei ihm ein, wuchs im Augenblick, wucherte ins Unkraut, ein solch niederträchtiger Gedanke, daß ihm fast übel wurde. So niederträchtig war dieser Gedanke, daß er sie lächeln sah. So bodenlos niederträchtig!

Er zwang sich zu einem Einwand. »Es ist fremdes Eigentum, was ich hier halte. Es ist das erstemal, daß ich mich an fremdem Eigentum vergreife!«

Es klang so überzeugt, wie er das sprach. So schwächlich. Ganz ohne innere Kraft.

Herta Land streckte den Arm aus. »Wann wirst du endlich vernünftig werden? Jeder Erfolg ist Diebstahl!«

Er zuckte zusammen. Jeder Erfolg ist Diebstahl! Welch ein Grundsatz! Er wollte hinauslachen. Na, wenn das so ist!

Brannte das Licht überm See? Er hatte es doch ausgelöscht. Getötet. Fort mit dem Licht! Der große Tag.

Paul Welker ging zum Schreibtisch. Er hörte hinter sich ihre Stimme.

»Du wirst den ›Wilden Freiger‹ bauen! Ich habe ihn dir in die Hand gespielt.«

Er breitete die Zeichnungen aus und versank ins Studieren. Bis in die kleinsten Einzelheiten forschte er die Konstruktion aus. Vor dem Flügelprofil saß er lange mit aufgestütztem Kopf, verfolgte die Kurven und begann zu rechnen. Das Profil war eigenartig und ließ auf gute Steigleistungen schließen. Eine kleine Einbeulung an der Anblaskante gab ihm zu denken. Es ließ wohl auch eine günstige Landungsgeschwindigkeit zu. Daß es im Prinzip das neue amerikanische U. S. A. VII-Profil war, wußte Paul Welker nicht. Sein Bruder wußte es.

Ein Ausbruch des Erstaunens entfuhr ihm, als er die Zusammenstellungszeichnung sah. Es war eine wunderbar schnittige Maschine. »Wilder Freiger« stand oben in großen, gradlinigen Buchstaben.

»Wilder Freiger!« Er sann und brütete über diesem Namen.

Eigenartig! Verspannungslose Maschine mit einem offenbar im Gleitflug stark beanspruchten Rumpfanschlußkabel. Er verfolgte den Kräfteverlauf des Kabels, und wieder kam ihm dieser Gedanke.

Quälend und lockend.

Paul Welker sah in das Petroleumlicht. Die Augen schmerzten. Der Gedanke ließ ihm keine Ruhe. Er schloß die Augen und stritt sich mit diesem Gedanken. Farben flossen zusammen. Goldene Kreise breiteten sich, wie wenn man einen Stein ins Wasser wirft. Dazwischen schossen die Strahlen.

Wie? Fremdes Eigentum?

Fort mit dem Licht überm See. Der große Tag.

Da formten sich die Farben. Nahmen Gestalt und geordnete Belegung an.

Paul Welker riß die Augen auf. Was war denn? Er wandte sich verstört um und sah Herta Land dicht hinter sich stehen. Nervös fuhr er sich durch die Haare. »Warum schaust du mich – – – so an? Was denkst du denn für . . . Schlechtigkeiten?«

Wie kam er nur auf diese Frage?

Sie beugte sich nach der Zeichnung und lächelte.

»Wilder Freiger« stand oben in großen, gradlinigen Buchstaben. Sein Blick fiel auf das Kabel. Und wieder war der Gedanke da. Gestaltete sich, breitete sich aus, nahm Besitz von ihm.

»Es ist ein Hauptkabel,« sprach er zitternd und deutete mit dem Finger darauf, »verstehst du? Nach meiner Berechnung wird es im Gleitflug und namentlich beim Abfangen erheblich beansprucht. Daher ist es auch fünf Millimeter stark. Eine eigenartige Konstruktion! Wenn dieses Kabel reißt, dann hilft kein Herrgott mehr!«

Er blickte über die Schulter und sah, daß ihre Züge sich verändert hatten.

»Ich meine nur, mir fällt das gerade ein! Ich erinnere mich an einen Fall, daß ein solches Kabel unglücklicherweise an der Spleißstelle verletzt wurde, und die natürliche Folge war, daß der arme Kerl . . .«

Kapitel 23

Berlin, den 15. Februar 19 . .

Reichsluftministerium
A 7 L. B. – Nr. 171 236.

An alle Flugzeugfirmen! Das unter dem Vorsitz des R. L. M. anberaumte Vergleichsfliegen für sämtliche Flugzeugtypen beginnt am 12. März ds. in Berlin-Johannisthal. Zugelassen sind nur deutsche Fabrikate. Die näheren Meldebedingungen ergingen schon mit Schreiben A 7 L B Nr. 170 116. Schluß der Anmeldungen 5. März, nachts 12 Uhr.

Poststempel.

gez.: unleserlich.

1 Anlage:
Bedingung für D-, C-Flugzeuge.

Der erste Monteur Hans Welkers machte am fünften März die Konkurrenzmaschine startfertig. Sie war morgens nach dem Flugplatz gekommen.

Um drei Uhr nachmittags erschienen zwei Autos auf dem Platz. Hans Welker hatte einige gutklingende Namen zu einer Privatbesichtigung eingeladen. Es war nicht zu unterschätzen, wenn schon einige Tage vorher unkontrollierbare Gerüchte über die Maschinenleistung durch Deutschland schwirrten und die Konkurrenz kopfscheu machten. Der Homespun hatte das »geschmissen«. Die Leute sollten daran glauben.

Da war der alte Hauptmann Berthold mit seinem lahmen Bein, eine »Kanone«, die ein Wort mitzureden hatte. Er stieg schwerfällig aus dem hundertpferdigen Wagen und humpelte an einem Stock über den Platz. Sein Bein war schlimmer geworden, aber er war immer noch voll Feuer für die Fliegerei.

Da war der Major Wegener, ein alteingefleischter Fachmann, der vom letzten Kriege her große Verdienste hatte. Aus seinen grauen Augen mit den buschig-verwilderten Brauen schossen ungemein sichere und geübte Blicke für den Wert eines Flugzeugs. Langsam quälte er seinen etwas korpulent gewordenen Körper aus dem Wagen.

Seeberger half dem Reporter Doktor Held aus dem tiefen Polster. Er hatte sich in Flugzeugwichs geworfen. Modefarbigen Sportanzug mit Gamaschen und tadellose Schirmmütze im gewürfelten Muster.

Ohne sich um die übrigen zu kümmern, stelzte Hans Welker nach der Maschine.

Behaglich, mit vierhundert Touren, lief bereits der vierflügelige Propeller.

Hans Welker sprach einige Worte zu seinem Monteur und kletterte in den Führersitz. Die Gesellschaft kam hinterher. Doktor Held grub die Daumen in die Westenausschnitte und verzog den Mund zu einem erstaunten Lachen. »Nu brat' mir einer 'n Storch,« sprach er zu Seeberger und spreizte die Beine, »das Ding ist ja grün wie ein Laubfrosch.«

Seeberger fiel gleich etwas ein.

»Die Farben waren immer eine von unseren speziellen Extravaganzen. Ich bin schon im Jahre 1908 in Paris . . . nee, in Petersburg war's, na, ist ja egal, also auf einer blutroten Kiste gestartet. Ich sage Ihnen, das erregte Aufsehen. ›Roter Bursche‹ hieß diese Wolkendroschke. Ro – – ter – – Bursche! Wollen Sie sich das nicht notieren? Also ich flog damals den ersten vierflügeligen Propeller. Ich bin der Vater, das können Sie glauben, der Vater überhaupt des brauchbaren Propellers. Das dürfen gelegentlich mal wieder Ihre Rotationspressen der Welt ins Gedächtnis rufen!«

Major Wegener ging langsam um die Maschine.

Er musterte sie, wie man ein Rennpferd mustert. Die Fäuste in den Hüften, mit vorgestrecktem Kopf und dicken Falten in der Stirn prüfte er, wog ab, überlegte, suchte aus alter Gewohnheit nach Fehlern wie ein Staatsanwalt nach Paragraphen und hatte schließlich auch allerlei auszusetzen. Das Fahrgestell schien ihm zu leicht, der Führersitz etwas zu weit nach hinten. »Die Maschine guckt mir 'n bisserl schwanzlastig in die Gegend!«

»Ausgeschlossen, Herr Major!« lachte Hans Welker und schob die Zähne vor. »Das täuscht wegen der eigenartigen Flügelanordnung. Sie ist sogar zehn Millimeter vorderlastig gebaut.«

Major Wegener ging nach vorn und zog prüfend an dem fünf Millimeter starken Verspannungskabel. Verwundert schüttelte er den Kopf.

»Motor?« fragte er und hielt den Kopf schief.

»280 PS Goero-U überkomprimiert, mit Sauerstoffzufuhr für eine Atmosphäre,« leierte Hans Welker und freute sich innerlich, daß er seinem Bruder das neue Regulierverfahren gestohlen hatte. »System Welker!« fügte er hinzu, und das war keine Lüge. Wenn er ehrlich gewesen wäre, hätte er noch den Vornamen Paul hinzufügen müssen.

Seeberger trug einen Frühjahrsanzug aus neuestem Stoff und nach echt englischem Schnitt. Das Jackett kurz, mit Hüftensitz und einem Schließknopf. Die Weste ebenfalls kurz mit spitzen Schwalbenschwanzecken und mit Seidenkordeln zugeschnürt. Die Hosen kantig gebügelt, mit mehrfach gesteppten Nähten und Fußröllchen, die etwa drei Zentimeter weit die grünseidenen Strümpfe freiließen. So schien sein Oberkörper unheimlich kurz, fast verwachsen, da er dazu noch den Kopf ins Genick zog, währenddem das Fahrgestell übertrieben schlank erschien. Den neuen Homespun-Ueberzieher trug er überm Arm, und die monströse Mütze war tief in die Stirn gezogen.

»Ich kann Ihnen sagen, Herr Kollege, – ja, ja! Ich bin sozusagen Kollege, früher, in den Anfängen der Fliegerei in Johannisthal, wo noch jeder eine elende Bretterhütte dastehen hatte und bei vierzigpferdigen Motoren von den kommenden Millionen träumte – die meisten davon haben schon längst das Genick gebrochen –, also was ich noch sagen wollte, damals war ich der erste Reporter für Fliegerei. Ich arbeitete für dreizehn Zeitungen. Dreizehn Zeitungen!«

Er betonte das »dreizehn« mit schnarrender Stimme und ließ die kugeligen Augen hervorquellen.

»Fragen Sie hier Scanzoni! Also ich habe damals alles lanciert, alles geschoben, alle großen Flieger habe ich dem verehrten Publiko mundgerecht gemacht. Als Lucas abstürzte, war er noch nicht kalt, da ging die Nachricht schon durch die Setzmaschine vom ›Figaro‹. Von sieben bis neun Uhr abends war von mir die Telephonleitung nach Paris abonniert. Nur für den ›Matin‹ Nur für – – den – ›Matin‹.«

Jede Silbe betonte er mit der deutlichsten Aussprache, und der Säbelschmiß wurde rot.

»Mit einem Wort,« – fiel lachend der Hauptmann Berthold ein, der an seinem Stock herbeigehumpelt war –, »er war eben der geborene Flugplatzschieber.«

Sie lachten herzlich und wandten die Köpfe, denn Hans Welker gab langsam Gas.

Der Graf Scanzoni ging ins Pilotenzimmer und holte Brille und Lederkappe.

Major Wegener war in den Beobachtersitz geklettert und prüfte die Hilfssteuerungen.

Das Flugzeug war vorschriftsmäßig mit zwei Steuerungen ausgestattet.

»Wer ist nun eigentlich dieser Graf Scanzoni? Das klingt man 'n bißchen italienisch.« Doktor Held dämpfte seine Stimme.

»O!« gluckte der Homespun, »das ist nach mir wohl die abenteuerlichste Natur in Mitteleuropa. Stimmt! Der hat ein Leben hinter sich, das ist so bunt wie eine Malerwerkstatt. Er ist im Gotthardtunnel auf die Welt gekommen. Das kann er nachweisen. Er ist Bühnentenor, hat eine silberne Hirnschale und ist der größte Weiberfeind der letzten zwei Jahrhunderte. Das kann er auch nachweisen. Schopenhauer war gegen ihn ein verliebter Quartaner. Berthold, hab' ich recht?«

Hauptmann Berthold blickte blinzelnd, wie um den Redner zu entschuldigen, und wippte mit dem Stock durch die Luft.

Doktor Held hielt sich vor Lachen die Seiten. »Das ist ja sozusagen ein Original! Wäre doch eigentlich riesig interessant, diese Sachen mal alle aufzutreiben!«

»Mensch, das gibt ein Buch von paar tausend Seiten!« krächzte Seeberger und schlug dem Reporter mit beiden Händen auf die breiten Schultern. »Allein, was ich erzählen kann, das gibt ein Werk vom Umfang des Konversationslexikons. Da habe ich mal eine Wette gewonnen mit einem Oesterreicher. Fünftausend Kronen! Fünf-tausend – – Kro-nen!« Die Kugelaugen rollten und das Gesicht verschrumpfte. »Ich erzähle ihm, habe ich gewettet, von Frankfurt am Main bis Eydtkuhnen Erlebnisse aus der Fliegerei, ohne auszusetzen. Oh-ne – – aus-zusetzen. Von Frankfurt bis Eydtkuhnen.«

Er hielt inne und richtete einen stieren Blick auf Doktor Held, wie um die Wirkung seiner Worte zu beobachten und durch eine Kunstpause die Spannung zu steigern. Dann drehte er sich kurz auf den Hacken um, spuckte ins Gras und warf es hin wie eine große Wahrheit: »Ich habe gewonnen! Fünftausend Kronen!«

Spaß! Was dachten die Leute! Dieser Zwiebelfisch kannte ihn noch lange nicht. Noch etwas fiel ihm ein, das paßte wohl gar nicht hierher, aber immerhin. Er zog ein goldenes Zigaretten-etui aus der Westentasche. »Hier drinnen, mein Herr, wissen Sie, was hier drinnen war? Hier war ein Scheck drin über zweihunderttausend Mark. Vom Legationsrat von Kümmelbein. Für eine Flucht mit seiner Tochter nach Amerika. Ich habe seine Tochter verführt, pah! Start mit kurzem Anlauf, Herr Zwiebelfisch! Ich habe es nicht getan. Warum? Na?«

Er wußte es selbst nicht, aber er dachte, vielleicht würden es die andern wissen. Mit gelang-weilter Miene bot er beiden eine Zigarette an und schob das Etui lässig in die Tasche.

Hans Welker gab Vollgas.

Scanzoni saß im Beobachtersitz und putzte die Brille. »Passen Sie auf, Herr Doktor, die Ma-schine wird ein Schlager!«

»Der ›Wilde Freiger‹! Kolossal!« sprach Seeberger wie ein Ausrufer.

»Der Name tut viel zur Sache!« Seeberger kramte in seinem Gedächtnis. »Nicht wahr, Herr Hauptmann? Sie können sich auch noch an das ›Taubenschwein‹ erinnern und an den ›Ble-chesel‹?«

»Aber natürlich! Die Entwicklung der Fliegerei bis zum dritten Jahr des Weltkrieges. Vom ›Taubenschwein‹ bis zum ›Blechesel‹!«

»Hähähäää! Ueber den Floh zur Okarina!«

»Das kann kein Mensch versteh'n! Was sind das für gottvergessene Namen!«

»Mensch und Zwiebelfisch, das müssen Sie doch wissen, als Flugplatzreporter. Die alten Tauben nannte man Schweine. Kennen Sie nicht die alte Rumpler-Taube, von der noch der schöne Vers geht: Die Rumpler-Taube lebt im Sport – nur noch als Zigarette fort. Nämlich Marke Manoli! Na ja, woher sollen Sie das auch wissen, Sie Flugplatzsäugling! Von der ging die Entwicklung weiter über den ›Floh‹ und die ›Okarina‹ zum ›Blechesel‹. Wissen Sie nicht, wer der ›Blechesel‹ war? Mensch, das war die erste Stahlmaschine. Ganz aus gewelltem Stahlblech. Ganz – aus – gewelltem Stahlblech. Können Sie sich das Unikum vorstellen?«

»Na ja,« fiel Hauptmann Berthold ein, »jetzt kriegt man solche Dinger öfter zu sehen.«

»Jajajaaa! Aber nicht so originell wie der ›Blechesel‹. Die Kiste hatte übrigens noch einen Namen. Der stammt vom Hauptmann Salomon, der in solchen Sachen immer das Richtige traf. Der nannte sie wegen des Wellblechs die fliegende Bedürfnisanstalt, verstehen Sie, die flie– –«

Doktor Held mußte sich die Nieren halten. Das glattrasierte Gesicht glänzte. Die Tränen liefen ihm aus den wasserhellen Augen. Er konnte vor Lachen gar nicht schreiben und leckte fortgesetzt am Bleistift.

»Passen Sie auf, ich glaube, man will starten.«

Hans Welker neigte den Kopf aus der Maschine und brüllte seiner Startmannschaft etwas zu. Scanzoni saß im Beobachtersitz, im Straßenanzug mit Lederkappe und Brille.

Welker rief: »Frei!«

»Frei!«

Die Klötze vor den Rädern wurden weggezogen.

»Schaun Sie hin, Herr Doktor, so was nennt man sauberen Start! Ich sage Ihnen, Welker startet auf jedem Knüppeldamm. Der macht alles! Er fliegt mit sechs Zylindern fort und kommt mit achten wieder.«

Major Wegener stand breitbeinig an der Seite und äugte wie ein Luchs auf jede Bewegung der Maschine. Das war ihm zur zweiten Natur geworden. Die Kiste war gut, das stand bombenfest.

Hans Welker nahm einen verblüffend kurzen Start und zog die Maschine hoch.

»Wunderbar! Wunderbar elegant!« rief der Major und zog den Mützenschirm über die Augen, da ihn die Sonne blendete. »Die Kiste schafft was, das ist sicher!« Er räusperte sich mit einem zufriedenen Lächeln, das wie eine Maisonne über sein rundes, faltiges Gesicht huschte.

Welker flog mehrere Runden in ungefähr fünfhundert Metern. Er prüfte sämtliche Ruder, schaukelte wie ein Segelboot vorm Winde, gab ungemein harte Steuerausschläge, wodurch sich die Maschine ruckartig und eckig herumwarf, ging in weiche und geschmeidige Kurven und regulierte das Gas. Dann drückte er in eine enge Spirale, das sah aus, als würde er zeitweise buchstäblich in der Luft festkleben.

Spurt ausgezeichnet! Spurt ganz aus-ge– –zeichnet!« rief der Homespun und nahm das Zeißglas aus dem Futteral.

»Was heißt das, sie spurt?« fragte Doktor Held. »Ui, ui, ui! Was soll denn das?« Er rannte paar Schritte vor und schaute entsetzt nach oben. Hans Welker hatte die Maschine über den linken Flügel abrutschen lassen. Es sah aus wie ein Sturz.

»Nur keine Bange, der schmiert nicht ab. Wenn alle abschmieren, der schmiert nicht ab.«

»Was heißt das, er schmiert ab?«

Hans Welker lag schon wieder in einer Kurve und zog.

»Na, Verehrtester, es ist schon mancher da heruntergetrudelt,« warf der Reporter ein und nickte zur Bekräftigung mehrere Male mit dem Kopf.

»Is ja Blech!« Seeberger rollte die Augen und zog den Homespun an. »Was heißt abschmieren! Jeder Mensch ist verurteilt, daß er mal seinen Geist aufgibt. Ist doch Tatsache! Alles hat Sinn, alles ist Unsinn! Selbst im Tod liegt noch ein gewisser sinnreicher Unsinn! Ich weiß nicht, ob Sie das verstehn! Ich habe mit dem Tod schon mehr als einmal Sechsundsechzig gespielt, nicht nur in der Luft. Den Genuß können Sie auch haben. Sagten Sie nicht vorhin, Sie haben es an den Nieren?«

»Aber das hat doch . . .«

»Bittä?!« fiel er ihm in die Rede, »ich will Ihnen etwas erzählen! Ich bin der Mann mit den meisten Bauchoperationen. Zu gleicher Zeit mitgemacht und lebend überstanden. Ich habe mir in einem Tempo fünf Bauchoperationen geleistet. Fünf– – Bauchope . . .«

»Sie sind ja ein gottverdammtes Original! Haben Sie denn – –«

»Bittä?!«

Major Wegener zündete eine schwere Zigarre an und spuckte kleine Tabaksreste aus, die ihm in den Mund gekommen waren. »Seeberger ist der Mensch gewordene Superlativ!« sprach er knarrend und nahm ihm das Zeiß-Glas aus der Hand, um nach der Maschine zu sehen.

»Fünf Operationen!« fuhr Seeberger fort und reckte den Hals, »also bittä! Blinddarmwucherungen, Darmverengung, Darmverschlingung, Bauchfellentzündung! Wenn Sie's nicht glauben, können Sie die Narben sehen!«

Major Wegener hatte das Glas vor den Augen. Die Sonne lag auf der Maschine, daß die frischlackierte Farbe glänzte.

»Ich schätze, daß er bereits über dreitausend ist.«

»Er will wohl eine Versuchshöhe machen?«

»Meine Herren,« erklärte Hauptmann Berthold, »ich schlage vor, wir setzen uns dort drüben auf die Bank und warten, bis er runterkommt.« Er humpelte voran und die andern folgten über den Rasen nach dem Gebäude.

»Was ist eigentlich Ihr wahrheitsgemäßer Beruf, Herr Seeberger?« Der Major setzte sich auf die Bank, beugte den Oberkörper und legte die Unterarme auf die Knie. Verschmitzt lächelnd rieb er sich die Hände.

Seeberger blinzelte argwöhnisch und ließ dann die Augen hervorquellen, die er wie zwei Linsen auf den Major richtete. »Mein Beruf? Mein – – Beruf? Nur die Menschen mit beschränktem Horizont haben einen Beruf. Ein Beruf ist etwas, was man lernen kann. Auswendig lernen, wie? Aber die Größe ist angeboren, ist Talent, Genie. Mein Beruf ist, daß ich mich möglichst von Arbeit fernhalte, mich nur mit großen Sachen abgebe, die mich weder ärgern, langweilen, ermüden noch mir gesundheitsschädliches Kopfzerbrechen verursachen. Die Tür zu meinem Privatkontor trägt daher auch die sinnreiche Aufschrift: Geschäfte unter einer Million bittet man im Nebenzimmer zu erledigen. Da muß der gottverfluchte Zwiebelfisch schon wieder lachen.«

Doktor Held glukste vor Freude und mußte sich dabei fortwährend die Nase putzen, da die Tränensäcke bei ihm übermäßig in Anspruch genommen werden.

Nach einer halben Stunde landete Hans Welker. Er sprang aus der Maschine und kam in maßlos lächerlicher Gangart auf die Bank zu. Scanzoni kletterte umständlich aus dem Beobachtersitz, nahm Brille und Kappe ab und schritt mit schwerfälligen Schritten und gelangweilter Miene hinterdrein.

Das Barogramm bekam keiner zu sehen. Der Major Wegener schloß daraus auf eine kleine Enttäuschung. Hauptmann Berthold behauptete das Gegenteil.

»Mit der Quersteuerung bin ich mir nicht ganz einig,« schrie Hans Welker, dem die Ohren noch nicht ganz offen waren.

Major Wegener zog ihn auf die Seite. »Wie hoch?«

»Ich war nur siebentausend.«

Sie sahen beide mißtrauisch aneinander vorbei, und Hans Welker schob wulstartig die Zunge vor. Der Major nickte. Ueberlegend, mißbilligend, zweifelnd und etwas pikiert. Das merkte Hans Welker.

»Die Maschine ist gut! Ich bin zufrieden!« Er legte ihm die Hand auf die Schulter und flüsterte beruhigend: »Sie werden Ihre Wunder erleben, Herr Major: Sie schafft zehntausend in neunzehneinhalb.«

Major Wegener zog erstaunt die Augenbrauen hoch, und die Enden seines robusten Schnauzbartes zuckten. »Glauben Sie wirklich?«

Hans Welker schwieg und zeigte die Zähne.

»Dann werden alle andern abgesägt! Haben Sie irgendeine Maschine zu fürchten?«

Hans Welker hatte den Kopf auf der Brust hängen und schielte von unten herauf nach seinem Gegenüber. »Meinen Bruder!« Er drehte sich auf dem Absatz um und ging durch die hohe Glastür ins Pilotenzimmer.

»Sagen Sie mal, Scanzoni,« sprach der Major und kam auf die Gruppe zu. »Wie ist das eigentlich mit Hans Welkers Bruder?«

Scanzoni, der eine Zigarette inhalierte, drehte ganz bedächtig den Kopf. »Das ist schwer zu sagen, Herr Major! Ich persönlich halte ihn für einen äußerst befähigten Kopf, der nur den Kapitalfehler hat, daß er sich allmählich von seinen überspannten Ideen den Hals zuziehen läßt. Uebrigens hat er obendrein den Beweis geliefert, daß die Romantik trotz der hohen Kolbengeschwindigkeiten und Pferdestärken noch immerhin noch lebensfähig geblieben ist. Wie lange, das kann ich Ihnen allerdings auch nicht sagen. Wenn es gelänge, Paul Welker die Mäuse zu fangen, die in seinem Hirnkasten herumrennen, dann wäre er eine nicht zu unterschätzende Kraft. Er ist vielleicht auch, gerade herausgesagt, ein bissel zu ehrlich! Damit ist es heutzutage schwer, Geld zu verdienen.«

Seeberger bestätigte das, indem er die Hände in die Hosentaschen wühlte und es wie eine Sentenz zwischen den Zähnen hervorkaute. »Wer nicht schiebt, kann sich begraben lassen!«

Im Anschluß daran erzählte er eine Geschichte aus Amerika, bei welcher es sich herausstellte, daß er durch Schiebung innerhalb von acht Tagen vom gewöhnlichen Schlosser zum Betriebsleiter avanciert war. Die Tochter des großen Fabrikdirektors spielte dabei selbstverständlich eine nicht mißzuverstehende Rolle. »Ich habe in diesem Fach ausgedehnte Erfahrungen, meine Herrrrn! Manchmal ist es doch gut, daß es eitle Frauen gibt, was, Scanzoni?«

Der Graf zog die Lider halb über die dicken Augen, und ein blasiertes Zucken ging über das Gesicht mit der ledergelben Haut. »Ich will das nicht ganz abstreiten. Man kann ab und zu mit einer Frau auch ein ganz gutes Geschäft machen, namentlich, wenn sie häßlich ist und sich vernachlässigt fühlt.«

Er nahm ein Monokel aus der Westentasche und warf es ins linke Auge.

»Auf der andern Seite aber . . .« – er zog das Zigarettenetui hervor, griff mit spitzen Fingern langsam und pomadig eine Zigarette, hing sie in den Mundwinkel und knipste an einem silbernen Feuerzeug – ». . . was zum Beispiel diese Herta Land betrifft!« – er sprach das mehr für sich, gleichsam wie ein Orakel, das man befragt und das einem maschinenmäßige und unpersönliche Antwort gibt – »so glaube ich, daß man sich vor ihr zu hüten hat.«

Er schob die breiten, feuchten Lippen vor, wodurch die Nase noch mehr plattgedrückt erschien und der Gesichtsausdruck etwas Negerähnliches bekam.

Doktor Held hatte sich interessiert zu ihm gebeugt und hörte scharf auf seine Worte. Er hielt den Mund dabei ein wenig geöffnet, und das glatte Gesicht zeigte einen leichten Schimmer von gespannter Naivität. »Was sagen Sie da von dieser Herta Land?«

»Wen meinen Sie damit?« Major Wegener rückte sich zurecht und erhoffte eine pikante Reminiszenz.

Hauptmann Berthold erinnerte sich. »Ach so!« sprach er halbwegs enttäuscht und wandte sich zu dem Reporter. »Sie wissen doch, seine Privatsekretärin.«

»Wessen?«

»Na, Hans Welkers!«

»Gewesene, meine Herren! Gewesene!« lachte Scanzoni und ließ das Monokel fallen.

»Jetzt Chefpilot bei Paul Welker, Flugzeugwerke G. m. b. H.« spottete der Homespun und bewegte die Schultern.

»Sie ist eine Frau ohne inneren Ausgleich. Unvergoren! Für nüchterne und hundeschnäuzige Naturen höchstens interessant, aber nie gefährlich. Impulsiven Menschen kann sie zur Katastrophe verhelfen. Allein ist sie nicht denkbar, sie muß einen Gegenpol haben, jemand, den sie indizieren kann.«

»Woher haben Sie Ihre vielgerühmte Weltweisheit?« Der Reporter sprach es zu Scanzoni, und es klang wie ein Interview.

»Ich habe allerlei Narrentänze und Eselssprünge mitgemacht. Der kluge Mensch müßte zum Schluß wieder ganz natürlich werden. Nackt, ohne Richtlinien und Glaubenssätze. Er müßte mehr erkennen und weniger fühlen. Der vollkommenste Mensch müßte sein, der am meisten erkennt und am wenigsten fühlt. Er müßte über allen andern stehen, weil er kein Sklave der großen Tyrannei und nur ein Werkzeug seines Willens ist. Er müßte die größten Erfolge haben im Leben, da er als Erkennender alles ausnutzen kann und sich als Gefühlloser von nichts beeinflussen läßt.«

Doktor Held zuckte die Achseln. »Zählen Sie sich zu diesen Menschen?«

»Es ist ungeheuer schwer.«

»Aber wie wollen Sie das erreichen?«

Scanzoni stellte die schiefachsigen Augen nach oben und klopfte die Asche von seiner Zigarette. »Man muß das Heiligste bespötteln!«

Kleines technisches Privatissimum

Ein Litzenkabel von fünf Millimetern Durchmesser besitzt eine Zerreißfestigkeit von 2450 Kilogramm. Wird ein solches Kabel, wie es im Flugzeugbau üblich ist, gespleißt, so verliert es durch die Spleißung einen gewissen Prozentsatz seiner Festigkeit, der von der Güte dieser Spleißung abhängt. Der Verlust an Festigkeit schwankt in der Regel zwischen fünf und fünfundzwanzig Prozent.

Das heißt, ein vorzüglich gespleißtes Kabel büßt durch diese Spleißung immer noch mindestens fünf Prozent an Festigkeit ein.

In der Regel ist diese Zahl aber größer.

Die Spleißstelle wird meist mit einem dünnen Draht umwickelt, seltener verlötet.

Wird ein solches Kabel bis zum Bruch belastet, so reißt es immer an der Stelle, wo die Spleißung ist, und zwar unter dem Wickeldraht. Dies ist also für die Festigkeit des Kabels die gefährlichste Stelle. Eine, wenn auch nur scheinbar geringe Verletzung des Kabels an dieser Stelle wird in den meisten Fällen schon bei erheblich geringerer Belastung den Bruch herbeiführen.

Um so gefährlicher erscheint dies, da eine solche Verletzung wegen der obenerwähnten Drahtumwicklung gar nicht zu sehen ist.

Man erzählt sich aus der Geschichte der Fliegerei, daß mancher bedauerliche Unglücksfall auf eine derartige, absichtliche oder unabsichtliche Verletzung eines Tragkabels in der Spleißstelle zurückzuführen ist.

Kapitel 24

Schon die ersten drei Tage der Johannisthaler Großen Woche standen im Zeichen ungeahnter Ueberraschungen. Die Typen mit größerem Aktionsradius hatten das Ausland glatt besiegt. Im modernen Großflugzeug ging eine Berliner Firma als Siegerin hervor. Der Doppeldecker G 27 mit zwei doppelgekühlten Sechszylinder-Standmotoren von zusammen 1200 Bremspferden hatte die Gipfelhöhe von 8200 Metern bei voller Belastung in 34¼ Minuten erreicht. Das Ausland war damit um über sechs Minuten geschlagen.

Eine erstaunliche Leistung war auch von dem Riesenflugzeug einer Friedrichshagener Firma erzielt worden. Es war das größte und leistungsfähigste Flugzeug der Welt, ein Ungetüm von gewaltigen Dimensionen, mit mehr als 25 000 Pferdestärken und einem maximalen Gesamt-propellerzug von nahezu 40 000 Kilogramm. Es war imstande, für 60 Stunden Brennstoff an Bord zu nehmen, was rund etwa 500 000 Litern Benzin entspricht.

Für den 16. März waren die Jagdeinsitzer zum Start festgesetzt. Im ganzen konkurrierten zwölf Maschinen. Dieser Tag brachte den größten Wettumsatz. Auf Hans Welker waren fabelhafte Summen gesetzt.

Am 15. März, abends gegen Sieben war es zwischen Hans Welker und Herta Land im Hotel »Johannisthaler Hof« zu einer Auseinandersetzung gekommen. Sie hatte erfahren, daß er auf unerklärliche Weise sich die neue Sauerstoffregulierung, die Erfindung, auf die Paul Welker alle Hoffnungen setzte, verschafft und bereits in seinen Motor eingebaut hatte. Ueber die Tatsache, daß Paul Welker den gleichen Typ brachte wie er, hatte er sich nach einer kurzen Ueberraschung mit einem spöttischen Achselzucken hinweggesetzt.

An diesem Abend brach auch bei den kleinen Schuppen, dort wo die Jagdmaschinen standen, ein Benzinbrand aus. Durch die Unvorsichtigkeit eines Monteurs gab es einen Vergaserrück-schlagbrand, der ein Flugzeug zerstörte und auch auf die Holzschuppen übergriff. Die Feuerwehr war sofort zur Stelle. Die gefährdeten Flugzeuge wurden herausgeholt und das örtliche Feuer mit wenig Mühe gelöscht. Unter den Flugzeugen, die ins Freie gebracht wurden, befanden sich auch die beiden grüngestrichenen Jagdmaschinen von Hans und Paul Welker. Um zehn Uhr bereits waren alle Maschinen wieder in den Schuppen untergebracht.

Die Rheinischen Flugzeugwerke, deren Maschine verbrannt war, mußten von der Konkur-renz zurücktreten. –

Der sechzehnte März.

So weit es sich ermöglichen ließ, war das Publikum zugelassen.

In dichten Scharen, drängend, stoßend und schimpfend zwängte sich der Strom der Zuschau-er durch die engen Eingangsschranken nach dem riesigen Flugplatz.

Um sechs Uhr früh schon mußten die Zugänge gesperrt werden. Tausendköpfig fluteten die Menschenmengen um den abgesperrten Startplatz. Wie gestaute Wassermassen wirbelten und quirlten sie durcheinander, stießen sich gegenseitig an, rannten zusammen, schoben sich nach vorn, wurden zeitweise buchstäblich in die Höhe gehoben und wieder zurückgeworfen, verloren Hüte und Schirme, zerdrückten Eßkörbe und Photographenapparate und kämpften wie die Löwen um einen eroberten Platz.

Die Flaggen wehten. Hunderte von Flaggen. Farbenprangend in der kalten Märzsonne, die über dem nebligen Häusermeer von Berlin emporstieg.

Um sieben Uhr zog die erste Musik auf den Platz. Das Blech dröhnte. Unter dem Jubel des Publikums marschierten sie nach der Tribüne. Sie bliesen die rot verfrorenen Backen auf und preßten die Vollkraft ihrer Lungen in die funkelnden Blechtrichter.

Der leichte Frühjahrswind schlug in die Fahnen.

Die ersten Automobile kamen. Mit ihrem heiseren Hupen fuhren sie durch das breite Eingangstor.

Immer mehr Wagen kamen. Benzingeruch schwängerte die Luft.

Es wurde lebendig auf dem großen, abgesperrten Platz. Schon öffneten sich die Schiebetore der Holzschuppen und die Maschinen wurden zum Start gerollt.

Um siebeneinhalb Uhr standen zwölf Jagdmaschinen startbereit. Vereinzelt liefen schon die Propeller. Man ließ die Motoren warm laufen.

Es waren fünf Eindecker darunter. Zwei Stahlmaschinen, zwei mit Leinwandbespannung und eine Maschine vollständig mit 0,8 Millimeter Sperrholzbeplankung. Sie standen in einer Reihe, schlank und geschmeidig wie die Seeadler, und sämtlich ohne äußere Verspannung.

Daneben kamen vier Doppeldecker.

Eine Stahlmaschine von groteskem Aussehen, tiefschwarz und mit riesigen roten Glotzaugen zu beiden Seiten der Motorhaube. Es folgten zwei leuchtend grün gestrichene, verspannungslose Maschinen mit einem Rumpfanschlußkabel und einer doppelten Quersteuerung. Es war ein Kuriosum, denn beide Maschinen glichen einander wie ein Ei dem andern. Ein Doppeldecker mit hochpolierter Sperrholzbeplankung stand daneben, vornehm im Bau wie ein Aristokrat.

Den Schluß bildeten zwei Dreidecker und ein Fünfdecker mit verstellbaren Zellen.

Sämtliche Maschinen hatten Umlaufmotoren. Glitzernd standen sie in der roten Sonne wie die muskelstrotzenden Kämpfer vorm Turnier.

Die Monteure liefen herum, prüften Steuer, Hähne und Leitungen und beobachteten einander mit argwöhnischen Blicken. In der Fliegerei hat oft der Monteur mehr kranken Ehrgeiz als der Pilot.

Die grünen Maschinen waren die Favoriten. Das wußte man schon. Es hatte sich längst herumgesprochen. Zehntausend in 21½ hatte man gehört. Munkeln gehört. Da war nicht gegen anzukommen. Das war unmöglich. Aber man durfte nicht die Flinte ins Korn werfen. Hans Welker konnte auch mal Pech haben. Die Besten haben sich schon die Knochen gebrochen, lehrt die Geschichte der Fliegerei. Also dieser dürre, hagere, maßlos eingebildete Mensch konnte doch auch mal vom Teufel geholt werden. Zeit wäre es, weiß Gott, gewesen, denn er hatte jetzt lange genug die ganze Flugzeugindustrie tyrannisiert. Einmal hascht es jeden, zum Himmel ...!

Da kam er. Hans Welker.

Man kannte schon die Hupe. Mit seinem hundertpferdigen Wagen erschien er am Start. Die Monteure und Startmannschaften sprangen bei und öffneten den Wagenschlag. Kurt Seeberger und der Graf Scanzoni stiegen mit aus, streckten die Arme und gähnten.

Auto folgte auf Auto.

Die Direktoren der einzelnen Flugzeugfabriken sprangen heraus mit nervösen Gesichtern und unruhigen Bewegungen. Sie begrüßten einander liebenswürdig und mit schändlicher Freundlichkeit. Sie stellten Fragen, lauernde Fragen, versuchten dabei einander die Würmer aus der Nase zu ziehen, putzten die geröteten Nasen im Gesicht und lachten breit wie die biederen Bürgersleute. Sie streckten die gemästeten Bäuche vor und rochen noch vom Vorabend her nach säuerlichem Wein, schlugen einander kollegial auf die Schultern und begrölten einen Börsenwitz. Traten heimlich und unauffällig zur Seite und sprachen mit ihren Piloten, die im Dreß vor ihren Maschinen herumlungerten. Besichtigten gegenseitig mit alter Kennermiene ihre neuen Kisten und zogen allerlei Vergangenes ans Tageslicht. »Flächenbruch wegen schwacher Holmkonstruktion, wissen Sie noch, Herr Direktor, bei Ihrer damaligen Maschine?« Ja, Ja! War ja alles nicht so schlimm. »Hauptsache bleibt doch Pinke, Pinke! Wat?«

Hans Welker trat unter sie. Er verschanzte sich hinter seinem Lachen und hörte zu, was sie sprachen. Vergrub die Hände in die Breeches und hing den Kopf auf die Brust.

Seeberger stand mitten in einem Strudel von Zeitungsreportern und hielt einen imposanten Vortrag, in dem er sich vor Eifer mehrmals selbst widersprach. Er schwindelte aus früheren Zeiten, pries sich selbst über den Schellenkönig und erregte wahre Stürme an Heiterkeit. Ein fast veilchenblauer Anzug mit breitem Streifenmuster hing an seinem Körper. Darüber schlotterte der unvermeidliche Homespun. Neue amerikanische Stiefel, glanzgelb und vorgekappt, wie sie einem Kavalier zukommen, und bräunlichgelbe Seidenstrümpfe. Die kugeligen Augen waren unnatürlich weit vorgequollen, und der Säbelschmiß schien entzündet, so rot lief er über das Gesicht. Seine rauhe Stimme schnarrte über den gluckernden Klang der mit Spätzündung laufenden gedrosselten Motoren.

Seeberger machte Reklame bis zum letzten Augenblick. Ein wahrer Weihrauchschwall von Lobsprüchen strömte von ihm aus und infizierte seine Umgebung. Sie kritzelten in ihre Notizbücher, machten lange und überraschte Gesichter, freuten sich herzlich über sein originelles Hanswurstwesen und nahmen ihn gern und mit Wohlgefallen, so wie man einen guten Schauspieler nimmt. Der Graf Scanzoni stand dabei, hatte die Knie etwas vorgedrückt und rundete eigenartig schmunzelnd die wulstartigen Lippen. Die schiefachsigen Augen waren ins Starre gerichtet.

Die Kapelle setzte ein mit einer schmetternden Fanfarenweise. Die Fahnen schienen sich stärker zu blähen und flossen in geschmeidigen Wellen durch die Luft. Die Reichsregierung kam in zehn Wagen auf den Platz gebraust.

Die Motoren liefen rascher. Alles sprang durcheinander, hastig, erregt und voll gespanntester Erwartung.

Photographen und Filmoperateure mit ihren versiegelten Flimmerkasten stolperten schwitzend über den Rasen. Sie balgten sich um einen günstigen Platz, schimpften und kurbelten, wischten sich den Schweiß von der Stirn und kurbelten, ließen sich anbrüllen und kurbelten, zitterten in den Knien vor Erschöpfung, stießen die Luft durch Nase und Mund und kurbelten. Wie die Besessenen.

Paul Welker kam mit Herta Land aus seinem Schuppen. Langsam ging er und schwerfällig, mit eingesunkenen Knien und müde hängenden Armen. Die Augen schienen noch größer geworden und lagen tief in der Stirn. Er schaute gedankenlos auf den Boden und zählte die Schritte. Herta ging an seiner Seite, im Fliegerdreß. Sie hielt den Kopf aufrecht in den Nacken geschoben und musterte mit etwas zusammengekniffenen Augen die Maschinen.

Ein Trompetenstoß.

Das Startkomitee verloste die Nummern.

Hans Welker zog als erster die Startnummer elf und Paul Welker zog als letzter die Nummer zwölf. Da immer zwei zusammen starteten, so wollte es hier der Zufall, daß die beiden Brüder zu gleicher Zeit zum Endkampfe antraten. Man war allgemein überrascht und die Spannung saß in allen Gesichtern.

Die Musik setzte ein. Eine Riesenfestfreude lag über dem Platz. Offiziere und Zivilflieger schritten plaudernd zu den Maschinen. Alte Freunde trafen sich, Bekannte und Kampfgenossen aus dem größten aller Kriege. Leuchtende Erinnerungen rauschten hervor aus dem Klang der Propeller, und manch versunkenes Bild von düsterer Schwere trat hier in die junge Märzsonne.

Von Mund zu Mund ging es im Publikum. Wie eine angebrannte Zündschnur zuckte es durch die ganze Menge:

Hans Welker startet mit seinem Bruder. Sie haben die gleichen Maschinen! Wer wird siegen? Wer??!

Hans Welker wird gewinnen! Hans Welker ist noch nie besiegt worden. Hans Welker ist der größte Flieger.

Wer wird siegen?!

Wer??!

Die Wetten häuften sich geradezu lächerlich auf Hans Welker. Ein Outsidersieg würde eine riesenhafte Quote bringen. Ein reicher Mann konnte man werden, wenn ein Außenseiter das Rennen machte.

Es war fabelhaft.

Unruhig, wie kochendes Wasser flutete das Volk durcheinander. Sie erregten sich, bekamen Streit, beschimpften sich und verteidigten ihre Meinungen bis aufs Messer.

Die schwarze Stahlmaschine. Mit den großen Augen!

Unsinn! Hans Welker ist nie geschlagen worden.

Von den Türmen schlug es acht Uhr. Die ersten Maschinen lagen im Start.

Der Fünfdecker mit der schwarzen Stahlmaschine.

Es war *ein* Schwung, *eine* Eleganz.

Das Publikum schrie.

Die Kinooperateure! Die armen Kinooperateure! Einer mußte schon von der Lazarettmannschaft vom Platz getragen werden. Er hatte einen leeren Magen und einen gefüllten Filmkasten. Mit den Armen schlug er um sich. Nun verpaßte er ja die Hauptsache.

Der Lärm wuchs. Alle Piloten gaben Vollgas und prüften zum letzten Male die Tourenzahl ihrer Motoren.

Tausende von Köpfen hatten sich nach hinten geworfen. Der Reichspräsident hatte den Feldstecher erhoben. Sie hielten die Hände über die Augen und schauten den Flugzeugen nach.

Beide Maschinen stiegen geradeaus, gegen den Wind.

Immer kleiner wurden sie und schattenhafter. Nun waren sie strichartig. Dann hörte man nur noch das Rollen der Propeller.

Hauptmann Berthold hinkte mit einem alten Regimentskameraden über den Platz und erzählte von seinen ersten Flügen. Im Jahre 1915 noch, da hatten sie, wenn es hoch ging, 3000 Meter in 35 Minuten geschafft, und das war um diese Zeit noch eine Leistung.

Die beiden Direktoren, deren Maschinen gestartet waren, standen beisammen und erzählten harmlose Begebenheiten. Ein plattes Abenteuer im D-Zug. Aber das Fieber der Erregung schlug aus allen Bewegungen, ab und zu schauten sie gedankenvoll in den blauen Himmel und suchten nach etwas, das noch gar nicht zu sehen war. Vor einer halben Stunde konnten sie nicht zurück sein.

Hans Welker lächelte.

In Abständen von zehn Minuten folgten die Doppelstarts. Herta Land stand mit Paul Welker abseits. Man beobachtete sie wenig.

Wer war dieser Paul Welker? Wer war diese schlanke Gestalt? Man kannte sie nicht. Ganz entfernt vielleicht, vom Hörensagen.

Es wurde nun geflüstert und gemutmaßt. Wegen der grünen Maschine. Wie kam es, daß er den gleichen Typ flog?

Wenn eine von den Maschinen siegte, dann war es selbstverständlich Hans Welker! Warum sich also um die beiden andern kümmern! Das war höchstens . . . na ja! Die Direktoren schmunzelten. Sie beklopften sich die Seiten und schielten nach Herta Land. Pikant . . . pik . . . Gott ja!

Hans Wecker stülpte die braune Lederkappe über und schob die Brille über die Stirn. Langsam und mit lächelnder Gleichgültigkeit stieg er in die Maschine und ließ sich festschnallen.

Hans Welker flog selbst. Der Mann mit den Millionen flog selbst. Und hätte es doch gar nicht nötig gehabt. Schon diese Tatsache gab ihm einen Vorsprung, der nie einzuholen war. Schon seine schlanke Fliegergestalt, die ungeheure Siegesgewißheit in Mienenspiel und Bewegung waren eine Bombenreklame.

Die Direktoren schüttelten die Köpfe und kratzten sich an den Backen. Nun, da sie sahen, wie Hans Welker im Führersitz saß, kroch ihnen die Angst in die Augen. Ja, ja, es war sicher, der Mann würde sie alle schlagen.

Scanzoni kletterte in den Beobachtersitz. Mit der ganzen Lässigkeit und Lebenssattheit seiner phlegmatischen Bewegungen . . .

Acht Maschinen waren bereits gestartet.

Die ersten kamen zurück.

Brausende Rufe schallten über den Platz.

Die Musik setzte ein.

Die Nummern neun und zehn starteten.

Die ersten Ergebnisse stiegen am Signalmast hoch.

Kampfeindecker E 27 der X . . . . . 10 000: 26¾.

Kampffünfdecker M 16 der Y . . . . . . 10 000: 32¼.

Die beiden Brüder rollten zum Start.

Hans Welker las die Zeiten und lächelte. Das Publikum johlte. Denn die beiden Brüder rollten zum Start.

Hunderte von Photographenapparaten hoben sich. Denn die beiden Brüder rollten zum Start.

Die Filmoperateure rasten.

Seeberger stand bei den Reportern und schrie wie ein Jahrmarktsbudenbesitzer.

Eine dumpfe Spannung lag über dem ganzen Platz, als die beiden Maschinen gegen den Wind gedreht wurden.

Paul Welker prüfte die Steuer. Ein wahrer Rausch hatte ihn erfaßt. Er biß die Zähne in die Unterlippe und blickte starr vor sich hin. Fern, meilenfern sah er ein Bild. Das Abschiednehmen. Fort mit dem Licht! Alles Nachtwandlerische will ich hassen. Der große Tag!

Hinten saß Herta Land und hielt das Hilfssteuer. Acht Uhr achtundvierzig. Es flimmerte ihr vor den Augen. Sie sah immerfort das Kabel. Immerfort sah sie dieses Kabel.

Sie rang nach Luft und . . . .

»Frei!!«

Wer rief? Immerfort sah sie dieses . . . .

»Frei!!«

Die beiden Brüder gaben Vollgas.

Das war ein atemraubender, ausgesuchter Start. Elegant, geschmeidig und formvollendet. Von solch weichem ästhetischem Schwung, daß alten Fachleuten die Tränen in die Augen kamen. So wunderbar fein stiegen diese beiden Maschinen in den leuchtenden Morgen.

Es war plötzlich ganz still geworden. Keine Propeller liefen mehr. Die Musik schwieg. Man hörte nur den sonoren Klang der beiden Welker-Maschinen. Alle hoben die Köpfe und schauten den grünen Vögeln nach. Feinschnittig glitzerten sie in der Sonne.

Dann bog die eine Maschine mehr nach rechts. Sie kamen scheinbar etwas auseinander.

Wieder fing man an zu vermuten, zu streiten.

Einige behaupteten, Paul Welker sei schon höher. Das war natürlich gar nicht festzustellen. Aber die Behauptung stieß auf spontanen Widerspruch. Nie ist Hans Welker geschlagen worden. Hans Welker macht das Rennen.

Drei Maschinen kamen zurück.

Einer landete im steilen Gleitflug mit abgestellter Zündung. Er hatte kurz vor der Höhe einen Knaller gehabt. Wahrscheinlich Pleuelstangenbruch.

Die beste Zeit hatte bis jetzt der Doppeldecker mit Sperrholzbeplankung gehabt.

Der technische Prüfungsausschuß stellte fest: 10 000: 24¼. Die Zeiten schwankten von 25 bis 38 Minuten.

Kurt Seeberger stand immer noch unter den Reportern. Er verschrumpfte das Gesicht, ließ die kugeligen Augen hervorquellen und predigte den Triumph Hans Welkers. Man bestürmte ihn mit Fragen wegen der beiden Maschinen, und er gab geheimnisvolle Antworten. Prophezeite fabelhafte Leistungen und erzählte zwischendurch ein Erlebnis aus Arkansas, in dessen Verlauf eine regelrechte Messerstecherei vorgekommen war. Man mußte diese Leute zur Abwechslung ein bißchen erheitern. Nicht wahr, Herr Doktor!

Einige Maschinen wurden schon wieder in die Schuppen gerollt. Ihre Besitzer kauten an den Fingernägeln und suchten ihre Enttäuschung geschickt oder ungeschickt zu verbergen. Daran war nichts zu ändern. Es konnte nur einer Sieger bleiben.

Einige brachen in polterndes Gelächter aus. Seeberger hatte einen schweinischen Witz gemacht. Anschließend sprach er vom Grafen Scanzoni und hüllte ihn in mystische Schleier.

»Der Mann hat es längst nicht mehr nötig, zu fliegen. Er fliegt nur, um den Tod zu foppen. Er ist im Gotthard-Tunnel auf die Welt gekommen und hat eine silberne Hirnschale!«

Seeberger schob den Kopf nach vorn, wie ein Huhn, das einen zu großen Bissen verschluckt hat.

»Wetten, meine Herren! Wetten?! Hans Welker schmeißt das Rennen?!«

Eine Spannung lag über dem Publikum. Gleich einer drückenden Schwüle.

Man fühlte, daß sich etwas ereignen würden

Das lag in der Luft. — —

Es war das Seltsame: Hans Welker fehlte heute das unbedingte Feingefühl, mit dem er sonst die Ruder abtastete. Er mußte gegen ein Atom von Unsicherheit ankämpfen. Scanzoni stellte das fest, und einmal korrigierte er sogar das Höhensteuer, als Hans Welker zweifelsohne die

Maschine überzogen hatte. Das machte den Grafen stutzig. Aber Hans Welker verlor nicht einen Augenblick das Selbstbewußtsein und war von seinem Sieg felsenfest überzeugt. Als der Graf die Maschine instinktiv etwas gedrückt hatte, da war ein verächtliches Lächeln aus seinen Mundwinkeln geschlüpft.

Da flog sein Bruder neben ihm. In dieser giftgrünen Kiste. Diesmal war es kein Trugbild. Diesmal war es Wahrheit. Sie führten hier den erbitterten Endkampf.

Gleichzeitig stiegen die Maschinen. Es war ein seltsamer Anblick.

Paul Welker saß vornübergelegt und starrte auf den Tourenzähler.

Er fühlte eine unendliche Mattigkeit. Nun, wo es aufs letzte ging, war er müde. Trostlos und abgespannt. Etwas fraß in seinem Innern, wie eine zehrende Krankheit, ein ekler Widerwille stieg hoch, den er nicht überwinden konnte. Es war, als ob ihm die Nacht fehlte und das verträumte Dunkel.

Langsam drehte er den Kopf.

Zwei feine weiße Wolken strichen über den Himmel. Er stieg hinein und ihm war, als müßte er die Augen schließen. So müde und so steuerlos.

Dort flog sein Bruder. Heute waren sie einander gleich. Fletschte er nicht die Zähne? Warum tat er so bescheiden? Warum flog er ihm nicht vor der Nase davon? Warum? Haha! Weil er nicht konnte.

»Weil er nicht kann!« schrie Paul Welker in das Dröhnen seines Motors.

Herta Land saß am Steuer.

Papperlapapp, da gab es keine Einwände. Sie flog mit einem bis ins feinste differenzierten Gefühl. Kaum merklich zog sie die Maschine. Er hätte das nicht getan, nein, er hätte das nicht gefühlt. Das war es ja! Dieser unendlich kleine, unerklärliche Unterschied, dieses Ahnen. Dieses fliegerische Wittern, das Atmen mit der Maschine. Das besaß Herta Land. Das besaß sein Bruder. Eine Wolke. Eine langgedehnte, formenreiche Wolke.

Sechstausend Meter. Sauerstofflaschen. – –

Hans Welker tauchte in die Wolke.

Wieder verlor er einige Sekunden.

Der Graf rollte die Augen. Was, zum Donnerwetter waren das für Narrenspossen! Er überzog die Maschine. Sie stieg nicht, sie schob.

Der Graf drückte. Unwillig.

Hans Welker lächelte und griff nach der Sauerstoffflasche.

Sie kamen aus der Wolke. Die Erde war verschwunden. Ein flutendes Wolkenmeer mit tiefen Schlagschatten.

Fern glänzte der Horizont. Wie eine riesige Rampenbeleuchtung

Warum denn immer diese Beleuchtung! Dieses Theaterspielen!

Dem Unendlichen komme ich um kein Jota näher.

Ist doch nur Berechnung! Nur Geldsache.

Hans Welker regulierte den Sauerstoff. Ueber einen kleinen Leistungsabfall seines Motors kam er nicht hinweg. Er drehte die Schraube zum Reduzierventil.

Der Graf fließ ihn kräftig in den Rücken und deutete mit dem Arm nach oben.

Hans Welker zuckte zusammen.

Wahrhaftig, sein Bruder war über ihm.

Tod und Teufel!!

Herta Land sah es. Paul Welker sah es. Das Unfaßbare, das Unmögliche. Mindestens hundert Meter waren sie höher.

Der Hagere, der Schmächtige, der Mann mit den Krallenhänden und den gelben Zähnen war unter ihnen.

Achttausendvierhundert Meter.

Was habe ich gemacht? durchfuhr es Herta Land. Ist es Wahrheit, was ich tat? Nein, nein, es ist ein Traum! Himmel und Hölle, sagt mir, daß es ein Traum ist.

Paul Welker sah in die Tiefe.

Rotbeleuchtete Wolken brodelten durcheinander. Rings um ihn Feuer und geschmolzenes Erz. Unter ihm sein Bruder.

Das ganze Leben durchjagte er in diesen Minuten. Alles zog vorüber in schwindelnder Eile, seine Träume und Kämpfe, seine Jugend, seine Liebe und sein Haß.

Alles stürmte auf ihn ein und leuchtete in augenblendenden Farben.

Neuntausend Meter.

Er fühlte nicht die Kälte.

Gesang! Gesang! – –

Hans Welker suchte nach einem Ausweg. Das war doch nicht möglich. Da spielte ihm jemand einen albernen Streich. Er blieb kalt und überlegte. Einen Ausweg!

Der verdarb ihm den ganzen Rummel. Mit der eigenen Maschine. Und er hatte darüber gelacht. Darüber gespottet. Jetzt bekam er ja eine bittere Wahrheit zu schmecken.

Es war nicht möglich, es konnte nicht sein!

Hans Welker ist nie besiegt worden, hörte er den Homespun rufen. Wer wagte ihm denn diesen Schabernack zu spielen! Es war nicht möglich, nein. Ganz kalt blieb er und überlegte.

Einen Ausweg!

Ob es was hilft, wenn ich bete?. – – Ganz kalt überlegte er das.

Gab es sonst nichts mehr? Sollte er wirklich beten?

Es war nicht möglich, er wußte es ganz bestimmt. –

Neuntausendachthundert Meter!

Paul Welker erlebte den größten Augenblick seines Lebens.

Paul Welker erlebte den großen Tag. Hier in dieser Höhe.

Das Volk jauchzte ihm zu. Hoch! Hoch! Paul Welker! Sie warfen ihn mit Blumen. Kränze kamen, Riesenlorbeerkränze!

Das Volk hob ihn hoch. Die Fahnen rauschten im Wind. Sie trugen ihn auf den Händen. Der Triumph! Albernes Volk. Ha! Ha! Ha! Ha! Er wollte sich wehren gegen den Ansturm des Volkes.

Herta Land sah immerfort das Kabel. Entsetzlich wurde das. Die Kehle war ihr zugeschnürt.

Mit einem Schlag wußte sie es. Als ob ihr das jemand laut zugeschrien hätte!

So war es. Der Sieg war zugleich das Ende.

Sie hatte das eigene Kabel durchgefeilt in der vergangenen Nacht. Durch den kleinen Brand waren später beim Hineinschieben die beiden Maschinen verwechselt worden. Sie hatte sich in Hans Welkers Schuppen geschlichen und dort das Kabel ihrer eigenen Maschine durchgefeilt.

So war es. Mit elementarer Gewalt offenbarte sich ihr die Wahrheit. Es war zu Ende.

Aus dieser einsamen Höhe hinab – gräßlich!

Sie wollte den Verstand verlieren.

War sie ein Kind? Auf der Wiese. Und jetzt schon schlafen gehen?

Die Maske riß sie vom Gesicht.

Ach! es war so wenig Luft! So wenig Luft!

Vor ihr war das Kartenbrett mit Papierblock und Bleistift.

Die letzte Kraft raffte sie zusammen und buchte ihren Triumph. Den Bleistift nahm sie und schrieb in fliegender Hast. »Wir sind die Sieger. Barogramm nachsehen! Sturz infolge Kabelbruch. Linkes Anschluß . . .«

Zehntausend Meter!

Paul Welker nahm das Gas fort.

‚– – – – kabel. Hans Welker ist unter uns. Barogr . . .«

Um 10 Uhr 21 landete Hans Welker. Wenige Minuten später schon traf die telephonische Nachricht ein: Flugzeug bei Karlshorst abgestürzt. Er sprang aus der Maschine ins Auto und fuhr mit einigen Hilfsmannschaften von der Rettungsstation nach der Unglücksstelle.

Schon von weitem sah er die Trümmer rauchen.

Sie waren verbrannt.

Eine große Menschenmenge umstand die Unfallstelle. Beide Insassen waren tot. Halb verkohlt. Sie lagen zur Seite unter einem Zelttuch.

Schon kam das geschlossene Auto der Hilfsstation.

Hans Welker schritt zu dem kohlenden Trümmerhaufen. Nichts regte sich in seinem Gesicht.

Oelige, schwarze Rauchschwaden stiegen in die Höhe. Noch knisterte das glimmende Holz. Mit dem Fuß stieß er die Fetzen beiseite.

Das Kartenbrett. Er beugte sich nieder. Nichts mehr zu erkennen. Hans Melker suchte.

Die Verunglückten wurden in das Krankenauto getragen.

Unter den verbogenen Stahlrohren fand Hans Welker den Barographen. Die Scheibe war zersplittert. Das Holz angekohlt. Aber das Barogramm war noch fast unverletzt.

Hans Welker krümmte die Finger und sah auf das Barogramm. Lange stand er und verfolgte die Kurve.

Da war gar nichts zu überlegen. Dieser Streifen mußte unterschlagen werden! Der Papierfetzen, auf dem Paul Welkers Sieg verzeichnet war, konnte ihm gefährlich werden. Fort damit! Das Ding war einfach verbrannt.

Er nahm mit einem Male schnell den Streifen von der Walze und schob ihn unauffällig in die Tasche.

Etwas verstört blickte er sich um. Scheu. Das hatte doch niemand gesehen!?

Während er ins Auto stieg, dachte er für sich: Das wäre diesmal beinahe schief gegangen! . . .

Auf dem Flugplatz empfingen ihn die Huldigungen. In riesigen Lettern stand seine Zeit am Signalmast:

Kampfdoppeldecker Hans Welker: 10 000: 19¾.

Mit dröhnenden Bässen setzten die Flugplatzkapellen ein.

Er war der Sieger.

Das Volk jubelte. Das Volk raste.

Die Herren von der Reichsregierung kamen auf ihn zu.

Der Reichspräsident drückte ihm feierlich die Hand.

Brausendes Hurrarufen durchbrach die Schranken.

Hans Welker stand da, den Kopf auf die Brust gedrückt, mit vorstehendem Oberkiefer. Hager, dürr, schmächtig.

Unwillkürlich griff er in die Tasche und fühlte das Barogramm. Während der Präsident noch sprach, zerknitterte Hans Welker das Papier in der zusammengeballten Faust.

Und lächelte.

Dann schritt er durch die Menge.

Gleichgültig und gelassen, mit seinen eckigen, spitzen Bewegungen.

Die Begeisterung des Volkes schlug ihm entgegen.